二見文庫

過去からの口づけ

トリシャ・ウルフ／林　亜弥＝訳

Lotus Effect
by
Trisha Wolfe

ブルーへ
もし時を戻すことができるなら。

蓮(はす)は、泥があるからこそ、花を咲かせることができる。

ティク・ナット・ハン

過去からの口づけ

登　場　人　物　紹　介

レイキン・ヘイル	作家。殺人未遂事件の被害者。 本名シンシア・マークス
リース・ノーラン	FBI特別捜査官
アンドリュー(ドリュー)・アボット	レイキンの大学時代の教授で恋人
チェルシー	ドリューが交際していたもう一人の女子学生
キャメロン	レイキンの大学時代のルームメイト
ジョアンナ(ジョー)・ディレーニー	殺人事件の被害者
トーランス・カーヴァー	バーテンダー
マイク・リクソン	ジョアンナが働いていた店のマスター。 トーランスの義理の兄
ドクター・ローレンス	レイキンの主治医だった精神科医
ドクター・ケラー	監察医

プロローグ

レイキン

再生

わたしは覚えている。水面に立つさざ波の様子を。銀色の月光が、揺らめく波をきらめかせる。ちょうど、映画館のスクリーンを見つめていたらフィルムが絡まったまま映しだされたときのように。映写用電球がフィルムを溶かしたときのように。

人生が一時停止し、中断される。時という布の縫い目が波打つ。

のちに神経科医には、わたしの神経系は活動を停止しかかっていたと言われることになる。頭に酸素が回らないせいで、目の前で光が激しくまたたく。まるで死の瞬間を経験しているかのように。

あの夜、月はなかった。

あったのは湖と草木とわたしの体だけ。

それから、彼。

死神に魂を強くつかまれたとき、いきなり刺激を受け取った神経細胞を通じて、ちらちら光る波間からのぞく相手の黒い影を、わたしは一瞬だけ目にする。死神は水面に片手を差し入れ、暗い深みからわたしを引きあげる。

まぼろし。わたしの想像の産物。

あの場には誰もいなかった。

ただ水面に蓮の花が浮かんでいるだけ。その茎が湖の底でわたしの髪や手足に絡みつく。

そこにあるのはわたしの死だけ。

1

チェルシーの章

レイキン：当時

わたしはあの事件よりも前から、自分の死を夢で見ていた。

最終試験のための詰め込み勉強と春休みに向けた荷造りの合間に、一瞬、垣間見た。あっという間に過ぎ去るかすかな名残、あまりにも非現実的な夢が砕けたかけら。わたしはそのぼんやりとしたイメージを、現れたときと同じくらい素早く払いのけた。

あれはただの夢。

ある日、ルイ・ヴィトンのバッグをマホガニーの扉のそばに置いてパスポートを手にしたとき――持っていないと置き忘れるとわかっていたので――それは起きた。

わたしは死んだ。

美しいスペイン風コロニアル様式の家の玄関で。

わたしは、胃酸で胃をやられて気分が悪かったことをいまだに覚えている。油っぽい吐瀉物が喉もとまでせりあがってきて、口のなかはいやな味がしていた。

わたしは彼女の髪から目を離せなかった。天使のようなプラチナブロンドの巻き毛はホワイトゴールドを紡いだかのようで、髪が日に焼けた肩を包むさまは、均整の取れた体に日差しの後光が差しているかのごとく見える。

「子供ができたの」

この言葉で、わたしの世界は崩れ去った。たったこれだけの言葉が発せられた瞬間に、わたしの人生の道筋が変わった。

わたしはただ彼女を見つめていた。**この場面を以前に夢で見たことがある……。**

「あなたは知ってると思っていたわ」彼女が腕を組むと、細い首のすぐ下で深い胸の谷間が強調された。

あの夜、心が壊れていくあの言い争いのあいだ、敵意に満ちた言葉や必要な質問を次々にぶつければよかったのに、そのときのわたしは彼女を呆然と見つめることしかできなかった。ＧＵＥＳＳのウェッジソールのサンダルを履いた足の下の地面が、ぐらりと傾いた。

わたしは彼女がヒップを揺らしながら私道を歩いていく姿を見送った。

ふと、既視感（デジャヴュ）に襲われた。呆然としているわたしのなかで、夢との境界線がにじんでいく。

わたしは、こうなることを知っていた。

もちろん、予知ではない。ある意味では自己実現の一種だろう。無意識が意識にちょっかいを出し、ヒントを植えつける。目が覚めているときの頑固な頭では受け入れられない真実を明らかにしようと必死になる。

ドリュー、わたしの心理学の教授であり、わたしが愛した唯一の男性は、自分の生徒のひとりを妊娠させた。

わたしは大理石の床に崩れ落ちた。

そのときほど、死を身近に感じたことはなかった。世界が裂けてわたしをのみ込んでくれればいいのにと思った――こんな屈辱とみじめさを終わらせるために。

考えればわかっていたことだった。ずっと言われ続けてきたのだから……。

自分が望むものに対しては慎重であれ、と。

2

彼女のたどった道

レイキン：現在

新たな章

蓮は純潔の象徴だと言われている。仏教では蓮の花はあがめられ、さまざまなことわざや喩えにおいて人間のありようが蓮に重ねられている。蓮が泥のなかで育ち、水面上まで茎を伸ばしてまったく汚れのない花を咲かせるさまは、仏陀も説教でよく取りあげていた。

植物学者であり、蓮の専門家でもあるトーマス・ライカーによると、ロータス効果とはもっと科学的なもので、自浄作用を言い表した言葉だ。毎朝、蓮は葉を広げるときに、泥や異物を自身から洗い落とす。ごみはしずくのなかに集められて葉から転がり落とされる。蓮の葉の構造は疎水性を持つ。つまり、撥水性があるのだ。

わたしは蓮についてもっと詳細に説明できる。この驚くべき花に夢中になり、研究していた年月を語ることもできる。自分の経験から個人的に知っていることを詳しく話すこともできる。花びらが水に沈んだ際の絹のような感触、茎が髪にまとわりつく様子。水面上では美しいのに、すぐ下がどれほど暗く、陰鬱な世界で――闇の世界だ――生命が存在しないのかということも。そこでは茎はねじれ、クモの脚のように絡みつき、どんなに逃れようとしても、永遠に閉じ込められてしまう。

肌の上を震えが走り、わたしは改行するためにエンターキーを押した。

水面上ではあれほど美しいのに、その下は禍々(まがまが)しいのだから、ずいぶんと皮肉なものだ。

何かを愛すると同時に恐れるということはできる。

わたしは椅子を揺らすのをやめてマウスをクリックし、パソコンの画面を今書いていた文書からほかの文書へと切り替え、また切り替えた。行ったり来たりだ。

マックの画面にはふたつの文書が開かれている。未完の作品がふたつ。ひとつはもう何年も未完成のままだ。もうひとつはまったくの新作で、白紙だった。

わたしは手首にはめてある輪ゴムをいじった。考えごとをしながら指の腹で輪ゴムを転がすと、マウスをクリックしてもとの文書に戻り、文章を続けた。

こんなことわざを目にしたことがある——誰の言葉かは思いだせないが——知識は恐怖を払拭する。何を恐れているのか理解していないからこそ、恐怖は存在する。謎を解明すれば、自分の悪魔を葬ることができる。

これこそが、頭から離れない美しい蓮のように純粋になろうとするわたしの、たったひとつの心の拠(よ)り所だ。

この件を書くに当たって、これ以上詩的に書くのは無理だ。わたしにとってどれほど蓮が大切かを描写するのに科学的説明だけでは不充分で、いろいろな書き方を試したものの、書くたびに行きづまった。正直に言って、蓮がわたしにとって何であるかを表現できないのは、単なる言葉の選択の問題ではない。

気が引けて、思いとどまってしまうのだ。

実のところ、わたしは植物学者ではない。科学者でもない。大学の専攻科目を終えることができなかったので、心理学者ですらない。

わたしは犯罪ドキュメンタリー作家だ。

作家には、ある程度の創造力を発揮することが許されている。人々のリアルな生活や経験、その痛みや悲しみに手を加え――自分を律してはいるが――物語に仕上げる。読者は真実を求める。けれど同時にフィクションも求める。

だからこそ本が売れるのだ。

わたしを担当する出版社は多くの本を販売している。

わたしの大嫌いな言葉のひとつは〝締切〟だ。

締切のおかげで、わたしは己の物語と距離を取ることができ、自らの謎を暴こうとしないですむのだと自分に言い聞かせているが……今では、その嘘をのみ込むのが次第に難しくなっていた。

深呼吸をすると、新規文書のほうを画面いっぱいに映しだした。

ディレーニー殺人事件。〝この事件の謎は？〟と白紙のページに問いかけた。

椅子を後ろに押して、画面を見つめた。カーソルがまたたく白紙のページがわたしをあざける。執筆中のスランプなどというものは信じていない。単に想像力が欠如しているにすぎないときに、わたしたち物書きがよくする下手な言い訳だ。

違う、スランプじゃない――脇道にそれているだけだ。

これはわたしの物語ではない。

ディレーニー殺人事件の物語を紡ぐには、ありとあらゆる情報が必要だ。まだすべてを手に入れていない。今のところ、人的要因が欠落している。人間というものを明らかにするには、被害者だけでなく、殺人犯のさまざまな面も知る必要がある。

結構。創作しよう――それがわたしの仕事だ。

『彼女のたどった道』は、陰惨なディレーニー殺人事件について考察する初めての本である。謎の背後にいるこの女性は……

わたしは三十分ほど執筆し、心理学用語や生々しい犯罪現場の描写で三ページ分を埋めた。現時点で手に入れている情報が限られていても、物語をどこかから始めなければならない。事実を手に入れる前であっても、考察に完全に没頭する前であっても、自分の見解を少しでも明らかにしておく必要がある――これは、被害者に対する読者の第一印象を左右する。

わたしがこういう執筆方法を取っているのは、担当編集者に、あなたは人と関わるのが大変でしょう、と言われたからだ。彼女は遠慮していたが本当は、人々がわたしと関わるのは大変だ、と言いたかったのだ。彼女からはわたしの作品について、よく書けているけれど感情が絡む箇所はぎこちない、と指摘を受けた。そのため、第一草稿はさらに専門用語が多くなり、登場人物を描きだしていないため感情移入しにくいものになった。

それでも編集者は意見を聞かせてくれたし、わたしの最初の作品をシュレッダーにかけはしなかった。正しい選択だったと思う。なぜなら、このドキュメンタリーはベストセラーリストに載り続けることになったからだ。

ときどき彼女のメモを読むと、自分が詐欺師になった気分になる。

編集者：「もっと被害者の過去を掘りさげて」

編集者：「ここはもっと突きつめて――むきだしの感情を描いて」

そんなことが延々と続く。

やがて疑問を持つようになってきた。事実を書く作家は、自分を物語に織り込むべきなのだろうか。この疑問は当初から、初めて犯罪ドキュメンタリーの世界に身を投じることになったときから抱えていた。どんな作家の作品でも――ノンフィクションであれフィクションであれ――作品には作家本人がにじみでている。避けるのは不可能だ。登場人物の描写や会話や散文にこっそり入っている。作家は誰にも気づかれないことを願いながら、泥棒のように場面に忍び込む。

ただ、どの程度、話に入れるのがふさわしいのだろう？　まるで綱渡りをしているようだ。作家自身の語りが多すぎると、読者は手抜きだと思う。少なすぎると、もったいぶっているとか退屈だとか、もっと悪いと模倣だと見なされる。

編集者に対し、わたしは理屈っぽい返事を返した——〝作者は物語にはなれない〟それでも、とことん真に迫る作品を作るためには、作者のあらゆる顔、むきだしで率直な姿が必要になる。すべてをさらけだした無防備な姿が。それが物語全体を紡ぐ。

わたしは、そうしたことができる才能をあっさりと見せつける人に羨望を覚える。

首のストレッチをして凝りをほぐすと、キーボードの上に指を伸ばした。〝深く掘りさげて〟という編集者のアドバイスはいまだに生きている。自分の限りある感情表現のなかで、わたしは最善を尽くして冒頭部分を書いた。

これは被害者にとっての真実だ。

血液が、濁った水を赤く染める。彼女の内側を痛みが切り裂き、冷たさが胸をつぶす。氷のような水が肺を満たした。

キーボードの上で指が止まった。椅子を揺らすのをやめる。

被害者にとって、水は冷たかったのだろうか？

記憶の名残が心をかすめ、わたしを打ちのめして消えていった。記憶に冷酷に責めさいなまれている。ふいによみがえる過去にしがみつこうとするのは、のたうつ魚をつかもうとするのに似ている。記憶が痛みを呼ぶと頭はわかっているので、それはすぐさま排除される。魚を湖に投げ戻すように。

湖。

またた、水に浮かぶ蓮が頭のなかによみがえった。

この物語はわたしのものではない。

だめだ。この作品を書き始めようとするのはこれで三度目だが、毎回、過去の引き波にのみ込まれて終わる。それこそが、今パソコンで〝自分の事件についての物語〟を開いている理由だ。ふたつの文書を切り替え続けるのをやめられない理由だ。被害者の死んだ状況があまりに似ている。

この案件を断るべきだった。

わたしは手首の内側の輪ゴムを引っ張って肌に叩きつけながら、ふたつの事件の違いに意識を集中した。この被害者の遺体が発見された場所に蓮はない。確認ずみだ。溺死事件を扱うことにしたときに、真っ先に確認している。

ディレーニー事件は、わたしが仕事として引き受けることにしたなかで、被害者が溺死している初めての未解決事件だ。

「この事件を引き受ける必要はない……」

二週間前、リース・ノーラン特別捜査官からそう言われ、わたしはこう答えた。

「わたしたちが引き受けなかったら、誰がやるの？」

今は、リースの懸念はもっともだったのではないか、この事件は生々しすぎるのではと尋ねた彼は正しかったのではないか、と思っている。被害者は刃物で刺され、湖の岸付近に浮かんでいるところを発見された。溺死だった。わたしの事件の現場とディレーニーが殺された場所は百六十キロしか離れていない。

関連があると思わないようにするには――関連がある部分に目を向けないようにするには――心を殺さなければならない。

それなのにわたしは先走っている。ありもしない類似点を探している。

監察医の報告書によると、被害者は胸郭から骨盤のあたりまで八箇所を刺されていた。ふたつの事件が恐ろしいほど酷似しているにもかかわらず、リースは相違点を指摘した。最大の違いは、胸骨付近の創傷はいずれも致命傷ではなかったことだ。

白い蓮がなかったことについては……。犯罪現場の立地は手がかりにならない。手口や動機に左右されるからだ。殺人方法や、被害者のプロフィールによっても違う。わたしは自分を殺そうとした犯人について考察するときに、これらを追求したことがある。そして、あまりに多くの要素がありすぎて疲れ果ててしまった。

わたしは非常に論理的なタイプなのだが、夢分析まで試してみた。抑圧された記憶を解放することができるのか、確かめるためだ。当然ながらうまくいかなかった。わたしの夢は予兆ではなかった。恐怖から生まれたものだ――ドリューを失う恐怖から。わたしは予知を信じていない。

過去と現在は、人生のさまざまな瞬間に関わってくる。まるで草の葉が反り返って自らの茎に触れるかのように。事件は繰り返す。ある光景はすでに夢のなかに存在する。それをデジャヴュと呼ぶ人もいる。前世での経験と呼ぶ人もいる。

わたしは一生懸命調査をすれば、必ず説明が得られると思っている。けれどそれはバーダー・マインホフ現象、つまり頻発幻想が起きているにすぎない。わたしの頭は類似点を見つけようとする。頭はそうするように作られているからだ。事件のあと、白い蓮をあちこちで見かけるようになった。わたしは蓮に取りつかれている。

もちろん、当時のわたしはフロリダに住んでいた。これは不思議な出来事なのか必然の事象なのか？

明らかに、わたしは感傷的なタイプではない。運命とかチャンスといったものを信じていないし、たいていの不思議な出来事に説明をつけられる。たとえば、以前のわたしはこれほど蓮に目を留めることはなかったはずだ。事件の前、白い蓮は自分にとって意味のあるものではなかった。単純にそういうことだ。

だからわたしは新たな探求を引き受けた。知識や啓発の探求だ。謎を暴くのだ。自分のためではなく、誰かほかの人のために謎を解明し、事件を解決に導くために。

こうしてわたしは、犯罪ドキュメンタリー作家になった。事件を最後まで描くことは、これまで味わったなかで一番リアルな体験だった。

わたしは両手を振り、肺から深く息を吐いた。「これはわたしの事件ではない」リハーサルでもしているかのように、この言葉を口に出し続けることになるだろう。

「被害者を殺した犯人を見つけるのが目的」わたしの犯人ではなく。

なぜなら、犯人こそが欠けている部分であり、事件のすべての要素をつなぐものなのだ。ばらばらのパズルのピースも最終的にはしかるべき場所におさまり、完成の瞬間を迎える。平穏が訪れる。

わたしは新しい段落を書き始めた。

犯人は何を基準にディレーニーを選んだのだろう？

殺人犯と被害者とのつながりは常に謎だ……解き明かされるまでは。たいていの話の結末と同じく、非常に独創的であることはまずない。都合の悪い場所にいた、間の悪い女性だったとか。あんなに残虐な方法でジョアンナ・ディレーニーをこの世界から奪い去るような理由がほかに何かあるのだろうか？

リースとわたしは殺人犯と被害者との関係をきっと見つける。どんなに希薄でも、結びつきは必ずある。偶然出会うことも、互いの姿を目にすることもなかったかもしれない。どこから謎に包まれているにしろ、殺人犯と被害者は今や本能的なレベルでつながっている。ある意味では、普通の人には完全には理解できないようなつながり方をしているとも言える。

この考えに夢中になり、画面上の文書を見つめたが、実際には何も見ていなかった。画面の端が揺れ、強くまばたきし、目をこすった。

彼の手が水のなかへ伸びてくる光景が一瞬浮かび……やがて消えた。

今回わたしはノートパソコンを堅木の床に置いて散らかった机に近づくと、プリンターのトレイから紙をつかんだ。

花の輪郭をスケッチし、針金でできた触覚のように茎が水のなかに垂れさがる様子を描いた。そしてつかの間、赤い蓮の花を見るのはどれほど珍しいことなのだろうと考えた。この花はもともと赤ではない。白い花がわたしの血で薄く染まったのだ。死のフィルターがかかり、インクのような色が水を濁らせる。

男の輪郭を描いたところで手が止まった。顔の部分は真っ白だ。思いだそうと必死になると、こめかみが激しく脈打ち……。

何も思いだせない。

ときどき、この瞬間が夢のなかに出てくる際は、男の顔が警官のダットンになる。あとになって病室で目覚めたときに、この人に会ったことがあると真っ先に思いだした人物だ。夢のなかの男がドリューになることもある。わたしの大学の教授であり、元恋人だ。男の顔は見るたびに異なり、わたしの人生に登場したさまざまな人の顔になるが、常にとらえどころがない。

わたしはののしりの言葉をつぶやくと、鉛筆を置いた。

今日も普段と変わりなかった。

「いつもどおりの日」この狭い自宅にいる一匹だけの生き物に向かって、大きな声で言った。

リリーは猫らしいしなやかな体をグライダーチェアの足のせ台に巻きつけ、長い尻尾を台の脚に絡ませた。リリーは全身真っ黒で小さな鼻はピンク色だ。事件直後の一年のあいだ、わたしはとにかく静けさに耐えられなかった。子猫だったリリーは静けさを追い払い、まさに死んだも同然だったわたしに生気をもたらしてくれた。

体が回復するにつれて、心の救いを求めるようになった。あの夜の記憶にとらわれた状態から解放される方法を試してみたが、役には立たなかった。精神分析医は誰もが、わたしの感情について話したがり、対処方法を説明しようとした。わたしの症状には、なんの効果もなかった。

それでも、ローレンス医師が言った言葉はわたしの心に響いた。〝わたしたちはみな、つながっている〟

この言葉のせいで、自分が過去に関わった人々が、水面下の針金のような茎や蔓(つる)よろしく湖の底で絡みあうさまをよく思い描いた。水面下の暗い世界ですべてがつながりあう。秘密は封印される。

わたしはそこへ、秘密を置いてきた。

顔をあげ、事件の情報を書き込んだホワイトボードにちらっと目をやった。自分の事件を解決することが強迫観念になっていたころからの、神経症患者のような行動だ。その衝動を抑えるために、名前が見えないようホワイトボードを紙で覆っていたこともあった。

これまでのわたしと他人の関わり方は、今とは違っていた。このことが、失われた記憶とあいまって、生きていくうえでの障害となっていた。わたしは人のありようを探るうちに、他人の秘密を、そして事件前の自分と周囲の人との関係を明らかにする調査に着手することになった。こうして執筆を始めたのだ。

最初は、自分の事件の真実を見つけようと熱心に働いた。

ドリューのことをさんざん考えた。彼のどのような行動があの夜の引き金となったのか。若くて世間知らずなわたしの、心理学の教授に対する愛情がきっかけだったのか、それとも彼はもっと中心的な役割を担っていたのか？

最初に倒れたドミノはチェルシーかもしれない。ドリューの家の玄関に現れて妊娠を告げ、わたしを殺人犯の腕のなかへと追いやったのだ。

事件から四年近く経っているが、当時の担当刑事以上に犯人を絞り込むことはできずにいる。

わたしはたったひとつの結論にたどり着いた。人生はクモの巣のように、人間やその行動が絡みあっている。

そして、わたしたちはみな責任を負っている。

ノートパソコンから、スカイプの着信音が鳴った。髪を首筋でおだんごにまとめながら椅子へと歩き、膝の上にパソコンを置いた。リースの写真がアプリの画面に現れた。

わたしは通話ボタンをクリックした。「ヘイル、ディレーニー事件の進捗状況は？」

挨拶もない。かしこまることもない。わたしはこの特別捜査官のこういうところを気に入っている。

「うーん、目撃者の証言はお世辞にも足りてるとは言えないわ」わたしはノートパソコンを足のせ台に置くと床からバインダーを取りあげ、ページをめくった。「正直言って、一年前のことだから記憶があいまいみたい。犬を散歩させていた人や近所に住んでいた夫婦に〝事件を追っているジャーナリストです〟と名乗って電話で質問もしたけど、新しい手がかりを得るためには、法執行機関の人間がもっと高圧的に対応する必要があると思う」

「わかった。了解」リースが言った。「母親とは接触したか?」

わたしは報告書から顔をあげた。言い訳をしても無駄だ。わたしのことなど、リースにはなんでもお見通しだ。「ううん。あなたがしてくれないかと思って」

彼が画面に近づいたので、顔がはっきり見えた。「きみが、家族の人たちと肩の力を抜いて話したほうがいいと思う。彼らへの嫌悪感は忘れるべきだ」

「嫌悪感を抱いているわけじゃないわ」リースに見えないところで、わたしは手首の輪ゴムを弾いた。「自分の限界はわかってる。家族へのインタビューは手に余るの」

「ああ、そうだな。きみのわざとらしい咳払い(せきばらい)は神経にさわるから」

わたしは皮肉っぽく口もとをゆがめた。「それはどうも」

彼は口もとに笑みを浮かべた。「正直さを大事にしているのはきみだろう。ぼくは喜んでごますりの嘘を言うよ」

わたしは首を振って話を続けた。「誰かを見落としているってことはある？」つまり、一年前にディレーニー事件を担当していた殺人課刑事の仕事ぶりはどうだったかと尋ねているのだ。

リースが片方の眉をあげた。そんなふうに、典型的な容赦のない連邦捜査局捜査官(FBI)の顔をしている彼はとても魅力的だ。もし事件を解決し間違いを正すことをこれほど重視していなかったら、テレビの刑事司法バラエティでスターになれただろう。

「常にそういうことはありうる。自宅周辺と勤務先をぼくが自分で一軒ずつ、詳細に調べる必要があるな」リースは深く息を吐いた。「かなりの労力がいる」

彼があまりに察しがいいので、わたしは期待を込めながら誰もいない家を見回した——いるのはリリーだけだ。「今日じゅうにそっちに行かれるけど。わたしの労力はそんなに高くないわよ」

リースは最高に人をばかにしたような目つきになった。FBIは旅費を負担してくれるが、そのせいで彼には山のような書類仕事が降りかかってくるのだ。「ミズーリからだと大したことはできないもの」わたしは付け加えた。「もう一度、全員から話を聞く必要があるし、最初の捜査のときに地元警察が見落としたことがないか、確認もしないと」小さな町の警官にけちをつけるわけではないものの、見落としが多いのは事実だ。当然だろう。こうした殺人事件を扱うには人手も予算も足りない。

リースが負けを認めた。「最長でも一週間だ」一瞬、同情するような顔を見せると、この現地調査の何を本当は気にしているのかを口にした。「現場はフロリダだ、ヘイル。大丈夫か？」

揺らめきながら伸びる蓮を、わたしは押さえつけた。蓮はもとの住処(すみか)である暗い深みに戻っていった。

「大丈夫。それに、フロリダは大きな州よ。ウェスト・メルボルンは何もかもから、百六十キロも離れてるじゃない」

何もかもから。

わたしの殺人事件から。わたしの死から。

殺人犯は捕まっていない。

リースは心配そうにうなずいた。「じゃあ、わかった。今夜会おう。気をつけて」

わたしは手早く荷造りをした。飛行機を予約し、配車アプリでタクシーを呼び、近所の年配の女性に猫を預かってもらえるか尋ねた。彼女が引き受けてくれたので、わたしは出発前にリリーを徹底的にブラッシングした。太陽はちょうど、木々が立ち並ぶ地平線へ沈もうとしている。

空港に着くと、わたしは鍵をもてあそびながら、飛行機の搭乗時間を待った。リングがついている灰色のキーホルダーを回しつつ、キーチェーンにいつも留めているUSBメモリを見つめた。未完成の原稿が——例の作品だ——デジタル符号化されて保存してある。これをどこにでも持っていく。自分の事件が正式に未解決事件入りしてから、解決はできないとしてもせめて自分の身に何が起きたかを伝えようと思っていた。そうすれば自分のなかからこの件を排除できるかもしれない。蓮の葉のように、自分を浄化するのだ。

けれどあの夜のことを掘りさげて調べるうちに、自分が知っている事実はほとんどないことに気がついた。さらに悪いことに、わたしの記憶は完全には戻っていない。悲しみと、あの事件へつながるぞっとする瞬間をつなぎあわせたキルトのような状態だ。

あの事件。

編集者の言うとおりだ。わたしはいまだに自分自身から距離を取っている。六十七秒間わたしの命を奪った、わけのわからない暴力的な攻撃のせいだ。

とにかく、自分が標的にされた理由がわからず、犯人についての手がかりがまったくないせいで、自らの物語を完成することができずにいる。だからわたしは犯罪ドキュメンタリーの世界に飛び込み、ほかの人の物語を読み解いた。ほかの被害者の事件が解決される過程を追ってささやかな満足を得るのだ。

解決。それをわたしは渇望している。

そのせいでほかの未解決事件の捜査に駆り立てられるようになった。事件は驚くほどたくさんあった。統計的には、三分の一の事件が未解決になる。テレビや映画からは大衆は違う印象を受けているだろうが。

それは、さほど悪いことではないのかもしれない。彼なり彼女なり、殺人を企てている人が逃げきれないだろうと考え、殺人を実行に移す前に考え直すかもしれない。けれど、わたしを襲撃した相手には当てはまらなかった。

その人物は、わたしがもっとも無防備なときを狙って襲いかかった。

胸当ての下で、いつもの痛みがわきあがった。考えていることがきっかけでよみがえる筋肉の記憶は、肉と骨に切りかかる。傷が癒えても、頭は忘れさせてくれない。

幻想痛は心労やストレスが引き金となる。怒りもだ。

自分の事件が解決できないのはなぜかと考えることが、一番大きなきっかけになっていそうだ。わたしは事件にのめり込みすぎている。リースと一緒に捜査に当たって、六件の未解決事件を解決するのに力を貸した。一件はベストセラー本になった。二冊目は半年以内に出版予定だ。だが自分の過去を振り返ろうとすると、記憶に幕がかかったようになる。

フロリダに近づくにつれ、痛みが生々しくなってきた。以前の生活からの歓迎の挨拶だ。

おかえりなさい。

3

チェルシーの章

レイキン：当時

ドリューはチェルシーを求めた。わたしも彼女みたいになりたかった。ねたみは強烈で、自分を消耗させる感情だ。成長を妨げ、すべてを消費する。嫉妬は人を醜い化け物に変え、自滅へと向かわせる。当時のわたしは無力感にさいなまれていた。まるで必死につかもうとすればするほど、か細い蔓が指のあいだから滑り落ちるかのようだった。

わたしはドリューを失いつつあった。

彼の目を見ればわかった。彼がチェルシーを見つめ、彼女の名前を呼ぶ。彼女を求める。

わたしはチェルシーの人生が欲しかった。授業中にチェルシーの三列後ろに座って背筋を伸ばすと、彼女が見えた。金髪を後ろに払う仕草や、ペンのキャップを嚙む姿、ドリューのジョークに笑ったときにこめかみにしわが寄る様子も。

チェルシーはあらゆる男が夢見る女性だ。そして、あらゆる女性の悪夢でもある。けれどチェルシーはそれ以上の存在だ。わたしはもっと知りたい……彼女が他人に見せている上辺の下を見て、分析したい。何が彼女を動かしているのか、なかを開いて確かめたい。チェルシーはどうしてあんなに開放的に見えるのかを、周囲の人間が彼女を愛すると同時に憎み、それでも彼女に無視されるのを恐れるよう、どうやって仕向けているのかを。

チェルシーは、わたしに欠けているものを知るための研究対象だ。

わたしは奨学金でセントラルフロリダ大学に通っていた。チェルシーの金持ちの両親はその大学に寄付をしている。わたしはチェルシーとは真逆の人間で、彼女のほうがずっとドリューにふさわしかった。彼の家族は名士で、ドリューも博士号を取れば――ついに――しかるべき地位につけることは確実だった。そうなればもう教壇に立つ必要はない。

わたしは心理学を専攻していた。四年生のチェルシーはその授業を聴講していた。

ドリューは言った。自分とチェルシーを比べるのをやめないと頭がおかしくなるよ。ぼくと彼女のあいだには何もない。すべてはきみの妄想だ。彼女はぼくのタイプじゃないし。お互いの家族が親しくつきあっているから愛想よくしたまでだ。礼儀正しくしなきゃいけないだろう。とにかく、相手は生徒なんだし。

わたしも生徒なんだけれど、と言いたかった。


心が不安定だと男性からは好かれない。

それでも自分ではどうしようもなかった。強迫観念を抑えられなかった。ずっと考えていれば、どういうわけか、現実になるのを止められる気がした。星に願いを託すように。そうした夢は現実にはならないのだから。

チェルシーがドリューを求めているのはわかっていた。美しい女性が男性を求めるいつものやり方で、用がすんだら相手を捨てられるように。彼女たちの焼き印が男の尻に、肉の等級を示すようについている。**処理済。**

一方のわたしは、ドリューとのあいだには何か特別なものがあると信じていた。わたしは社交的なタイプではない。内気で人と関わるのが苦手だったが、ドリューはそんなわたしの心の壁を打ち破った。彼はするりとふところに入り、わたしの暗い片隅を明るく照らした。けれど、こんな親密さを失ったらと思うと……。

ドリューを、そしてふたりのあいだにあるものを失うことはできない。その恐怖はわたしの内側をえぐった。気分が悪くなり、不安を覚えた。

チェルシーの行動がいやでたまらないのと同じくらい、自分自身にも嫌気が差していた。彼女の存在に人生を左右され、過去を、ドリューに出会う前に親しくしていた少女のことを思いださせられるからだ。チェルシーはどことなくその少女、いとこのアンバーを思わせた――生き生きとした、人目を引くいとこは称賛をすべてさらっていった。

わたしはいつも、アンバーの二番手だった。子供のころの彼女は、自分だけが注目されなければ気がすまなかった。けれどわたしは親友だと思っていたし、彼女が好きだった。彼女の影についてまわっているだけで満足だった。当時のわたしは恥ずかしがり屋だったが、自分の殻に閉じこもるようになったのは彼女がいなくなってからだ。アンバーという光がなければ、世界を見たいとは思えなくなった。

だからこそ、今回は、チェルシーを勝たせるわけにはいかない。

アンバーならきっと、わたしが独り立ちできるように力を貸してくれただろう。

わたしは不健全な感情をぐっと押し込めた。息をしないと。ドリューはこれまで、わたしが感情を抑えるのをかなり手助けしてくれた。彼はわたしが経験したことのない方法で心を開かせた。やっと、自分を覆う死んだ貝殻のかけらを脱ぎ捨てる直前まで来たわたしに対し、チェルシーは主役は自分だとばかりに、やりたい放題大暴れしてすべてを台無しにした。

授業が終わり、わたしはメールを確認するふりをしながらドアのあたりでぐずぐずしていた。チェルシーがドリューの机の上に身を乗りだし、髪を指に巻きつけながら笑うのを見つめている。その震えるような笑い声に、心臓の鼓動が速くなり、目を閉じた。

あと一週間。

あとたった一週間で、ドリューとわたしは春休みの旅行に出かける予定だ。一緒に。誘惑や怯(おび)えからは離れて。彼はわたしにべったりになるだろう。この二カ月ほどでしぼんできたように思えた情熱も再燃するはずだ。

ドリューとチェルシーをずっと見ていると、次第に不安になってきた。ふたりとも素敵だった。お似合いに見える。広がりつつあるわたしの心のひび割れに、絶望感が入り込んできた。

何かが起きる前に止めないと。

けれど夢はいまだに生々しく、こちらをあざける。わたしはすでに、どんな終焉(しゅうえん)を迎えるのかを目にしていた。

チェルシーが髪を後ろに払いながら、わたしの横を通っていった。毛先がわたしの頬を打った。

わたしはいまだに覚えている。彼女の髪はイチゴの香りがした。

4

レイキン：現在

未解決事件

ディレーニー事件でわかっていることは以下のとおり。

二〇一八年三月二十三日金曜、午後九時四十五分ごろ、ジョアンナ・ディレーニーはルーセント湖で死体となって発見された。ジョゼフ・メイヤー（仮名）は犬（茶色のラブラドールレトリバー）を連れて人工湖に沿った小道を散歩していた。最初は、葦（あし）のなかに動物が打ちあげられているのだと思った。

好奇心たっぷりのラブラドールレトリバーはまっすぐに死体へと向かった。ジョゼフは裸の女性が湖岸近くに浮かんでいるのだと気づくと（彼の供述による）、悪態をついた。彼女が死んでいるのは疑う余地がなかった。青白い体は泥と草にまみれていた。皮膚はふくれあがり、何も映していない濁った目は大きく見開かれていた。ジョゼフはどうにか犬を現場から引き離すと、小道から911に電話をした。

WMPD（ウェスト・メルボルン警察署）の巡査、レオン・ブラディが通報に対応した。ブラディ巡査は現場に到着すると警察署に無線で、勤務中の殺人課の刑事を要請した。その後ジョゼフに事情聴取をし、供述を取った。

オルソン・ヴェイル刑事と見習いのアレン・ライト刑事は現場に到着して十分で、科学捜査班（CSU）に命じて被害者の周囲と湖の後方に規制線を張った。ヴェイル刑事は検死官を呼んで現場での捜査を進め、自分でも目撃者に話を聞いた。

報告書によると、その後は定石どおりの殺人事件の捜査が行われた。手順に明らかなミスはなく、見落としも目につかない。けれどふたりの刑事からも重大犯罪課からも、これといった見解は示されていない。

殺人事件の捜査において最初の一時間は極めて重要だ。役に立ちそうな情報の大半が得られるのは、事件後二十四時間以内。被害者の身元。最近親者。死因。最重要容疑者を示す手がかりとなる、もっとも大事な三点だ。

ヴェイル刑事の報告書によると、捜査の最初の二日間における最重要容疑者は、被害者の交際相手だった。恋愛対象者が容疑者になるのはいつものことだが、最終的には潔白が証明された。

そのジャミソン・スミスは地元警察に協力し、四十八時間以内にアリバイが証明されて容疑が晴れた。理想的なアリバイとは言えなかったが、個人的判断が捜査に影響するべきではない。浮気相手の死亡推定時刻のジャミソンの居場所について、彼の恋人のキンバリー・トーウェルが決定的証拠を持っていた。彼はキンバリーと一緒にいて、彼女のベッドの支柱に手錠でつながれていた。証拠の映像があった。

長いため息とともにページをめくる。

浮気が絡む事件には否定的な反応をしてしまう。もちろん個人的感情で問題を複雑にするつもりはないが、わたしも人間だ。人間の感情と反応を細部にわたって考察していくと、神経を逆撫でされることがある。

ときおり、わたしたちを人間たらしめているものが、捜査を進展させることがある。

すべては、自分の物事の見方にかかっている。

今は、フロリダのオーランド・メルボルン国際空港で事件の経緯をさらっていた。

わたしはすでにこの事件を個人的すぎる観点から見ている。

事件がほったらかしになっている状況が気に入らない。

バインダーを押しやると、リースがガラスの自動ドアを通ってこちらへ来るのに気がついた。フロリダ自体はわたしにとってもうなんの意味もないけれど、彼の姿を見るとわが家に帰ってきたような気がした。立ちあがって彼を迎える。彼はかすかにうなずいてわたしの手荷物を持つと、一緒に空港を出た。社交辞令を交わす時間はない。解決すべき事件があるのだ。

こういうところが、わたしが特にリースを気に入っている点だ。

こうして、リース・ノーラン特別捜査官と落ちあった。

わたしの事件はおよそ半年で迷宮入りとなった。正直言って、もっと前から迷宮入りしていたのだが、ダットン刑事が公式にお手上げを表明したのがそのときだった。解決の糸口が見つからず、警官たちはどこを捜査すべきかわからなくなり、事件は迷宮入りとなった。わたしの事件の捜査が終了したということではない――未解決事件は公式には捜査終了となることはない――常に捜査中だ。ただ脇に追いやられるだけだ。

わたしが話を聞いたことのある刑事は全員、手の空いた時間には未解決事件の捜査をしていると認めた。手の空いた時間がいかに少なくても。彼らにとって、そうした事件は強迫観念となっていて、最低でも年に一度はファイルを開かなければという気になる。時間を置いたことで、事件を新しい観点から見られるのではないかと思って。見落としていたパズルのピースを発見するのではないかと思って。

わたしの事件に関しては、強迫観念に駆られるほど捜査をした者はいなかった。六カ月後、人員不足と労働過多のリーズバーグ警察はシンシア・マークス（わたしの本名だ）事件は迷宮入りだと発表した。わたしの事件は、地元の麻薬組織による犯罪といったもっと急を要する捜査のせいで脇に押しやられた。

それに、わたしは生きている。ダットン刑事は殺人事件を解決しようとしているのではなかった。レイク郡周辺では、わたしの事件と類似した事件は起きていない。さらなる襲撃をはばまなければという喫緊の懸念もなかった。

警察署や刑事からの折り返しの電話は、どんどん少なくなっていった。電話の向こうの沈黙は、長くなる一方だった。すぐにわたしは、最新情報を求めて定期的にわざわざ電話をかけるのをやめた。

わたしの事件は終わった。

両親は、そのまま放っておくことに満足していた。事件のことを話しても、両親を心配させ苦しませるだけだった。わたしはアンバーではない。彼女のように、両親のもとからいなくなったわけではない。自分たちの娘、ただひとりの子供は生き延びたのだ。両親は正義を追求しなかった。わたしは偏執的とも言える自分の捜査に、これ以上親を巻き込むのをやめた。

わたしは似たような手口の事件に注目することにした。捜査の範囲を広げたのだ。わたしを襲った犯人は地元の人間とは限らない。特定の人物を狙った犯行ではないかもしれない。襲撃者はフロリダの街から街へと移動し、若い女性を無差別に襲っている可能性もある。誰ひとりとして、点を結んで全体像を把握しようと、丁寧に調べてはいなかった。

リースにとって、ＦＢＩの未解決事件課で働くのは望んだことではなかった。二十九歳で現場で負傷。大腿部を撃たれたのだ。怪我のせいで一年近く現場を離れたが、捜査官として復帰するために熱心にリハビリに励んだ。

この点はわたしたちに共通している。

わたしのリハビリも、人生の道筋を変えた。それはミズーリへ続いていた。新しい名前、新しい身分、新しいキャリアの道。自らに課した──苦しい──証人保護プログラムだ。

リースは二度と、現場に出る捜査官には戻れないだろう。そしてわたしは、精神科医になるための学位を取ることができないだろう。神による皮肉な展開で人生につまずいたことにより、わたしたちの道は交錯した。

わたしはFBIの未解決事件課に電話をかけ、不機嫌なリースと話をした。偏執的な被害者の相手をしている時間は彼にはなかった。その週の後半になってから、わたしの家のドアをノックする人がいた。立っていたのは、ファイルを手にした不機嫌な捜査官だった。

わたしは彼にとって最初の、正式な未解決事件だった。

リースは、気持ちを変えた理由はただひとつだと言った。被害者が自分の話をできるチャンスはめったにない。何度となく、亡くなった人に対して死の真相を尋ねられたらと思ってきた。今回はその機会が巡ってきたというわけだ。

その説明を聞いて怒るべきだったのかもしれない。けれど彼と会ったときのわたしは、死んではいないが生きてもいなかった。発見されたのは湖のぬかるんだ岸辺。あの泥が洗い落とされることは決してないだろう。永遠にこの世を去るとき、わたしは泥になる。

それでも自らの事件の解決に役立つ情報を持っていた。自分では気づいていなかったけれど。

最初に顔を合わせたときに、リースは情報の隙間を埋めるためにあれこれ質問をしてから、クワンティコに戻った。それ以降は距離をものともせず、わたしたちはたゆみなく事件を調べた。

リースは目撃者である〈ドック・ハウス〉の客と配車アプリで呼んだ車の運転手にもう一度、事情聴取をした。わたしの地元の警察官とも話し、担当刑事に質問もした。さらにわたしが襲撃されたときの状況を詳細に調べ、わたしが負った数々の傷を覚え込んだ。傷の場所、傷の程度、裂傷の深さ。肌に残った打撲傷と擦過傷までも。

再捜査の開始から三カ月が経つころには、リースは本人と同じくらいわたしの傷に詳しくなっていた。

けれど徹底的な調査にもかかわらず、わたしたちは、三月のあの夜にわたしが標的となった理由という謎の解明にまったく近づいていなかった。たまたま被害者となったように思えた。この事件の証拠から、国じゅうの似たような手口の事件を引っ張りだしたにもかかわらず、リースはわたしが犯人の最初の被害者かもしれないという仮説を立てた。まずい時間にまずい場所にいたせいでわたしは襲われたというわけだ。

もしわたしの事件が最初なら、殺人犯の手口はそれ以降、変わった可能性がある。その可能性にわたしがどれほど無力感を覚えるか、声に出して認めることはできなかった。

襲撃から一年が経ったとき、リースはシルバー・レイクに戻るよう、わたしを説き伏せた。

あそこには二度と戻らないという誓いを……わたしを襲った相手が逮捕されない限りは……破るのはあまりに苦しかった。ふたりで、当時のわたしの足取りをたどった。大学からドリューの家（チェルシーが妊娠を告げた場所）の私道まで。わたしがルームメイトとシェアしていたアパートメント（ドリューとわたしが言い争いをし、警官がわたしの調書を取った場所）から〈ドック・ハウス〉（ルームメイトが、いやなことを忘れられるよう力を貸してくれた場所）まで。それから、わたしの両親がまだ暮らしているシルバー・レイクの集落にほど近い、湖の桟橋。

リースとわたしは、さざ波が立つ湖面に映る三日月を見つめた。

蓮は虹色に輝いて湖面に広がっている。

コオロギが鳴く声がした。その心に残る旋律は、あの運命の夜の記憶がないことを思いださせる。虫の声しかしない静けさを破るように、カエルの耳障りな鳴き声が響く。寂しく不気味な静寂のせいで、わたしの体は芯まで凍りついた。

そのとき、わたしはリースに〝彼〟のことを打ち明けた。ずっと誰にも打ち明けなかった秘密を――わたしのまぼろしのヒーローを信じたい気持ちと、誰かにその存在を否定してもらいたい気持ち、そんな矛盾した思いに葛藤しているのだ、と。

わたしを水のなかから引きあげてくれた人のことを。

死が目前に迫ったあの夜の、現実かどうかはともかく、ただひとつの記憶だ。

その瞬間、リースから人の感情を読み取るトレーニングを受けていればよかったと思った。彼の表情を見て、何を考えているか探ろうとした。けれど、知るのが怖くもあった。

リースの行動はいつも、言葉よりも雄弁だ。彼の沈黙は、あの夜わたしを切り刻んだ凶器のようにわたしを切り裂いた。真剣なその視線は、体を突き抜けて血を流させる。リースに顔を両手で包み込まれ、額にキスされると、わたしはほっとして力が抜けた。

リースが信じるかどうかは問題ではない。わたしの想像の産物かどうかも問題ではない。

わたしは生きている。

人であれ動物であれ、幽霊であれ天使であれ――わたしを湖から引きあげてくれたものがなんであれ――わたしは溺れずにすんだ。

命をまっとうするべきだ。

車のエンジン音を耳にして、長いフライトによる夢うつつ状態(トランス)からわれに返った。リースが借りたセダンのなかで、わたしはシートベルトに手を伸ばしてバックルを留めた。胸もとがぐっと締めつけられる。

「準備はいいか？」彼が尋ねた。

深呼吸をすると、わたしは手首の輪ゴムをねじった。「ええ」

5

レイキン：当時

わたしが覚えているのは、室内で光と色が脈動していたことだ。赤と青の波が震えていた。

わたしはキャメロンの革のジャケットを肩からはおっていた。春の夜とはいえ、蒸し暑くて気温は二十七度はありそうだったが、おののくようなこの状況に、体が震えていた。

「こうなることを夢で見たわ」わたしがいつも繰り返している台詞(せりふ)だった。

あの日、チェルシーが訪ねてきたのがきっかけで、夢のことを思いだした。でも、あれはもっと……夢のなかではもっとゆがんだ光景が、わたしに手招きしていた。

ナイフが肉を切り裂く。血が吹きだす。底知れぬ痛みに叫び声がもれる。

警官がこちらを見ていた。わたしは細かいところにまで集中できない――この状況を理解できない。けれど警官のひどいしかめっ面は覚えている。その表情のせいで、彼は老けて見えた。ほとんど何も見ていないこの警官がわたしの人生を決めつけていた。不満がその顔の上を不愛想な地虫のように這っていた。

「彼女には助けがいる」もうひとりの警官が言うのが聞こえた。

キャメロンはうなずくと、事件について供述した。わたしのルームメイトはとにかくこの警官ふたりを部屋から追いだしたがっていた。彼女は醜態も修羅場も嫌っていた。聞き耳を立てている隣人を嫌っていた。

わたしとドリユーの声を耳にして警察を呼んだのも、盗み聞きが好きな隣人だった。わたしたちの喧嘩が一気にエスカレートしたのだ。

心臓の鼓動が耳のなかに響き、わたしはぎゅっと目を閉じた。目の奥が押される感じが強くなる。頭が割れそうだ。**チェルシー、叫び声、暗い水……**。過去と現在がまざりあって、振り払うこともできない、恐ろしい悪夢になる。わたしは考えるのをやめて、霧のなかをさまよう。

「いったい何があったの？」

キャメロンがわたしの前にひざまずいた。彼女の手のぬくもりを膝に感じる。ルームメイトは警官を追いだしていた。わたしはようやく目を開けた。息が吸えるようになった。どこから話し始めていいのか、友人にどう話したらいいのかわからず、首を振った。

叫び声。ガラスが割れる音。脅し文句。

結局、何が起きたのか、キャメロンはわたしから聞く必要はなかった。うわさはすでにキャンパスじゅうに広まっていた。ＳＮＳは教師と生徒の安っぽい恋愛話を暴露する投稿でわき返っていた。

彼女は自分の携帯電話でひとつ目のスレッドを見ると、毒づいた。

「最低の男」嫌悪感たっぷりの言葉がもれた。「ううん、男なら少しは役に立つこともある。あいつはただのくずよ」彼女の視線がやわらいだ。「ああ、シンシア。本当にかわいそうに」

わたしもそう思う。

けれどこの先、ドリューはもっとかわいそうなことになった。

〝やつをぶち込んでやる〟

ドリューがわたしの事件における最重要容疑者になったとき、刑事がそう言った。病院のベッドで薬漬けになっているわたしには理解できないだろうと彼は思ったようだったが。

〝あいつら、ふたりともぶち込んでやる〟

6

レイキン：現在

リースとわたしには、勝利が必要だった。わたしの事件を捜査するためのシルバー・レイクへの出張が不首尾に終わり、わたしはミズーリに戻った。顔も名前もない犯人は逃亡中だし、あきらめてしまうこともできた。ここで行き止まりだ。新しい手がかりもない。しかも、現場を訪ねて自分の恐怖と直面するという勇ましい試みも失敗に終わった。

あの瞬間は消え失せたも同然だった。

けれど取り戻したものもある。

希望だ。

自分の精神状態によって、希望は祝福にも呪いにもなる。

今のところ、手に入れたばかりの希望はその両方だ。とはいえ、無力感からはあっさりと抜けだせた。リースとともに自分の事件を捜査しているあいだ、わたしは恐怖に執着せずにすんだ。思考が麻痺(まひ)することもなかった。

家に帰ると、インターネットとポッドキャストで未解決事件について徹底的に調べた。わたしは事件にのめり込みつつあった。気になる事件を見つけてはリースにその情報を送っていた。未解決事件の出発点と見解、捜査情報をまとめた。ジャーナリズムの授業で習ったことがようやく役に立っていた。

リースはきっと認めないだろうが、彼もわたしと同じくらい新しい事件を必要としていた。わたしの事件を解決できなかったせいで、彼の立場は危うくなっていた。FBI捜査官としてのキャリアはまだ終わっていないと信じ、期待をかけるしかないのだ。わたしが〝つきまとう〟のを彼が許しているただひとつの理由はそこにあると思っている。ほどなくわたしは、FBIの未解決事件課のコンサルタントになった。非常に安い時給で働く、非公式のチームメンバーだ。

こちらもFBIは認めようとしないが、未解決事件の解決までを描いた本が『ニューヨーク・タイムズ』紙のベストセラーリストに載ったことで得られた肯定的な評判のおかげで、部署内でのリースの小さなチームは安泰だった。

わたしたちは二カ月でパターソン事件を解決した。いい気分だった。やめられなくなりそうなくらいに。

わたしは執筆を始め、最初の作品を書きあげ、本の権利を売った。もう一冊本を書いたあと、リースとわたしは六件の未解決事件を解決した。

ふたりとも、わたしの事件にはずっと手をつけていない。

わたしは車の窓を少し開けたが、そうしたとたんに後悔した。フロリダの蒸し暑い空気は、東海岸のじっとりとしたにおいに満ちていた。この地では、どこへ向かって石を投げても、必ず水に当たる。湖、池、川。フロリダはゆっくりと大海へ沈んでいく長い半島なのだ。

求めてもいない感傷の波に襲われ、わたしは輪ゴムを弾きたい衝動に駆られて、そわそわと手首をかいた。ドリューとビーチにいたときの記憶がよみがえったが、すぐに抑え込んだ。窓をあげるためのボタンを押す。

まるでわたしの心を読んだかのようにリースが言った。「懐かしいだろう」

わたしは通気口からの空気を循環させていた車の空調を切り替え、外の空気を取り込まないようにした。「それは質問、それとも責めてるの？」

彼は笑わなかった。リースはめったに笑わない。それでも、彼の唇が少しカーブしたことに気がついた。

「このにおいが懐かしいかって？」わたしは尋ねた。「肌にまとわりつく、ほこりで汚れた気分になる、シャワーを浴びたばっかりでも汗がにじむ、このじっとりした湿気が？」

リースがにやっと笑っているのは、見るまでもなくわかった。「全然」

窓の外の州道一号線の単調な景色を眺める。

「集合住宅から当たっていくのがいいんじゃないか」彼が言った。わたしは話題が変わったことをありがたく思った。「近隣を詳しく調べて、新しく供述を取ろう」

わたしはほっとして、うなずいた。「朝一番に。わたしたちはどこに泊まるの？」

わたしは荷造りもそこそこに飛行機に飛び乗った。宿泊に関するもろもろについてはリースが手配している。立て替え分をＦＢＩに請求する手続きは自分がしたほうが簡単だと彼は言っていた。

リースはウィンカーを出すと、高速道路に入る車列に合流した。「〈ホリデイ・イン〉だ。メルボルンとウェスト・メルボルンのあいだにある。遺体が発見された場所からもそれほど離れていないし、われわれが調べておくべきほかの場所からも近い」

リースがフロントで宿泊手続きをするあいだ、わたしはコンバースを履いた足の近くにスーツケースとバッグを置いて、ロビーで待っていた。長距離を移動するのでなければ、もっと改まった服装をしていることが多い。人は、捜査官とその相棒が捜査中はきちんとした服装をしているべきだという先入観を持っている。服装のせいで気が散ることがなければ——捜査官の服装が合格点かどうか判断しようとして——相手は事件に意識を集中することができる。

一方、リース・ノーラン特別捜査官は常に、定番のブラックスーツ姿で薄茶色の髪もきちんと整え、それらしく見える。手入れをしていない顔も見たことがない気がする。いつもきれいにひげをそってある。

彼の好きな言い回しはこうだ。〝ぼく自身が仕事だ〟

わたしも似たようなものではあるが、作家の場合はもう少し自由な服装でも許される気がする。そうは言っても捜査のときにはパジャマのような格好はしない。

わたしは眉間にしわを寄せないよう唇を嚙んだ。人生のある時点で、もっと違う道を歩んでいたときには、専門職にふさわしい服装を求められていた。犯罪ドキュメンタリー作家のレイキン・ヘイルよりも、心理学者のマークス博士のほうがはるかに専門職らしい印象を与える。とはいえ、どちらの道もたどり着く先は、犯罪者の心理と行動の捜査だ。**捜査の意味が異なるだけだ。**

「全部手配ずみだ」リースからカードキーを渡され、思考が途切れた。

「ありがとう。じゃあ、明日の朝に」

わたしたちは廊下の突き当たりでふた手に分かれた。その日、ホテルのベッドに横になるまでに、わたしは強迫感にとらわれて自分の手首にはめた輪ゴムを二十六回弾いていた。にもかかわらず、思考はいまだに過去にしがみついていた。

ヴィスタ・ショアの集合住宅は遺体が発見された場所から道を渡ったところにあった。被害者のジョアンナ・ディレーニーはこの住宅の二〇八号室に住んでいた。母親のベサニー・ディレーニーは二一三号室に住んでいる。

リースとわたしはエレベーターに乗り、二階へあがった。

「いきなり手ごわい相手とぶつかるのね」エレベーターのポンという音が鳴ると、わたしはつぶやいた。かごが急に止まる感覚に、そわそわする。

リースはわたしを先にエレベーターからおろした。「母親というのは最難関だ」彼も認めた。

「両親は普通、被害者の私生活がどうなっていたのか最後まで知らないものでしょう」

リースはため息をついた。「ミズ・ディレーニーは娘の家と数軒しか離れていないところに住んでいる。普通の親子より仲がいいのかもしれない」彼は母親の家のドアの前で足を止めると、わたしをちらりと見た。一瞬、自分の両親とほとんど関わっていないことをわたしに当てこすっているのだろうかと思った。「母親が被害者と仲がよかったら、最後の数日間についてもっとわかるかもしれない」

リースの理論はもっともだ。わたしは呼吸を整えようと息を吸い、難しい対面に備えて気合いを入れた。人に対して無関心なせいで、わたしは思いやりに欠け、非情だという印象を与える、もしくは与えると言われている。嘆き悲しんでいる親を相手にするのに、これではうまくいかない。

この数年リースに事情聴取の訓練を受けて、わたしは自分を隠すのがうまくなった。

あるいは周囲と調和するのがと言うべきか。つまり、芝居をしているようなものだ。相手に同情しているふりをしているという意味ではなく——それでは社会病質者だ——いかにも自分の意見を言っているように装っているということだ。

リースがノックをして数秒後、ミズ・ディレーニーが戸口に現れた。浅黒い肌はかつては健康的な輝きを放ち人目を引いたことだろう。今は血色の悪い、土のような肌色をしている。落ちくぼんだ目にひび割れた唇もあいまって、自分のことなどかまっていられないことが外見からうかがえた。

「ミズ・ディレーニー。わたしはFBI未解決事件課のリース・ノーラン特別捜査官です。昨日の昼に電話でお話しさせていただきました」

話をしたことを告げると、相手ははっとした。「ああ、そうね。そうよね。入ってちょうだい」彼女はドアを大きく開け、わたしたちをなかへ通した。「散らかってるのは気にしないで。ほとんどの物は箱に詰めるつもりでいるんだけど」

ミズ・ディレーニーは家のなかの状態を言い訳しながら、居間のソファへわたしたちを案内した。リースは彼女の弁解を一蹴した。「きれいなお部屋ですよ」

畳んだ服の山と居間の壁に並んでいる小物以外は、この部屋は完璧だった。ミズ・

ディレーニーはわたしたちの正面の安楽椅子に座った。乾燥してひび割れた手が目についた。彼女は掃除をしている……一日じゅう。

わたしの胸骨の下が激しく痛んだ。

リースは始めるようわたしにうなずいた。たいていの女性は、同性と話すほうが楽だということに気づく。少なくとも最初のうちは。わたしは自分の携帯電話の録音ボタンを押すと、ガラステーブルの上に置いた。「気になりますか？　事情聴取を再現するときには役立つんですが」

彼女は素早く頭を振った。「結構よ。かまわない」

こうして、気を遣って話を切りだし、厳しい質問をぶつける。事件を担当した刑事がすでに母親に対して何度も何度も尋ねていることばかりを。向こうも答えを繰り返すのはうんざりしていることばかりだろう。それはわかっているが――それでももう一度だけ答えてもらう必要があった。新しい情報を発見できるかもしれない。

「ミズ・ディレーニー……」

「どうかベサニーと呼んで」彼女の笑みはぎこちなかった。

わたしの笑みも彼女と似たようなものだった。「ベサニー、あなたのお嬢さんにこんなことをしたのは何者だと思いますか?」

もっともつらい質問のひとつである半面、もっとも重要な質問のひとつでもある。公平とは言えない親の判断が逮捕という結果につながることはまずないものの、ほかの利害関係者につながることもある。ほかの目撃者につながることも。捜査に当たっている刑事が見落としている誰かへと。

ベサニーの顔から血の気が引いた。震える手でテーブルの上の雑巾をつかんだが、膝に置いただけだった。「ジョーはあのころ、ジャミソン以外につきあっている人はいなかった。そんな娘じゃないもの」

彼女も、ボーイフレンドや夫が最重要容疑者となることを知っているのだ。娘の殺人事件を解決する手がかりを見つけようと、警察ドラマを何本も我慢して見たのだろう。

「お嬢さんが親しくしていた人である必要はないんです」わたしは強調した。「最初に頭に浮かんだけれど、自分で否定してしまった人、どこからそんな考えがわいたんだろうと思うような相手かもしれません」

母親の直感には何も引っかからなかったようだった。

ベサニーは茶色の目を見開いてこちらを見つめた。まるで秘密を暴かれたかのように。「リクソンだわ。マイク・リクソン……そんな名前だったと思う。ジョーが働いていたバーの上司よ。あの店で働いていたのは数カ月だったけど、ある夜、わたしが店に行ったときの、娘を見る目つきを覚えてる。なんとなく違和感を覚えたというだけなんだけど」母親は顔をしかめた。

「ありがとうございます、ベサニー。とても参考になりました」わたしは自分のノートに視線をやった。「ジョアンナのモデルとしてのキャリアについて少し話していただけますか?」

わたしは、ベサニーが言うところの〝よかった日々〟についての話を聞いた。被害者の経歴の出だしは見事なものだった。ジョアンナは十九歳で、業界でも有名なモデルになる道を順調に歩んでいた。希望の星だった。四年間キャリアを積んだものの、大きく人気を落とした。容赦のない競争、厳しい業界、モデルたちはそこでやっていけるか、いけないのか。年を取れば、若くてフレッシュな顔ぶれを蹴落としてトップにのぼりつめるのはどんどん難しくなっていく。

ジョアンナは短期間だがヨーロッパに渡り、印象的な写真が女性誌に載った。それからいきなり、スターダムにのしあがったときと同じ速さで、オファーが途絶えた。貧乏人が金持ちに、そしてまた貧乏人に……最後は衝撃的な死の物語に。

わたしの出版社が刊行にオーケーを出すのは、人の好奇心をそそり、大衆の興味を引きつけると思われる人物を題材とした犯罪ドキュメンタリー作品だ。驚くことでもないが、愛らしい顔が表紙で、内容は悲劇の物語となれば文句なしだ。読者はショックを受け、恐れおののくのが好きなのだ。しかも、誰かの不幸な人生と自分の人生を比較して、少しはましだと思いたがりもする。

悲しいけれど、紛れもない真実だ。

わたしは、出版社の希望に沿っているからジョアンナ・ディレーニーを選んだのではない――ジョアンナ・ディレーニーがわたしを選んだのだ。彼女が墓から這いだして、互いの共通点をささやいたので、わたしはすぐさま、この謎を解明しなければという強迫観念に駆られた。

リースが会話に割り込んだ。証拠を集めるため、被害者が殺される前の数週間の日常生活を知るため、いくつか質問をした。

事情聴取が終わると、わたしは録音を止めて内容を聞き、すべて記録されていることを確認した。それからベサニーに礼を言うと、ドアへと向かった。

「あなたが例の犯罪ドキュメンタリー作家ね」ベサニーが言った。わたしは開いたドアのところで足を止め、リースがその横に立った。「あなたの本を読んだわ。ノーラン捜査官が娘の事件を再捜査するかもしれないと最初に連絡してきたとき、あなたのことを調べたの。あなたのチームは、ふたりで一緒に捜査に当たった未解決事件はすべて解決しているのね」

わたしの事件をのぞいてはすべて。

わたしは助けを求めてリースを見あげた。彼の唇はまっすぐに引き結ばれ、眉はひそめられていた。その青みがかった濃灰色の目はこう言っていた。〝彼女は、きみのチームだと言った〟

それはどうも。

不安を覚えながらも、わたしはベサニーの乾いた両手を握った。「精いっぱい頑張ります」わたしは母親に約束した。

ベサニーの目はたまった涙と希望で輝いていた。

希望。

一年間、真実を探し続け、娘のために正義の鉄槌（てっつい）が下されることを求めた結果、希望はベサニーの呪いとなった。希望という紗布（しゃふ）は、最後の一本まで糸を断ち切ろうとしても心のどこかにまとわりついている。被害者の家族が立ち直れず、先へ進めないのを見るのはつらいことだ。

「ありがとう」ベサニーはわたしの片手をぐっと握ってから放した。そして涙を流した。涙の川が彼女の頬に筋を作る。まるで砂漠の峡谷に雨が降ったときのように。

ドアが閉まる音が狭い廊下に響いた。わたしはエレベーターへと早足で向かった。長身のリースがすぐ後ろにいるのを感じた。「うまくやれたじゃないか」彼は言った。「こちらは事件を終わらせることしか約束できない。遺族はそれでは満足しないが。愛する人を生き返らせるのは無理な話だからな」

「わかってる」わたしは事件を終わらせるつもりだ。嘆き悲しむ両親のためのチェックリストがある。両親が〝殺人犯を罰する〟という段階にずっとしがみついてしまい、リストの次の項目である癒しの段階に進むべきなのに、そうできないことがある。

「ベサニーは今まで会ったなかでも一番、純粋に嘆き悲しむ母親だった」わたしは言った。「彼女を公平に扱うようにしたいわ」

犯罪ドキュメンタリー作家である以上、被害者に敬意を払うべきだと思っている。人物を創造し、何もないところから魔法のように人を作りだす工程と——彼らに命を与え、個性を吹き込む——現実の人間を紙面に描きだすことには、はっきりとした違いがある。

もしわたしがフィクション内で登場人物を殺したら、読者はそのときは、いやな気分になるだろう。ただ、それも次の本を手に取るまでのことだ。

一方、ある人物——実在の人物——について調べ、その生涯を描くときには、彼らの人生に自分が入り込む。わたしは彼ら被害者に対して責任があり、それと同時に、被害者の死を悼む遺族や友人に対しても責任がある。彼らの悲惨な経験を、最大限の敬意を持って分かちあう。思いやりを持って、慈悲深く。

たとえそれが、自分が描く本物の殺人犯と自分自身とのあいだに一線を画するほかの方法がないというだけの理由であったとしても。

善と悪とのあいだにはっきりと線を引く必要がある。

わたしには。

被害者の声は、被害者の親しい人たちの声と同じく、わたしの作品の道筋を作る。

リースとわたしは一階におりるまで黙っていた。ドアが開いたとき、わたしたちの気持ちは切り替わっていた。

わたしたちのチェックリストの次の項目は遺体が発見された場所だ。

7

ドリューの章

レイキン：当時

わたしが彼に最初に出会ったのは、異常心理学の授業だった。わたしは二列目の席に座っていた。彼は自己紹介でドリューと名乗った。教授でもなければアボットでもなく。もちろんアンドリュー・アボット教授でもなかった。ただのドリュー。彼は教授としては若かった。クールな教授だった。生徒が意見を言っているときにさりげなくウィンクをして、特別扱いされた気分にさせてくれる人だった。

彼は導入の講義で、異常の定義について話した。

「ぼくたちはこの言葉を聞くと直感的に、無意識のうちに、否定的なくくりに入れてしまう。異常なものは正常ではない、だから間違っている、と」ドリューは教室を見渡し、多くの生徒と目を合わせた。わたしもそのなかのひとりだった。「きみたちには先入観から自由になってほしい。先入観を手放すんだ。異常イコール間違っているではない。異常心理学を、その疾患のせいで患者の生活の質が低下する障害という観点から考えるんだ」

ドリューは聡明だった。そして美しかった。周囲の誰をも魅了する、究極の組みあわせだ。彼はブラックホールの引力のように全員を取り込んだ。なのに引っ張られているほうは体が軽くなった気がして、彼という太陽のおかげでぬくもりを感じていた。

最前列に座っていた女子生徒が手をあげた。「不適応行動についてはどうですか、ドリュー？　精神疾患との違いは？」

わたしは目をむきそうになった。この生徒は――彼の注意を盗んだこの生徒は、素敵な丸い胸と、魅力的ではずむようなウェーブのかかった髪の持ち主だった――異常心理学の授業を取ったのなら、その違いくらいわかっているべきだ。取る授業を間違えたのかもしれない。うっかり、詩の授業だと思ったのかもしれない。

金髪で丸い胸の生徒は詩の授業を取るものだ。

わたしは最初から彼女をばかにしながらも、うらやましく思っていた。その目立ち方も、ドリューの気を引くために間抜けな質問をするところも。そしてその効果も。

彼女が教室を見回すと、わたしの心臓は飛びだしそうになり、鼓動は激しくなった。彼女はとても魅力的だった。その美しさは、同じ教室にいる女子生徒全員にとって衝撃だった。空気がさざめくのが感じられた。集団的ドミノ効果よろしく、反応が一気に伝染していく。

ドリューは彼女の机の前に膝をつくと、手首を机の端に置いた。「素晴らしい質問だ、えーと……」

「チェルシーです」

「根本には精神疾患がある。不適応行動とは、その疾患への不健全な対処方法のことだ。ほとんどの場合、病気は悪化する」

ここにいる全員が心理学の基礎講座で習っていることだ。

不愉快な感情は、わきあがったときと同じくらい素早く消え去った。チェルシーのような退屈な女性をねたむのは無理だ。それでも、わたしは彼女をちらっと盗み見るのをやめなかった。ほんの好奇心から。

のちに、ドリューがわたしを選んでからは、〝セクシーな教授〟狙いの退屈な女性の群れからわたしを選んでからは、わたしにはもうチェルシーを恐れる理由はなくなった。

けれどドリューがいつも言うように、恐怖に悩まされるというのは、それ自体が不適応行動だ。

ドリューは立ちあがると、教室じゅうの注目を自分に集めた。「患者は症状に対して、無数の対処法を持っていることがある」ジーンズ姿で教室の一番前を歩く彼を、わたしは素敵だと思った。「たとえば、ぼくは以前、日々の生活における選択を夢判断に頼っている患者を診たことがある。家から出ることも、支払いをすることも、シャワーを浴びることさえも、ぼくが夢の分析をしてからでないとできなかった」

別の生徒が手をあげた。「だったら、先生は基本的に、患者の選択や人生をコントロールしていたということですよね。ずいぶん危険なのでは？」

この質問には好奇心をそそられた。答えを知りたいと思い、わたしは身を乗りだした。

「そうだ。フロイト派の手法は、間違った使い方をすると危険になりうる」ドリューは言った。「この症例で難しかったのは、基本的に自分で人生の判断を下せるよう、患者自身に夢の判断をさせるために精神分析学を使うことだった。患者の潜在意識を深く掘りさげてみると、抑え込んだ記憶を夢を通じてさらけだしているとわかった」

黒板に歩み寄ると、よみがえった記憶について書いた。

「コンピューターを想像してほしい。心は魅力的で複雑なクモの巣のようなものだ。記憶は紡がれた網目、すなわちネットワークに沿って運ばれ、蓄積されたデータフォルダーに接続する。しかし、ここでコンピューターとの違いが出てくる。人間は記憶を完全にはっきりと、細部に至るまでよみがえらせることはできない。ぼくたちの心は記憶を呼びだすときに改変する。ぼくたちの記憶は、再生するたびに少しずつ変わっている」

ドリューは、まるで詩を読むかのように、とうとうと心理学用語を使って説明した。彼はまっすぐこちらに語りかけているような気分にさせてくれた。個人的に親しくなった気がした。

ドリューに出会った最初の日に、わたしは恋に落ちた。

そして悟った――脳内に巡らされた神経細胞のどこかで――この恋がわたしを破壊するだろうと。

8

結末のない物語

レイキン：現在

フィクション作家と同様に犯罪ドキュメンタリー作家も、語るべき物語に合わせた自分のスタイル、自分の書き方を持っている。わたしたちは事件や殺人犯、被害者の捜査に力を尽くす。本質的に、真実への道を明らかにしようと努める。

事件が解決するのかしないのか、殺人犯が逮捕されるのかされないのか、によってもスタイルは変わる。人間がそれぞれ違うように、本もそれぞれ違っている。指紋のように、本にはそれぞれ個性がある。

事実を書き連ね、読者を真実の探索へといざなう書き方をする作家もいる。陪審員を前にした弁護士が論拠を示すように、細かい点まで説明し、順序立てて自分の意見を述べるのだ。最終的に自説が証明され、読者が納得してくれれば、作家としては満足だ。

わたしの場合、捜査をして持論を展開するだけでは足りない。求めているのは——必要としているのは——解決だ。殺人犯を捕まえたら、その目をのぞき込んでみたくてたまらない。さらに、もう人殺しができないこと、人生の終わりを迎えたことを確かめたい。

もちろん、これは安全で離れた場所から行わなければならない。自宅の暗い居間で、加害者が手錠につながれている画像をインターネットで検索する。警官が犯人に刑務所の扉をくぐらせる動画を眺める。ペンネームを使うのが重要である理由もここにある。こうした〝悪いやつら〟が作者に接触できないように。危険な行為だが、それでも……。

満足を得られる。

やがてまた同じことが繰り返されるのだ。

わたしはファイルの箱を引っ張りだして、なかをあさり始める。次の事件を探して。

麻薬のようなものだ。パターソン事件を解決したときに初めて味わった達成感を一度経験してしまうと、以前よりも激しい渇望がよみがえるのにさほど時間はかからなかった。どれほど多くの殺人犯を捕まえても、怖いほどにとどまることを知らない、満たされることのない欲望を抱えている。

これが何を意味するのか、わたしは気づいてしまった。心理学を専攻していたから、自分のことはかなり正しく分析できる。だから心理学における否認（受け入れたくない状況を認めようとしない防御機制）をすることもない。自分の未解決事件が後回しにされていることに憤り、注目を集めようとしているのだ。

そのせいで、心が休まる時間は長く続かない。

すべての事件が本になるわけではない。けれど、すべての事件は解決されなければならない。それは、わたしの事件のファイルを永久に閉じたときの、わたしとリースのあいだの暗黙の了解だった。

ポケットのなかのキーチェーンにつけてあるUSBメモリが重たく感じられる。書きかけの本は常に背負っている重荷だ。

わたしは結末のない物語だ。

わたしは結末のない物語を憎んでいる。

わたしがコントロールできるただひとつのものは、新たな事件、新たな犠牲者だ。

ジョアンナ・ディレーニーのように。彼女は哀れみや自己憐憫の対象ではなく、しっかりと意識を集中すべき相手だ。わたしはこの世にいるが、彼女はいないのだ。

ルーセント・レイク・ウェストは蒸し暑かった。昼前からすでに蚊が飛び回っている。わたしは虫よけスプレーを腕に吹きつけ、ボトルをリースに渡した。フロリダで暮らすのに忘れてはならないことのひとつだ。

「防虫剤を散布するトラックがよく通りを走っていたのを覚えてるわ」わたしは穏やかな湖面を見つめながら言った。ふいに風が強くなり、水面にかすかにさざ波が立った。「母がいつも、急いでなかに入りなさいって叫んでたわ。そうしないとガスを吸って死んじゃうのよって」少しぞっとする昔の思い出に、わたしは笑みを浮かべた。

ある日、アンバーと自宅の裏庭でオレンジの木にのぼっていると、例のトラックがやってくるのが見えた。わたしたちはどちらが先に木からおりられるか競争した。彼女はわたしに勝ちを譲った。わたしもそれはわかっていた。彼女のほうがすばしこかったし、身が軽かったからだ。

わたしは勝とうとして木から落ちて手首を折った。

そのときにはっきりと悟った。わたしは世界じゅうのアンバーのような人たちに、勝つことはできない。

リースがスプレーをわたしのバッグに入れると、わたしは袖をたくしあげ、手首の輪ゴムを弾いた。

「そんなトラックがあるなんて知らなかったよ」彼はそう言いながら、タブレットのなかから犯罪現場の写真を呼びだした。

わたしは片方の眉をあげた。「うらやましい」

リースの引き結んだ口もとに、薄ら笑いが浮かんだ。彼はフロリダ半島の北西部で育ったと以前に話したことがあった。国じゅうのどこよりも雨が多い地域で、冬は寒くて厳しい。だからこんなにあたたかみのある人間に育ったのだろう。わたしは訳知り顔の笑みを返した。

リースはわたしにタブレットを渡した。「監察医によると死亡推定時刻は午後八時前後。特にひとけのない場所ではない」あたりの湿地を見回す。「それでも翌日の夜、犬を散歩させていた人が通報してくるまで二十四時間、ジョアンナは発見されなかった」

リースの思考の流れを追うのがときどき難しくなることがあるが、この瞬間は彼の理論をしっかり理解していた。「被害者のスケジュールやこのあたりに詳しい人物。ジョアンナがひとりになることを知っていて、遺体がなかなか発見されないこともわかっていた。彼女はほぼ毎日、ここを歩いていたと母親が言っていたわ。仕事のあとの気分転換だったと」散歩はメタンフェタミン中毒から回復するための断薬プログラムの一環だった。

ＦＢＩがその事実を把握していると知っているはずなのに、ベサニーは細かいことは話したがらなかった。薬物中毒は家族を引き裂く嵐だ。時間が経ってもすべての傷が癒えることはない。

リースはうなずくと、隣接する集合住宅を見やった。「警察は集合住宅のなかでも被害者が住んでいた近所の聞き込みしかしていない。ほかの住民を当たってみようか？　この湖を取り囲む一帯にはあと三棟、集合住宅がある」

「目撃者は名乗りでてきていないかも」わたしは声に出して推理した。「それにすぐ近くに住む人なら彼女の日課を知ることもできる」

「湖に沿って歩いてみよう。遺体が発見された場所が見える集合住宅がどれなのか確かめるんだ」リースは岸辺に向かい始めた。

先に立って歩く彼のあとを追う前に、わたしは写真が表示されたままのタブレットに視線を向けた。不吉な予感が全身に広がり、胸がちくりと痛む。

昨晩、わたしはホテルのベッドに横になりながら、事件ファイルのほぼすべてに目を通した。報告書は不気味なほど正確に死体を描写していたが、切断された死体を実際に見るのはまた別の話だ。写真は生理的な反応を引き起こした。

慎重に息をすると、死体の胸郭に伸びる裂傷を拡大した。ふくれあがった皮膚や水に浸かって血の気の引いた外見にもかかわらず、わたしには想像できた。襲撃で亡くならなかった被害者の傷が癒えたら、どんなふうに見えるか——どんなふうに感じるかを。

場所も大きさも違っている……それにもかかわらず、傷を目にすると、アルコールを摂取したかのように血圧があがった。わたしは眩暈(めまい)を起こし、タブレットをおろした。

「まったく」どうにか肺に空気を取り込めそうだ。喉の収縮をこらえる。よろめきながら葦の生い茂る岸辺に向かったが、脚に力が入らなかった。「リース……」わたしの声は届かなかった。「ノーラン捜査官！」

呼びかけに気づいて、彼は水辺で足を止めた。振り返ってこちらを見るとき、スーツのジャケットが湖を渡る風を受けてはためいた。顔には問いかけるような表情が浮かんでいる。

わたしはリースに追いつくと、タブレットを掲げた。「これを見た?」

彼が両手を腰に当てたので、ジャケットの前がさらに開いた。「ヘイル、なんの話だ?」

「これよ——」わたしは画面の被害者を指さした。「検死報告書にはこの裂傷について正確に記載されていない。知ってた? この写真は見た?」あまりの詰問口調に、自分でも驚いた。深呼吸をする。「わたしの頭がどうかしてるかしら?」

リースが昼間の太陽の下で目を細めると、眉間のしわが深くなった。それからわたしと目を合わせる。「きみは正常だ」

わたしがほっとしたのも一瞬だった。

「だが」彼は続けた。「この事件を扱ってもだいじょうぶかとぼくは尋ねた」非難する口調だった。

わたしはタブレットを脇におろした。「それとこれとは——」

「ぼくは報告書を読んだ。写真もじっくり見た。きみに確認もした」リースは強調した。

「やめて。わたしの反応について話してるんじゃないの。わたしを分析しないで。この事件には、わたしの事件とのはっきりした類似点がある」そう言ってしまったからには、もう取り消せない。

張りつめた沈黙のなか、わたしは彼の向こうの、さざ波が広がる湖を見つめた。

取り消さないと。

でも、できない。覚えのある痛みがよみがえった。実際よりも激しい痛みだった。

リースが近づいてきた。寛大なことに、わたしにそれ以上の詳しい話を求めなかった。そうする必要もなかった。彼はこうした反応を以前にも見ている。被害者を相手にしているときに。

「ヘイル、ぼくを見るんだ」

わたしは無理に湖から視線を外したが、訳知り顔のリースの目を見るのはつらかった。それでも彼を見つめ、冷酷な真実と向きあった。

リースの顎に力が入っている。頬の筋肉がわずかに動いた。彼は自分を抑えていた。

「類似点があると思うんだな?」ようやく言った。

わたしは首を振った。「わからない」

頭のなかで心理学の授業を振り返った。遅発性の統合失調症はありもしないものが見えることから始まる。それから、頻度幻想、すなわちバーダー・マインホフ現象が続く。これはストレスのサインでもある。たとえば、自分が襲われた状況に似た未解決事件を捜査している場合の。

単純で、もっとも論理的な説明は、ストレスだ。

「ぼくに意識を集中して。こっちに」リースはそう言うと、わたしをまっすぐに見た。彼の冷たい目のなかで何かがきらめく。彼はタブレットを取りあげ、裂傷を拡大した。

「検死報告書にはなんと?」

「裂傷の長さは十五センチだと。でも、もっと長い気がする。それに報告書にはこの角度からの写真は載っていなかった。病理学者が計測を間違えたのかも……」

「この事件ときみの事件には類似点があるかもしれない。そのせいできみは不安を抱え、具合が悪くなるかもしれないことは、ある程度予想できる。この事件を扱えなくても、誰もきみを責めない」リースは息を吸った。その喉が動くさまを、わたしは見つめた。「ぼくも責めない」

こめかみのあたりを押されている気がして、わたしは手首の輪ゴムを弾いた。「対処できるわ」

彼は深く息を吐いた。「殺害現場を調べる前に、事件について見直すべきだ」

「わたしは大丈夫よ、リース」わたしは唇を噛んだ。彼がうつむいたせいで、ふたりの距離が近づきすぎていることに気づき、わたしは動揺した。

いつもながら、リースと一緒にいると落ち着かない気分になる。彼は後ろにさがり、わたしとの距離を取った。心の内にある口には出さない疑問に答えるかのように、一度だけうなずく。「最初にぼくは、あらゆる類似点を取りあげ、あらゆる相違点を洗いだした。しっかり確認した。似たところもあるが、ぼくたちが探している犯人とは違う。もし一瞬でも、関連があると思っていたら――」

「わかってる」リースの言葉をさえぎった。わたしは手で髪をすきながら、彼を見あげた。「似ているところもあるけど、同じとは言えない」ジョアンナは服を脱がされていた。犯人にとっては明らかな違いだ。「この事件はわたし自身ともわたしの事件とも関係ない」

「本気でそう思ってるか？」

「この被害者は腹部を中心に、胴を八箇所、刺されていて、傷の深さはまちまちだった」そう話すあいだ、リースがちらっとわたしの胸もとを見た。薄い生地を透かして傷を見られているような気がしたので、わたしは腕組みをした。「致命傷は左胸の刺創で、肺と肺動脈にまで達していた。死因は溺死」

わたしは監察医のように客観的に、淡々と報告書を暗唱し、分析した。こうすれば事件を大局的に見られ、事実に感情移入せずにすむ。

わたしは刺創を十箇所に負った。傷のひとつは胸骨に達する深さだった。外傷が原因の肺水腫でわたしは死にかけた。襲撃を受けたときのことを思いだせないのは、これが理由だろう。

リースはわたしをじっと見ていた。「きみの事件とは似ていない」

わたしは顔に当たるほつれた髪を払った。「わかってる」

すでに納得している。わたしはもともと感情的な人間ではない。暴行を受けたあとも、泣き叫ぶことができなかった。テレビで暴力的なシーンを見ても胸が苦しくなることもなかった。ニュースを見ても、人間不信に陥ることはなかった。リースはわたしがそういう人間だと知っている。だから何に対してであれ、こうして感情を爆発させるのは……わたしらしくないとわかっていた。

アンバーが亡くなって以来、わたしは泣いていない。

息を吸い込む。「犯罪現場の写真に動揺しただけよ」そう口にするのが精いっぱいだった。

リースは迷っている様子だったが、やがてその言い訳を受け入れることにしたようだ。「今なら引き返すこともできるが」

「ううん。わたしはこの事件を捜査したい。わたしたちはジョアンナについて調べるべきよ」

視界の隅に、リースが手をあげ、そしておろすのが見えた。一瞬、わたしに触れてなぐさめようかと思ったのかもしれない。しかしその手をこぶしに握り、体の脇にさげた。「わかった」あたりを見回す。「真ん中の建物の三階と、奥の建物の三階か四階あたりなら、遺体の発見された場所がよく見えるかもしれない。調べなければならないことがいろいろあるな」

そんな感じで、話しあいは中断された。わたしがあえてこの話題を持ちださない限り、リースは蒸し返したりしないはずだ。

ふたりで湖畔を歩きながら、わたしは建物の写真を撮った。詳しく調べるときに備えて、遺体が発見された場所が見える建物をすべてノートに書き留めた。のちにこの場面を描くときには、リースとの会話は割愛することになるだろう。シンシアのことも、彼女の身に何が起こったのかも、誰も知らないのだから。レイキンは真実を探りだす情熱を注ぎ込んで作品を書く。これは彼女の物語だ。

カーブを曲がり、育ちすぎた葦と湿地帯特有の強烈なにおいに包まれていると、わたしの目に入ったものがあった。

蓮だ。

灰色の湖面に、白い蓮が浮かんでいる。うねるサテンの布のような波の上で、その花は揺れていた。

なんてこと。

リースがそばに駆け寄ってきていた。わたしは感情をあらわにするほうではないが、彼はそれを上回る——普段、触れてくることはない。彼はふたりの距離感を大事にしている。なのに彼の両手がわたしの肩に置かれた。肉体的に接触している。

「行こう」リースの声はしわがれ、切迫感がこもっていた。「見るんじゃない」

わたしは白い花びらから目をそらすことができなかった。「前はここになかったわ」

リースは答えなかったが、そうする必要もなかった。遺体が発見された場所の写真が撮られたとき、ここに花はなかったのだ。報告書にも記載はない。蓮は最近ここに植えられたのだろう――誰かの手によって。誰かが、この恐ろしい花を、被害者が溺れた場所に植えたのだ。

9

レイキン：当時

キャメロンの章

本物の記憶なのか、それとも取り戻した記憶なのだろうか？　こう思う人もいるかもしれない――それに何か違いでも？　記憶は記憶だ。けれど、取り戻した記憶には違いがある。取り戻した記憶は正確だとは限らない。それは暗号のようなものだ。連続した出来事があり、細部まで思いだせないとき、脳はその前後にあった出来事を参照し、一番論理的な配列でつないで、記憶の穴を埋める。

だから、実際にあったことと、頭がなんとかして隙間を埋めた場合は違うものになる。

わたしは記憶の空白を、関係者または事件の担当刑事による――経験豊富なベテランだ――説明で埋め、推測してきた。

以下は、あの夜についてわたしにわかっている限りのことを述べたものになる。

夜の〈ドック・ハウス〉には大音量でレゲエ音楽が鳴り響いていた。白い筋のような照明は、星がまたたく空のように、あちこちで暗がりを照らしている。店内は美しかった。わたしは心が乱れてはいたものの、バーのスツールに座ってゆっくりしたリズムに合わせて体を揺らし、最悪の出来事を忘れようとしていた。

何もかもを。

キャメロンは実家に帰ったほうがいいとわたしを説得していた。大学から離れるために。実家のシルバー・レイクに向かう途中で、キャメロンは寄り道をすることにした。ちょっとバーに寄って一杯飲めば、悲しみも薄れるからと。

わたしは焼けつくような頭痛をソーダで押し流した。その甘ったるい炭酸飲料の後味を今度は水で押し流す。けれどもキャメロンは、ショットグラスの中身はウォッカだと思ったようだ。わたしが彼女のためにその場に座っていたのと同じく、彼女もわたしのためにそこに座っていた。キャメロンはわたしを元気づけようとして、ここへ連れてきてくれた。元気に振る舞おうとはしたが、わたしは酒を飲むたちではない。これまで酔っぱらったこともなかった。酔ったところで、もっといたたまれなくなるだけだろう。ただ、いつもどおりの時間を過ごしたかった。少し心がなぐさめられたと言えなくもなかった。

夜のぬくもりに包まれながら、わたしは体を震わせた。

キャメロンはバーカウンターの一番端で、もう一杯酒を作ってもらいながらバーテンダーといちゃついていた。彼の名前は……トニー？　タイラー？　あの夜、言い寄ってきた男たちを適当に払いのけるように、わたしは手を振った。その人たち以外に店にはあまり客はいなかった。

夜は静かになりつつあった。正式に春休みが始まったばかりで、大学生たちはみな、もっと南へと大移動していた。ここからずっと離れたところで酒を飲み、パーティに参加し、どんちゃん騒ぎを楽しむのだ。

パーティが終わったあとも、まだ楽しみたいとばかりに居残っている者が何人かいた。カップルがバーのあずまやの近くでいちゃついている。軍人がふたり、テーブルでビールを飲んでいる。春休み中で気のゆるんだ女の子を探しているのが丸わかりだが、場所を間違えている。パーティに参加していたらしい酔った男がひとり、梁（はり）にもたれかかっている。

わたしたちは哀れな者同士だった。明日という日に向きあいたくない、どうしようもなくその夜が終わってほしくない者たち。少なくともそのときのわたしには、世界はそんなふうに見えていた。

キャメロンは琥珀色の液体が入ったグラスをわたしの前に置いた。「最後の一杯。トーランスが店を閉めるって」

トーランス。わたしは指を鳴らした。心も体も麻痺していて、指はきちんと鳴らなかったけれど。「彼の名前が思いだせなかったの」テキーラを飲み干すふりをして肩越しに中身を捨てると、キャメロンのほうを見た。「彼と一緒に家に帰って」

今夜、上辺を取り繕うのはもうやめた。

彼女はからかうように笑った。「そうね、ほんとにそうしたいけど」

「本気よ。彼、素敵じゃない。あなたはカンクンで過ごすはずだった春休みをわたしのために犠牲にしてくれたんだもの」わたしは眉根を寄せた。「行って。ちょっとは楽しんできてよ。ばかなことをしてきて」

キャメロンの視線がバーテンダーをとらえた。彼を求めていることは、わたしにもわかった。それまでの献身ぶりからして、ひと晩じゅうわたしのそばにくっついていそうだ。それはわたしの望むところではない。

「ねえ、バーテンダーさん――」わたしは大声で呼んだ。

「まったく……シンシア。だいぶ酔ってるわね」キャメロンは笑って頭を振った。

トーランスは白いタオルをがっしりした片方の肩にかけ、自信たっぷりにこちらへ歩いてきた。浅黒い肌に筋肉のついた体、顔には意味ありげな笑みを浮かべている。セクシーなバーテンダーはこうあるべきという姿だ。

「ねえ」わたしは両肘をバーカウンターについた。「わたしの友達と寝たい？」

女性からこの手の誘いを受けることに慣れているのだろう。わたしの露骨な質問にも、トーランスはショックを受けたような顔をしなかった。彼はわたしが酔っていないことを知っている。ひと晩じゅう、わたしにソーダと水を出していたのだから。情事に誘い込むような策略は、なんであれ取りあわないかもしれないと、わたしは思った。彼はただ笑みを浮かべてキャメロンにウィンクした。

キャメロンがわたしの脚を蹴った。「もう二度と一緒に飲みに行かないからね」そう言いつつも、バーテンダーの気を引く笑みからは、まったく躊躇（ちゅうちょ）していないことがうかがえた。彼女はトーランスに向かって指を一本立ててみせた。「この子と話すからちょっと待ってて」

トーランスは肩をすくめると、閉店準備のためにレジへ向かった。

キャメロンはため息をつき、ショットグラスをバーカウンターの端に押しやった。

「わたしの車しかないのよ。どうやって実家に帰るつもり?」

わたしは手を振って一蹴した。「どっちにしろ、どこにも行きたくない」

彼女はためらっていた。「大丈夫そう?」

「もちろん」わたしは反射的に答えた。

キャメロンは自分と向かいあうよう、わたしのスツールをくるっと回した。「真面目に言ってるのよ、シンシア。今日は……」声が小さくなっていく。彼女は頭を振った。「どうかしてたから」

わたしは意識のなかからドリューとチェルシーに関することを意志の力で追い払いつつあった。それなのにまた戻ってきた。キャメロンに思いださせられ、喉もとを殴られた気がした。気道が狭くなり、息を吸うのが苦しい。怒りの酸っぱい後味が不快な吐き気となってみぞおちから込みあげる。

常軌を逸した出来事が起こったわけではない。あれはまさに現実で、どんな女性の身にも起こることだ。頭がどうかしてしまえば、少なくとも、ショックに対応する義務からは解放されるだろう。義務から逃れられたらよかったのに。さっさと新たな人生を始められたら。

そううまくはいかなかった。

自分の思いも、ドリューにされたことも、意識しすぎるほど意識していた。

チェルシーがしたことも……。

わたしは目を閉じ、自分の考えを音楽が打ち消すのにまかせた。

「シンシア……」キャメロンの声が届いた。「少なくとも春休み中には何もかも落ち着くわ。授業が始まるころには、みんなの関心は新しいスキャンダルに移ってる」

わたし以外は。わたしには無理だ。

もしかしたら大学の理事会がドリューを調査するかもしれない。彼は、ひとりではなくふたりの生徒と関係を持ち、そのうちのひとりを妊娠させたことで、軽い処罰を受けた。とはいえ両親が金の力で息子をトラブルから救うだろう。アンドリュー・アボット教授は一カ月で教壇に戻るはずだ。もちろん、チェルシーと結婚することにより、スキャンダルをロマンティックな密会に書き換えたあとで。

わたしは残りの一年を〝もうひとりの女子生徒〟として過ごすことになるだろう。わいせつな情事やみだらなことの相手として。

わたしには自分の評判を買うほどの金はない。

「タクシーを呼ぶわ」

わたしは目を開けた。「いいわ」

キャメロンはわたしの携帯電話を手にすると、アプリを呼びだした。「目的地はどこ？　アパートメント、それとも両親のいる実家？　正直に言って？」〈ドック・ハウス〉から圧倒的に近いのはシルバー・レイクだった。でもわたしたちのアパートメントには今誰もいないし、キャメロンがバーテンダーとひと晩過ごすなら部屋は無人のままだ。「家に帰りたい」わたしは言った。

キャメロンはうなずいた。わたしにとっての〝家〟がどこかはわかってくれている。

「二十分で車が来るって」彼女は長いバーカウンターの奥にいるトーランスを見つめた。

わたしはスツールを押して立ちあがり、カウンターにつかまってバランスを取った。その日は何も食べていなかったことに気づいた。「行って。少し桟橋を歩きたいの。

頭をすっきりさせて星を見るのよ」

キャメロンは迷っているような顔を見せたが、自分になびいた相手のほうへじりじりと近づいた。「本当に?」

わたしは無理にほほえんでみせた。「ええ。行って」

彼女は立ち去った。

わたしはキャメロンを引き戻すこともできた。親友に、断ってちょうだい、ひとりで考えごとにふけりたくない、と打ち明ける。この店に寄って、わたしの頭がどうかしていることを酒でごまかそうというのはあなたの思いつきでしょう、と。

けれどキャメロンは行ってしまった。

わたしは湿気で絡まった手に負えない髪を手ですいた。一瞬、誰かの視線を感じた。見られている気がして首筋がぞわっとし、鳥肌が立った。

体を震わせて気味悪さを振り払った。**疲れている。動揺している。**

そして、ひとりだ。

照明が落とされた。バーを閉める合図だ。わたしはのろのろと板張りの遊歩道へ向かった。パーティ後も居残っていた同士たちは、すでにバーをあとにしていた。目の前で、キャメロンはバーテンダーと出ていった。自暴自棄な思いが、わたしの体内に爪を立てた。

バーテンダーに恋人がいたらどうなるだろう……あるいは妻が？　キャメロンはわざわざ尋ねるだろうか？

わたしはこれまで、男性は浮気をしたら必ず責められるべきだと信じてきた。今は……？　チェルシーの金髪と張りのある胸がわたしの頭にこびりついている。

そう、わたしは彼女が嫌いだ。

キャメロンに対する怒り、そしてチェルシーに対する怒りにさえ根拠はないとわかっている。わたしは偽善者だ。自分の大学の教授とつきあっていた。そういう陳腐な行いをした結果、みじめな状況に追いやられても仕方がない。まるで自分からそう仕向けたかのようだ。

報いを受けたのだ。

胸が痛むのも自業自得なのだろう。そう考えながら、わたしは桟橋の木の厚板の上に足をのせた。どうして外を歩きたかったのか、自分でもわからなかった。もしかしたら、これは夢なのかもしれない。わたしにとっての最大の恐怖はすでに現実になってしまった。真実を見いだした結果、すでに苦痛や苦悩に直面していた。

ほかに恐れるものなどあるだろうか？

それでも時間を巻き戻せたらいいのにと思いつつ、桟橋をぶらついた――ここにいるだけで、運命に挑戦していることになるのだとばかりに。

なんとも筋の通らない話だ。

愛と苦痛は人を不合理にさせる。

ドリューとチェルシーはこんな頭痛を感じているだろうか。わたしの心はどんどん暗い場所へ向かっている。心理学の授業で習ったことが、頭のなかを駆け巡っていた。報復に成功した人はいない。それでも……。

わたしは報復したかった。

あのふたりに、このすさまじく屈辱的な痛みを味わわせたい。

水で傷んだ古い板が足の下できしんだ。揺らいだのは桟橋だったのか、わたしだったのか。桟橋の反対端まで歩き、暗い水のなかをのぞき込んだ。真っ黒な湖面に蓮が広がっている。花びらは玉虫色がかった不思議な白色で、夜露が星の光を屈折させていた。

わたしは身をかがめ、桟橋の端に腰をおろした。しばらくすると携帯電話の受信音が鳴り、タクシーの運転手からメッセージが来たことを知らせた。駐車場にいるとの連絡だ。わたしはメッセージを無視して音を切った。どうでもよかった。その場でボールのように丸くなり、水が板に当たる心安らぐ音に包まれていた。

わたしは眠りに落ちた。あるいは、空腹か疲れから気を失ったのかもしれない。どちらなのかははっきりしない。わかっているのは、蓮を見つめていたこと、湖が息をするたびに蓮が波に揺られ、やがて……無になったことだけ。闇がその時間を塗りつぶした。

光がきらめき、水のなかに血が見えた。蓮についた赤。息をしようともがくと、強烈な痛みが胸を貫いた。男のシルエット……彼の手。

今、わたしが覚えているのはそれだけだ。

本物の記憶なのか、取り戻したものなのか、頭が空白を埋めるために作りだした偽物なのか。

次にわたしが覚えているのは、病院で目覚めたことだ。

10

レイキン：現在

発見

〈ティキ・ハイヴ〉はフロリダ沿岸に数多く点在する〈ティキ〉系列の店のひとつで、被害者が最後に働いていた場所だ。安っぽいティキ像のたいまつを飾ってある沿岸のほかのバーとは一線を画し、この店は洗練されたビーチライフと気品を感じさせる内装だ。富裕層の住民やメルボルンに来た観光客を相手にしている。

床から天井まである窓にかかる真っ白なカーテンが大きくうねっていた。潮とココナツの香りがするそよ風が店内に吹き込み、ビーチに面した店内は陽気で若々しい雰囲気が漂っている。

マイク・リクソンは重要参考人リストのなかでもかなり下のほうにいる人物だが、ベサニー・ディレーニーの母親としての勘は、彼がリストの筆頭だと告げていた。彼は当初、飲食を提供する店でドラッグが売買されていたかと尋問されていた。ジョアンナが薬物中毒だったことから、担当刑事がドラッグとのつながりをすでに捜査していた。とはいえ、わたしたちは何ひとつ省くわけにはいかなかった。あらゆる角度から、もう一度調べ直す必要がある。

ジョアンナの乱用薬物のスクリーニング検査は、街で手に入るあらゆる薬物について陰性だったが、だからといって過去のドラッグに関わるつながりを完全には排除できない。

リースとわたしは店のオーナーの正面に座った。オーナーはバーカウンターでグラスを拭いている。ゆっくりと。マイク・リクソンはわたしたちを長々と待たせた。彼は知らないだろうが、未解決事件においては、好きなだけ時間をかけてもらってかまわない。わたしたちは急いでいない。事件を徹底的に捜査し、発生当時の慌ただしい捜査では見落としていたかもしれない詳細な部分まで調べるのが仕事なのだから。

リースとわたしは遺体が発見された場所をあとにしてから――もっと正確に言うなら逃げだしてから――近隣の集合住宅を一軒ずつ訪ね、事件の夜に被害者を見かけなかったか質問した。目撃者は見つからなかった。そこでわたしたちは〈ティキ・ハイヴ〉で昼食をとることにした。一石二鳥だ。

マイクは艶消しのカウンターの上にグラスを置いた。「役に立てることがあるかどうか。一年前に知ってることは全部ほかの刑事に話した」白いタオルを肩にかける。デジャヴュによって意識が刺激される。マイクの仕草を見て、〈ドック・ハウス〉でのあの夜の記憶がよみがえった。バーテンダーのトーランスのしなやかな動き。整った顔立ち。キャメロンにウィンクする様子。

わたしは記憶を押しやり、咳払いをした。「もう一度だけ、最初から話してちょうだい」

マイクはそっけなく肩をすくめた。わたしは携帯電話を取りだし、録音を始めた。リースが聴取を進めているあいだ、わたしはいつもの感覚が忍び寄っているのを無視しようとした。鼓動が速すぎる。マイクがほほえむたび、動悸(どうき)のせいで耳が聞こえなくなった。

あのほほえみ。

わたしは妄想症に違いない。遺体が発見された場所に咲いていた白い蓮のイメージがまだ生々しいのに、マイク・リクソンに視線を向けられると……。誓ってもいい。

彼の精悍な顔を見た覚えがある。彼のどこかに、とても見覚えがある。

「ジョアンナはあの日は出勤していた」マイクはまた肩をすくめて断言した。「そのときが彼女を見た最後だ。二日後、警察がここに来て、おれとスタッフを尋問したときに、彼女が殺されたと知ったんだ」

わたしは片方の眉をあげた。「尋問されたのは誰?」

マイクは長いため息をついた。「おれとサルとロメオ、それにジェシカ」

それでスタッフ全員だとは思えない。わたしは店内を見渡した。少なくともテーブルが二十はある。

リースがわたしの視線の意味を悟った。「ジョアンナの最後のシフトのとき、一緒に働いていたのは誰か覚えてるか?」

マイクは風で乱された髪を片手でといた。「ちゃんと覚えてない。スケジュールをプリントアウトするよ」

「ありがとう」わたしは言った。

マイクはうなずくと、奥に向かおうとしたが、足を止めて付け加えた。「ああ、それとトーランスもだ」その名前を耳にして、わたしの脈は乱れた。「あいつもあの午後はここにいた」

「待って」バーカウンターから出ていこうとするマイクを、わたしは引き留めた。そこで言葉に詰まる。トーランスの情報をさらに聞きだす方法が思いつかなかった。

「その人は事件のファイルに載っていなかったけど」

マイクは肩をすくめた。「トールは警官が来た日に店にいなかったから」

リースがわたしの横顔をじっと見ている。その視線から逃れようと、わたしはカウンターに身を乗りだした。「なんでいなかったの？」

「わからない。あんたが自分で弟に訊いてくれ」

心臓が胸のなかで痛いほど脈打った。弟。「今はいる？」

「ああ。裏から連れてくるよ」

パニックが血管に広がり、血液が駆け巡る。マイクがスウィングドアを押して出ていくと、わたしはスツールをおりた。ここにはいられない。わたしが襲撃された夜のバーテンダーと同一人物なら、捜査に影響を及ぼしかねない。

逃げだす前に、リースに二の腕をつかまれた。「フロリダには何人もトーランスがいるんだ、ヘイル。蓮が浮かぶ湖がいくつもあるのと同じだ」

「わかってる」リースはわたしと同じくらいあの事件に詳しい。バーテンダーのトーランスに尋問もしている。わたしはその尋問の報告書を読んでいた。事件の夜の全容を知るため、リースが質問をぶつけていた。

手首の輪ゴムを弾きたい衝動がわきあがった。わたしは落ちてきた髪を耳にかけた。「それはわかってる」もう一度口にする。「それにトーランスの苗字はリクソンじゃない。マイクは弟だと言った。だからきっと同じ人じゃない。でもほんの少しでも可能性があるなら……わたしはここを離れないと」

リースの口もとがまっすぐに引き結ばれた。もしわたしが過去に関わったのと同じ男なら、このまま捜査を進めることはできないと彼にもわかっている。

「ふたりの女性」わたしは低い声で言った。「どちらも似たような手口で襲われている」

その先は言う必要がなかった。ひとりは死んでいる。もうひとりは生きている。

「リース、もし同じ男なら、向こうはわたしが何者なのか気づくわ。わたしがここから離れなかったら」

けれど、わたしたちがふたり一緒にここを出ていくのは難しい。

リースは一度うなずいた。「行け」

わたしは外のテラスへ向かった。足取りは重く、世界が傾いている気がする。わたしの心はすでに共通点をひとつひとつ吟味し、ふたつの事件を結びつけていた。褒められたことではない。ジョアンナの殺人事件を捜査するなら、わたしの事件は切り離して考えるべきだ。そうしないと彼女のためにならないし、始める前から問題を複雑にしてしまう。

わたしはテラスの天蓋の下の梁に背中を押しつけ、人から見えないことを確かめた。しっかり息を吸うと、鼓動を落ち着かせる。潮風で肺を洗い清めた。

わたしは手首にはめた輪ゴムをこすり、肌の上でねじった。

トーランスにはわたしが襲われた夜の、完璧なアリバイがある。

キャメロンと一緒にいたのだ。

でも彼の兄は……。

わたしは振り返って梁の向こうをのぞいた。厨房（ちゅうぼう）のスウィングドアが開き、マイクが弟を連れてリースのほうへ向かった。彼だ。アドレナリンが神経を走り、鼓動が乱れた。

わたしが襲われた夜について、誰もバーテンダーの兄には尋問をしなかった。警察がマイク・リクソンに目をつける理由はなかった。トーランスの関係者を洗いだし、事情聴取をするもっともな理由などなかったのだ。

今の時点で、マイクとわたしの事件を結びつけることは無理がある。つながりはあくまで付随的だ。けれど、ひと筋の光明でもある。わたしの事件に関する初めての手がかりだ。

「まったく」わたしはつぶやいた。やめるのよ。

これはわたしの事件ではない。

体の向きを変えると浜辺を見つめ、〝これはわたしの事件ではない〟と繰り返した。リースが目の前に立つまで、ずっとつぶやき続けた。「トーランスはあなたのことを覚えていた?」わたしは尋ねた。

彼はスーツのジャケットを肩にかけ、白いシャツの袖をまくった。「ああ。たいていの人間は、FBI捜査官に尋問されたときのことは忘れないいんじゃないか」

そう、たいていの人間は忘れない。わたしはそわそわと、その場で身じろぎした。質問にすべて今すぐ答えてほしかった。

リースが顎で駐車場を示した。〈ティキ・ハイヴ〉からそれなりに離れてから、ようやく話し始めた。「まだなんの仮定もできない」

わたしはゆっくりと息をした。「わかってる」

「まずクワンティコのチームに連絡を取る。マイク・リクソンとトーランス・カーヴァーの素性を確認する。ふたりは半分血がつながっているらしい。共通点を確認しよう。本当にあったとしても……」彼がわたしのほうを見た。「偶然の一致かもしれないが」

「それはありえないわ」

リースが短く息を吐いた。「大学の初級クラスで習った心理学で、ぼくを不安にさせるつもりか？」

わたしは肩をすくめた。「心理学じゃなくて、理性を使ってね。〝偶然〟の定義は、ふたつ以上の出来事が明確な原因もなく、思いがけず同時に発生すること」歩みを止め、彼と向きあう。「わたしの事件がなんらかの形でジョアンナの事件と関係しているかもしれないということは……偶然の一致じゃない。ふたつの事件に関わっている関係者がふたりいる。これが事実よ」

リースが一瞬、考え込んだ。「わかった。論理的に説明してくれ」

わたしは彼の背後に目をやった。「リース……できないわ。ただ直感的に、わたしたちは捜査するべきだと——」

「だめだ。きみはすでに結論に飛びついている。きみの目を見ればわかる。どこか遠くを見ている、希望に満ちた目だ。落ち着いて話しあおうじゃないか」

わたしは腕を組んだ。「結論に飛びついているなんて、傷つくことを言うわね」

「きみが傷つこうが関係ない。どれほど一緒に事件の捜査をしてきても、どれほど事件を解決しても、きみはまだ被害者なんだ、ヘイル。それは事実だ」

彼の言葉はわたしをまっすぐに突き刺し、心の奥を傷つけた。

リースは大きく息を吐いた。その表情から険しさが消えている。声がさっきより優しくなった。「そういう意味じゃないんだ」彼が近づいたので、さわやかなコロンの香りが漂ってきた。「ぼくが言いたかったのは、きみは被害者の視点から事件をとらえられるということだ。被害者がどう感じるかを知っている。被害者に共感できる。担当刑事や捜査官が持っていない、最高の洞察力だ」

「でも……？」わたしは促した。

「でもそれは、被害者の頭のなかに入るということではない。さっきからそのことを指摘しているんだ。そんなことをすれば危険だからだ。どこに境界線を引くのか知っておくべきだ。自分と被害者とのあいだに、きちんと距離を取る必要がある。今回の事件に関しては、きみにそれができるとは思えない」

このまま引きさがりたくない気持ちがわきあがり、事実を見てと叫びたかった。どうしてリースはこんなにはっきりとしたつながりを見逃せるのだろう？　とはいえ、彼は正しい。認めたくはないけれど、彼の言うとおりだ。わたしはこの事件を個人的にとらえている。すでに深入りしすぎている。

トーランスの名前を聞いた瞬間から、頭はすでに決めてかかっていた。これはわたしの事件、わたしのものだと。ここととシルバー・レイクは百六十キロしか離れていない。論理的にも距離的にも、マイクと弟のトーランスがふたつの類似事件に関与していた可能性はなくはない。

残念ながら、ありえないことではない。兄弟が日常的に女性たちが襲われた事件と関わりを持つということも統計上はありうる。恐ろしい現実ではあるが、真実だ。ふたりはアルコールを出す店で働いているのだから。ジョアンナの事件から距離を置くことを考えるとつらかった。

「この件はじっくり考えよう」リースが言った。わたしは彼に全神経を集中させた。

「約束する。あらゆる角度、考え方で捜査をしよう、それでもし――」

「言わないで」わたしは一瞬、目を閉じた。「それ以上はやめて。自分が結論に飛びついたのはわかってる。死体の発見された場所で蓮を見たせいで……過剰反応する下地ができていたのよ」大きく息を吸い込む。「わかってる。わたしは大丈夫」

リースがゆっくりうなずいた。「きみに反論せざるを得ない。その必要はないと思えるまでは」

「わかった」

レンタカーに戻ると、リースが携帯電話をわたしに渡した。わたしがバーに置いてきたのだ。「ホテルに戻ったら事情聴取を再生しよう。マイクが新しい手がかりを与えてくれた気がする」

その言葉にわたしは興奮した。新しい手がかりによってどんな真相を知りたいのか、自分でもわからない――わたしを襲った殺人鬼のことか、そうではないのか――けれど少なくとも、ジョアンナの事件はまだ迷宮入りしていない。

犯罪ドキュメンタリーの世界に飛び込んだとき、わたしはまさにリースのような人間になりたかった。犯罪者のように、殺人犯のようにものを考えられる人間に。犯人の頭のなかに入っていかれる人間に。

今わたしはそういう人間になる必要がある。

昼食のために、ホテルに近いハンバーガー店に立ち寄った。わたしがトーランスから逃げだしたせいで食べていなかったのだ。ホテルのロビーで、わたしは自分の部屋でシャワーを浴びてから合流するとリースに伝えた。奇妙なトランス状態のままエレベーターに乗る。今の状態で、これまでの出来事を判断するわけにはいかない。

部屋に入ると、上の空のまま手早くシャワーを浴びた。頭にタオルを巻き、ベッドに置いた荷物のほうへ歩き始めたとき、ドアの下から畳んだメモが差し込まれていることに気がついた。請求書だろうと思いながらメモを拾って机に置き、間違いだと伝えようとフロントに電話をかけた。今日はチェックアウトする予定はない。

「もしもし、ええ。請求書を受け取ったんだけれど――」メモに目を走らせ、言葉を続けられなくなった。

耳のなかで轟音（ごうおん）が鳴り響く。返事を求めている電話の向こうの女性の声がほとんど聞き取れない。「お客様?」

「ごめんなさい」わたしの声は震えていた。「勘違いでした」受話器を置いた。「なんてこと」

わたしはメモを机に置いたまま、自分のバッグに駆け寄った。ゴム手袋と証拠品袋を取りだす。リースに電話しなければ。

部屋の真ん中で立ち止まった。足が動かない。ひたすらメモを見つめた。

リースはこの事件にわたしを巻き込みたくないのだろうが、どこかの誰かは違うようだ。

11

過去からのメモ

レイキン：現在

見つけた。

これほど短い言葉が、これほど恐怖を駆り立てることができるものなのだろうか？文脈がなく、なんの意味もない。歌詞の一節のように。メールの文章のように。

〝見つけた〟には無数の意味がある。

未解決事件の真っただなかにいるときに、必死で過去と自分を切り離そうとしているときに、この短い言葉はある男のイメージを呼び覚ました――わたしの無意識下に埋められている、暗いシルエットの記憶だ。水のなかまで手が伸びてきて……。記憶のなかの男をわたしが探しているように、向こうもわたしを探し続けているのだろうか？

ここ数年、この男はわたしを助けてくれた人だと信じてきた。けれど、このメモを見れば見るほど不安になってきた。この字には見覚えがある。

今まで考えないようにしてきた疑問――。

事件の記録には、命を奪う行為のすぐあとに良心の呵責(かしゃく)を覚えたのだろう、とある。わたしを死から引き戻した男は、わたしを殺そうとした相手でもあるとしたら?

しかし、それは残忍な犯罪の物語にそぐわない。殺人犯が女性を十回も刺し、湖に投げ入れ、それから命を助けるために引きあげる、そんな場面を思い描くのは難しい。

わたしの精神分析医はこう言った。わたしはイメージを、想像上の記憶を作りあげている。明るく輝く光を思い描いたのと同じように。

たぶん、こういうことなのだろう。わたしは自分の死の瞬間の本物の記憶を持っていない。わたしの頭は、あのとき何が起きたか人から聞いた物語に沿うように、話を組み立てた。

いまいましいことに、わたしの死を取り巻くのは闇だけだ。

とはいえ、わたしはその闇のなかを、気づけば徘徊(はいかい)している。闇のなかに答えがあるのだ……恐怖に立ち向かいさえすれば見つけることができる。というのも、人はたいてい未知なるものをもっとも恐れるからだ。ずっと恐れていたことが起きたら、できることは何もない。ただ自分の状況という現実を受け入れるだけだ。

わたしの脳はこんなふうに論理的に機能する。人間にはめざましいほどの回復力がある。わたしたちは立ち直れるのだ。恐怖を克服することもできる。やがて、そもそもなぜ恐れていたのだろうと疑問に思うようになる。

恐怖が息づいているのは、迫り来る破滅のなかだ。苔が木の陰で育つように、恐怖は暗い場所を求める。人が恐れるものはすべて、闇のなかにひそんでいる。名前のない、顔のない化け物。だからこそ今回は、このメッセージを明るいところに引きずりださなければならない。

リースは袋に入ったメモを部屋のテーブルに置いた。指紋採取をしたが、わたしのものしか出なかった。「この筆跡の特徴からいくと男だな」

わたしも彼の分析に同感だ。同じように考えていた。これを書いた人物は本気で隠れようとはしていない——メモからはそれ以上の情報を得られなかった。

リースはホテルの警備部門に電話をして、廊下の録画映像を頼んだ。わたしの部屋の外の廊下にはカメラが設置されていたが、システムのアップデートのために録画は停止していた。

意図的に合わせたのか、それとも偶然か？

「もしぼくが誰かを怖がらせたいなら、できるだけ謎めいたメッセージを送る。情報が多ければ多いほど、相手に主導権を渡してしまうからね。このメモにはなんの情報も含まれていない。きみを怖がらせるためのものだろう」リースが言った。

わたしはうなじのあたりで手を組みあわせ、膝の上に肘をついて考えた。「情報によって主導権を得られる」そう口にしてうなずいた。「でもだったら、なぜメッセージを送ってきたのかしら？ 誰かを脅して事件から手を引かせたいなら、もっと効果的な方法がいくらでもあるのに」

わたしたちは当初こう考えていた。このメモを書いた人物はディレーニー殺人事件を掘り返すのをやめてほしいのだと。

理由は明らかだ。殺人犯は捕まりたくない。

一方で、わざわざこんな手段を取った理由がはっきりしない。

「なぜわたしを狙ったのかしら？」もっと簡単に答えが出る質問をした。「もしこれが過去と関係がないなら――」〝過去〟のほうが〝わたしの殺人〟よりも恐怖をかき立てない気がした。「あなたにメッセージを送らなかったのはなぜ？　あなたはFBI捜査官なのよ。捜査の終了を決めるのはあなたなのに」

わたしはリースに言外の意味をくみ取ってほしかった。事件を関連づけてほしかったのだ。

「それはわかりきってるだろう」リースが言った。わたしの困惑した表情を見て、ため息をつく。「ぼくたちを――ぼくときみ、ふたりのチームの力関係を――入念に観察すれば、きみのほうが利用しやすいと推測できるだろう」

「もう一度説明して」わたしはそう返した。声にいら立ちがにじんだものの、冗談半分に聞こえただけだった。「今日はずいぶんと、お世辞を言われている気がするわ」

リースが髪を片手ですいた。その乱れた姿から、わたしと同様にいら立っているのが感じられた。「ぼくをコントロールする手段として利用しやすいという意味だ」

「へえ」彼の理論を一瞬考えてから、わたしは言った。「それはちょっと性差別的じゃないかしら。そんなことは信じてないでしょう？」

リースがソファにもたれた。パンツを撫でて、しわを伸ばす。それから視線をあげ、わたしと目が合った。用心深い目の奥に心配がひそんでいるのが見て取れた。

以前にも、捜査を妨害しようとする人々を相手にしたことがあった。自分が間違っていたと証明されたくなかった非情なベテラン刑事や、自分たちのせいで愛する人が死んだと思い込んで良心の呵責を覚えていた家族だ。

今回はそういう人たちではない。メッセージに悪意が感じられる。

「客観的に見れば誰もが、きみはＦＢＩに雇われた作家だとわかるはずだ。つまり、ＦＢＩに入るためにほとんどの者が耐えなければならない訓練と面倒な手続きを回避できるほど、部署にとってきみは重要人物であるということだ。言ってみれば、きみには影響力があると判断されるだろう」リースがソファにもたれたまま肩をすくめた。

「ベサニー・ディレーニーがいい例だ。彼女はきみに安心感を求めた。きみの本を読んでいる。きみの口から、娘の殺人を解決すると言ってほしかった」

彼の言うとおりだ。「そうなると、内部の人間がわたしを標的にすることも考えられるわね」

「捜査官とか？」リースの声には疑わしげな響きがこもっていた。

「ありうるでしょう？　昇進の近道を得たい人とか、チームの一員ではない人……彼らはわたしが正規の手続きを踏んでいないことをずるいと思っているかもしれない」

リースが首を横に振った。「未解決捜査課に来たいと異動願を出している者はいない」自分を卑下するような言葉に、表情を曇らせる。「狂信的なファンとかは？」挑むように首をかしげた。

たしかに、それは考えもしなかった。でも違う——わたしは自分の素性をかなりうまく隠している。「可能性が多すぎるときは、たいてい一番シンプルなものが正解なのよ」間近で彼を見つめた。

リースが薄笑いを浮かべた。「心理学のごたくだな」

「実際は哲学よ。オッカムのかみそり。可能性が多すぎると、間違った答えを選ぶことが多い」

「そのとおりだ」リースがうめき声をあげ、前に身を乗りだしてわたしの携帯電話を手にした。「とにかく、ぼくたちは容疑者が望むとおりに動いている。捜査を中断している」

くびきを断ち切るかのように、リースが話題を変えた。わたしのなかの緊張感がほどける。わたしが死にかけていたときの〝幻覚〟について、彼が話題にしたことはない。わたしがその件を告白してから一度も。実を言うと、いつかは自分の意見を言ってくれるかもしれないと期待していた――このメモが話しあいのきっかけになるのではないかと。

リースはわたしの告白を信用していない。だから今は期待すべきではない。このメモはなんの証明にもならない。

リースの言うとおり、わたしはこの事件にのめり込みすぎていて、安易な結論に飛びついてしまったのかもしれない。

両手で顔をこすり、うずくような疲労感をぬぐい去ろうとした。「オーケー。兄弟の事情聴取を聞かせてちょうだい。あのふたりは何を話したの？」

リースはわたしの携帯電話をテーブルに置くと、音声ファイルの中盤あたりから再生しようと操作した。「トーランスは、数週間だけ兄が雇ったウェイターがいたことを思いだした。女性客から苦情が何件か来たのでクビにしたと言っていた」

わたしは片方の眉をあげた。「その情報は、担当刑事がマイク・リクソンの事情聴取をしたときには出てこなかったの？」

「ここだ。聞いてくれ」リースが録音を再生した。

わたしはノートに手を伸ばした。何か思いついたときには書き留めておきたい。それをあとで本にまとめる。ディレーニー事件の流れに集中することで、ある程度は客観性を保つことができる。自分の事件とは切り離す必要がある。

「……あの週はスタッフが全員揃(そろ)ってなくて。覚えてないか、マイク？　あの男……なんて名前だったかな？　思いだせない。すごく変わった名前だった」

「コーエン」

パチン。「そうだ。コーエン。あの週、二日だけ働いて、あとはおれが代わりにシフトに入ったんだ。ふたり分働いたよ。とにかく、女性客から何度か苦情が来たんで、マイクがそいつをクビにした」

「どんな苦情だ？」

「〝浜辺のかわいこちゃん(ビーチ・バニー)〟と呼ばれてる常連たちからの苦情だ。コーエンのせいでいやな気分になったと言ってきた。彼はただじっと見ていただけらしいが、気味が悪いって。ひとりはドリンクをおごられ、ナンパされたらしい。まったく。だから彼には辞めてもらった」

リースが再生を止めた。

わたしはノートから顔をあげた。「マイクは最初の事情聴取では、なぜかコーエンのことを言いそびれた。トーランスはその人物の苗字まで覚えていたの？」

「いいや。さらに疑わしいことに、マイクは短期間しか働いていなかったコーエンを、給与システムにわざわざ登録しなかったそうだ。実際はコーエンなんて人物は存在しないのかもしれない」

「あの兄弟が創りだした人物かもしれない」自分たちへの疑いをそらすために。

リースは備えつけのバーに向かうと、小型冷蔵庫から水のボトルを取りだした。撃たれていないほうの脚にほとんどの体重をかけるので、歩きづらそうだ。一日じゅう歩き回ったせいで、脚が痛むらしい。

「だが、苦情を言った女性の名前はわかった。彼女たちはしょっちゅうバーに来るそうだから、見つけるのは難しくないだろう」

「でしょうね。もし常連客なら、ジョアンナが殺された夜に兄弟が本当に働いていたかどうかも証言が取れるかも」それが無理だったら、ほかのスタッフに確認する必要があるだろう。家族はお互いをかばうものだ。

リースがビーチ・バニーたちのくどき文句をはねつける様子を思い描き、わたしは口もとに笑みを浮かべた。「それについてはあなたにまかせるわ。ビーチ・バニーはきっとあなたを気に入るはずだから」

リースが水をぐっと飲むと、ボトルにキャップをはめた。「おもしろい。とはいえ、ぼくは女性の扱いを心得ているだろう?」

わたしは片方の眉をつりあげた。「もしかして今のは冗談なの、ノーラン捜査官?」

「初めて言ってみただけだ」

わたしは頭を振ると、またノートに目を落とした。リースは雰囲気を明るくしようとしてくれている。わたしのために冗談を言おうとしてくれたのはうれしかった。ふと思いついたことがあり、書く手を止めた。

携帯電話に視線を向け、バーテンダーのトーランスがわたしについて言ったことについて考えた。わたしたちは親しくも、険悪な関係でもなかった。不運な状況にたまたま居合わせただけだ。あの夜のあとキャメロンは、春休みの情事の相手とは一度も会っていないと言った。親友が襲われて死にかけた夜のひと晩の情事を、彼女はすっかり忘れていた。

その後、リースがわたしの事件の捜査を再開したときに、事情聴取が行われた。トーランスに対する十分間の聴取は、わたしがすでに知っていることの繰り返しにすぎなかった。わたしは栈橋へ向かった。トーランスとキャメロンはバーを出て、彼のアパートメントに行った。それだけだ。

わたしは携帯電話に手を伸ばした。ジョアンナとわたしについてトーランスがなんと言っているか、知らなければならない。女性がふたりも、彼が働いていた建物の近くで襲われたというのは普通ではない。

マイク・リクソンの顔があの桟橋でわたしに向かってくる様子を想像しようとした……。

トーランスの兄は弟を探しに来て、たまたまわたしを見つけたのだろうか？　ジョアンナとわたしは同じような手順で殺されたのだろうか？

「今はもう充分だと思う」わたしはそう言って立ちあがり、ノートを胸もとに引き寄せた。携帯電話はお尻のポケットに入れる。「今日はもう終わりにする。じゃあ、明日の朝」

「同じ部屋にいたほうがいい」

リースの言葉に、わたしはふとドアの前で足を止めた。「本気？　あの謎めいた短いメモのせい？　あれは真面目に受け止めるべきじゃないってあなたが言ったんじゃない」

「そうは言ってない。狂信的なファン、嫉妬した捜査官、あるいはきみの過去から現れた錯乱した幽霊、どれであっても用心するに越したことはない」

過去から現れた幽霊という言葉を耳にして、わたしは震えた。リースはわたしの告白を忘れていない。彼はあの話をありうると思ってるの？　それとも、わたしがあれを現実だと思っていると理解しているだけ？

「それで、捜査官の鋭い勘は、わたしが完全には安全でないと告げているのね」わたしが口にしたのはそれだけだった。

「捜査官の鋭い勘が、メモを書いた人物はきみがここに泊まっていることを知っていると告げている。きみのルームナンバーもだ。きっとここまで尾行してきたんだろう」リースはわたしが理解するのを待った。「誰がメモを書いたのか明らかになるまで、きみのそばを離れない。今夜は、ぼくの部屋に泊まるんだ」

12

キャメロンの章

レイキン：当時

病室で目が覚めるのは、もう一度生まれてくるのに似ている。完全に目覚めたときに限られるが。感覚は刺激に過敏に反応する。光はまぶしすぎる。音はうるさすぎる。においは強烈すぎる。糊(のり)の利いたシーツは、塩水のように傷口に染みる。どんな動きをしても不快になる。空腹感がどんなものか、まったく思いだせない。ただひたすら喉の渇きを覚える。

口のなかがからからで、舌が紙やすりのようにざらついていたのをいまだに覚えている。ときには、クモの巣が口に絡んだようだった。わたしが口からクモの巣を吐きだそうとしていると、看護師がモルヒネの点滴をしてくれる。

それから……あの痛み。

わたしの体は痛みを受け止める避雷針のようだった。

自分の名前を思いだすのに一週間かかった。

自分でトイレに行かれるまでに二週間かかった。

最初にトイレの鏡で自分の体の傷を見たときには……。

精神的なトラウマに比べたら、肉体的な苦痛はまだ耐えられる、とだけ言っておこう。

一方、最悪だったのは孤立感だ。アンバーが亡くなったときよりもつらかった。これほど孤独で世間から切り離されていると感じたことはなかった。まるでわたしの小さな世界がいきなり停止し、わたし抜きで人々の生活が進み続けているような気がした。わたしは宙ぶらりんのまま立往生していた。

最初の数日は、眠ったり起きたりしながら、傷を癒して回復していった。体は生きようと戦っていた。頭のほうはまだ、なぜ自分が病院にいるのか把握できていなかった。現実と悪夢のあいだのどこかの次元をさまよっていた。完全に目覚めるためにもがいているのは、果てしない金縛り状態のようなものだった。

生者の世界に行こうとあがいているときに、ぼやけた視界に最初に入ってきた人物はダットン刑事だった。

　ダットンに対する最初の印象はこうだ。

肥満気味で、怠惰な感じ。黒いデューティベルトにかぶさるように突きでた腹のせいで、この世界、とりわけアメリカの欠点をまさに体現しているように見えた。仕事は、やっていると言える程度にこなし、それ以上の努力はしない。

　ダットンが本気でわたしの話を聞いていたとは思えない。わたしを信じていなかったし、殺人犯が見つからなくてもかまわないと思っていた。脅威は過ぎ去ったと見なしていた……そもそも、そんなものが存在したとしての話だが。彼の白く濁った水色の目で探るように見られたとき、わたしにはわかった。ダットンは古いタイプの男だ——女が行儀よくしていないせいで痛い目に遭うと考えるのだ。

　医師にわたしの生命兆候(バイタルサイン)の確認や検査をさせるという手続きを踏み、ダットンはわたしと話をする許可を取った。そうやって直接、質問をぶつけてきた。

「〈ドック・ハウス〉にいたことは覚えているか？」

「あの夜、誰がいたか思いだせるか？　誰と話をした？」

「ほかに何か覚えていないのか？」

どの質問に対しても、わたしの答えは同じ。〝覚えていません〟

この答えは刑事を怒らせた。ダットンは病室で事件の話をしたがり、わたしにはそれを避ける術はなかった。けれども不信感でいっぱいだった。わたしが襲われた夜の状況を周囲の人がどんなふうに推測しているか、彼は明かした。ほかの人が語った話を伝えているだけのような口ぶりで。

ダットンは自分自身の仮説を以下のごとく一気に語った。

キャメロンとわたしは〈ドック・ハウス〉に行った。喧嘩のせいでまだ怒っていたドリューがバーまであとをつけ、店が閉まったあと、桟橋でわたしを追いつめた。わたしたちは争い、彼がわたしを十回刺した。それから証拠を隠滅するために、わたしを湖に投げ込んだ。アリゲーターだけがうごめく湖に(ダットンによれば、アリゲーターに食われなかっただけ、わたしは幸運らしい)。それからわたしはだいぶ流され、湖岸に打ちあげられた。そして数時間後、早朝の漁に出る漁師に発見された。救急隊が到着したときには反応がなく、わたしは死んでいると思われた。

しかし、彼らはわたしを蘇生(そせい)させた。

かすかだが脈があり、大量の血液が失われていたわたしは、シルバー・レイク記念病院に緊急搬送された。

「あれから八日経っている」ダットンが強調した。「きみが頑張ることが大事なんだ、シンシア。あの夜、何があったか思いだしてくれ。ドリューをバーで見たことを覚えているか？」

ダットンの仮説については、何ひとつ記憶がなかった。脈拍があがり、心臓モニターの数値が上昇し、ブザーが鳴った。うっすらとしたうずきが鋭い痛みへ変わり、呼吸が苦しくなった。**その仮説は現実じゃない**。無意識下のどこか秘密の場所で、真実が顔を出そうとしている。わたしは心の奥で、いつものむかつきを覚えた。裏切りの刃がねじ込まれる。

チェルシーが妊娠した。

わたしはドリューと喧嘩をした。

キャメロンとわたしは〈ドック・ハウス〉に行った。

それから……。

わたしは頭を振った。「思いだせない」痛みが脳を突き刺す。不仲が、過ちが、分裂へとつながる。

ダットンが眉をひそめた。「友人のキャメロンによると、きみは桟橋まで歩いていった。そこに誰がいたか覚えているか？　ドリューを見たか？」

親友の名前を聞き、記憶のかけらがふと浮かんだ。どういうわけか、怒りがわきあがる。わたしはキャメロンに腹を立てていた……けれど、理由はわからない。

「彼女に会いたい」わたしはかさつく喉から声を出した。「まずは両親に会いたいんじゃないのか？」

刑事は腕を組み、わたしのベッドに近づいた。「ふたりとも、ものすごく心配しているぞ」

両親、そのとおりだ。「ええ、両親に入ってもらって」わたしは言った。「この件はこれ以上話したくありません」

モルヒネのせいで頭がぼうっとしていたし、暴行を受けたせいでかなり混乱していた。それでもダットンがこちらに向ける細められた目に、わたしへの批判がにじんでいることには気づいた。彼はわたしが容疑者であるかのように観察していた。

「わかった。時間を置いてきみがもっと回復してから、もう一度話をしよう。なんでもいいから思いだしたら連絡してくれ……どんなに些細なことでもいい。薬が切れたら、記憶が戻り始めるかもしれない」ダットンはトレイに名刺を置くと、それを二度叩いた。

お互いに、それが本当ではないと知っていた。どんな捜査においても、容疑者を特定するには最初の数時間が鍵だ。従って、被害者が最初に思いだしたことが重要になる。取り戻した記憶はマスコミや家族や友人の話に影響されている恐れがある。わたしの頭がはっきりするころには、襲撃されたときの記憶は消え失せているだろう。

両親が病室に見舞いに来たとき、自分がベッドから起きあがれるようになっていることに気がついた。母の顔を見た瞬間……刺された腹を殴られたような衝撃を受けた。最後に会ったときより、十歳は年を取ったように見えた。父のほうは――頑固で、わたしたち家族のなかで、岩のように動じない人だった――以前に比べて、干からびた貝殻のようになっていた。

両親が触れてきたり抱きしめたりすることも、体は大丈夫かと心配してくることもわたしは我慢した。ふたりとも何が起きたのか探りだそうとしたり、説明するよう要求したりしなかったからだ。ひとり娘が死の淵から戻ってきたことに安堵し、喜んでいるだけだった。再会を台無しにするようなことはしなかった。わたしはありがたく思った。

娘には休息が必要だと両親が納得すると、わたしは疲れきっていたが、キャメロンに会いたいと言った。両親は彼女を連れてきてから、自分たちは病室のすぐ外の廊下にいると言った。

最初、キャメロンはこちらを見ようとしなかった。床をじっと見つめていた。「安心したわ、シンシア。わたしがどんなに心配したか、あなたにはわからない――」

「何があったの？」

キャメロンはやっとわたしを見た。目のなかにちらつくものがある。罪悪感だ。彼女は近づいてくると、気持ちを引き締めるように深く息をした。「あなたはすごく取り乱していたでしょう。わたしたちと一緒にいようって言ったのに……」

「わたしたちって？」どうしてこれほどキャメロンに敵意を持つのか、まだわからずにいた。

彼女は身を守るように腕を組んだ。「わたしとトーランスよ。バーテンダーの。覚えてる？　彼と一緒に帰るよう、あなたが言ったんじゃない。つまり、あなたがわたしと彼をくっつけたようなものでしょう」

わたしは枕に頭をのせた。「覚えてないわ、キャム。もう、あの夜のことは何も覚えてないのよ」

キャメロンの表情が一気に変わった。完全に場違いながら、わたしはどういうわけか、ドリューの授業で習ったことを思いだした。知覚に関する内容だった。異次元があることを証明する方法はない一方、異世界は存在する——それは単に知覚の問題だ。厳密に言うと、七十億の異世界がある。なぜなら、世界には七十億人の人間がいて、それぞれが自分の目を通して世界を見ているからだ。

キャメロンは彼女の世界にいるわたしを彼女のレンズで見ている。わたしに記憶が残っていたら、キャメロンの人生を面倒にしかねない。彼女がふいにほっとした表情をしたので、そうだとわかった。

キャメロンは近づいてくると、点滴の管やテープを無視してわたしの腕に手を置いた。あざや切り傷も目に入っていない。「シンシア、なんて言ったらいいかわからないわ。ごめんなさい。わたしたち酔ってたでしょう。ふたりともかなり。一緒に帰ろうとしたんだけど、あなたは意地を張って——残りたいって。何を言っても言うことを聞いてくれなかった。だからわたしはタクシーを呼んだの。ほんの数分であなたは車に乗るはずだった。わたしは何が起きたのか知らないのよ」

キャメロンの答えに違和感を覚えた。練習でもしてきたみたいに聞こえる。彼女はこの話をダットンに何度も何度も繰り返したに違いない。けれど、わたしは彼女の友人だ。そのわたしが襲われ、死ぬまで捨て置かれた。わたしは死んだ。ごみのように湖に捨てられたのだ。

ぼんやりしたイメージがわたしに忍び寄ってきた。最初に目にしたのは、きらめくさざ波を通して向かってくる彼の……。

わたしはぎゅっと目を閉じた。

「だったら、なぜわたしはこんなに怒ってるのかしら？」無理やり目を開けてイメージを追い払う。「わたしは何をして……何を言ったの？　教えて、キャム」

キャメロンが緊張した面持ちでドアのほうに目をやった。それから尋ねる。「覚えてないの？」

わたしは窓を見つめて、いら立ちの涙が込みあげるのを必死にこらえたが、怖くて仕方がなかった。何者かがわたしを殺そうとした――その事実がやっと染み渡ってきた。この瞬間までは、あまりに非現実的で実際のこととは思えず、自分と無関係な出来事に感じられていた。

「どうしてわたしはこんな目に遭ったの？」口ごもりながらの言葉は弱々しく、声は震えていた。

キャメロンはわたしの二の腕から手を離して指を握った。「あなたはひどく動揺してたのよ、シンシア。わたしは怖かった」そう言った彼女と、わたしは視線を合わせた。「ドリューとチェルシー、それから赤ん坊のことに、あなたはまだひどく動揺していて……」キャメロンが眉をあげた。

わたしは彼女の手を強く握った。「ドリューはその場にいた？」

キャメロンの表情が曇った。「ううん、いなかった。でも……」最後まで言わず、言葉を濁した。

「なんなのよ、キャム？」

彼女の目の端に涙が浮かんだ。「わたしのせいだわ。ああ、あなたを残していくんじゃなかった。全部わたしのせいよ」

「あなたのせいじゃないわ」わたしはなぐさめようとした。

キャメロンは首を振った。「いいえ、わたしのせい。もう無理。行かないと」

彼女は頬を伝う涙を勢いよくぬぐうと、わたしに背を向けてドアに向かった。

「彼は報いを受けないと……」

キャメロンの言葉はわたしの耳のなかを漂った。抑えたつぶやきはむせび泣きに変わった。

13

幽霊

レイキン：現在

わたしの指はノートパソコンのキーボードの上で止まっていた。両手が震えている。

どうして記憶がよみがえったの？

病院でキャメロンがわたしにこんなことを言ったなんて、今まで思いだしもしなかった。

〝彼は報いを受けないと〟

「現実じゃない」わたしは声に出して言った。繰り返せば、信じられるとばかりに。

記憶は絡みあう。わたしは記憶の隙間を埋める。作家はそういうことをしたがる
――最高の物語を創作するため、ありそうなことを事実の代わりにはめ込む。

わたしはそのページを削除し、パソコンからＵＳＢメモリを引き抜くと、キーリン

グにつけた。その一節を二度と読みたくなかった。

それから、自分でも恥ずかしくなるようなことをした。とはいえ、これまで何度もしてきたことだ。つまり、フェイスブックのアプリを立ちあげて検索窓にキャメロンの名前を入力した。

わたしの心の奥深くに眠っている心理学者はソーシャルメディアを嫌っている。だからわたしは個人のアカウントを持っていない。ペンネームのアカウントをひとつ持っているが、それも出版社がファンに対してわたしの情報を更新する必要があるときに、作家としてのわたしのアカウントにも同時に投稿できるようにと用意したものだ。

何千年ものあいだ、人は自分の日々の生活を書き記すことなく生きてきた。若い世代の人たちは、自分の生活を毎日、常に記録する生活とどう折りあっているのだろう。ポップアップ画面が立ちあがり、毎日、幸せな思い出を見せられる――多くの人は幸せな写真しか投稿しないので。それが真実ではない場合もあるのだが。

ワインバーの前で親友と撮った笑顔の写真は、自分のボーイフレンドがほかの女性と寝ていたことがわかった日のもの。あるいは両親が亡くなった日。もしくはひどい言葉で同僚を非難した日。それとも自分でも忘れたいくらい最低なことをした日かもしれない……。

けれどSNSのタイムラインには、絶対に不幸な出来事は登場しない。

人間は忘れるようにできている。わたしたちの脳は日々の生活を覚えておくようにはできていない。過去と折りあいをつけ、乗り越える方法はひとつしかない。自分が送っている生活を受け入れることだ。

脳はコンピューターと比べると相対的に不完全なメモリチップだと言われている。だからこそ、わたしたちは前に進んでいけるのだ。

プロフィールをスクロールしていき、キャメロンを見つけた。彼女がウェスト・メルボルンに引っ越してきたのは少し前だと知っていたけれど……。

息が喉で引っかかり、首の付け根で詰まった。わたしは収縮する喉へ息を押し込んだ。

キャメロンが一番最近投稿したのは、彼女が夫のエルトンに愛情たっぷりに抱きしめられている写真だ。夫の手は妻の大きくなった腹を包んでいる。誇らしげなコメントが添えられていた。〝赤ちゃんができた！〟

わたしは非の打ちどころのないまぶしい笑みを眺めながら、この幸せな写真が見せかけだとしたら、裏にはどんな憂いがひそんでいるのだろうと思った。今から一年後にこの写真をもう一度見たら、キャメロンはどんな記憶をよみがえらせるのだろう？

わたしはアプリを閉じると、パソコンと携帯電話をソファの脇に置いた。リースはまだ階下にあるホテルのコーヒーショップにいる。だから、あと数分はひとりの時間を堪能できる。わたしは天井から床までの鏡がある浴室に行った。胃のあたりに手を当てる。シャツに隠れた斜めに走る傷跡を、指の腹で直感的になぞった。

刺創が十箇所。ひとつは深く刺されている。ダットン刑事は過剰殺傷という言葉を使っていた。殺すためなら、心臓めがけて一度だけナイフを深く刺せばいい……なのにわたしを襲った犯人は命を奪おうとはしなかった。

苦痛を味わわせるために刺した。

傷のほとんどは胴に集中している。蘇生により再び得た命を永らえるために何度も受けた手術のあいだに、腸管の一部とともに子宮と卵巣が摘出された。意識が戻ったあとに、〝治療できないほど損傷を受けていたから〟と外科医から説明された。

わたしは一瞬、自分が苦痛を感じることを許し、それから手をおろした。

大学で、わたしは子供は欲しくないと公言していた。多くの若い女性と同じく、自分が本当は何を欲しているのか、わかっていなかったのだ。そして命を救うための決定とはいえ……子供を持つチャンスも選択肢も奪われ……。

決して癒えることのない傷が残った。

部屋のドアが開いた。わたしは洗面台に向かい、蛇口をひねった。冷たい水が熱を持った手のひらに当たった。わたしは顔を洗った。過去から目を覚まし、苦い吐き気を追い払うために。

「はかどったか?」リースが寝室から尋ねた。

「ええ。ありがとう」人がいるところで執筆するのが苦手だ。わたしがすぐに気を散らすので、ひとりのほうがいいものが書けることを、リースは知っている。だから、たやすく決意をひるがえす人ではないのに、彼の部屋でわたしが三十分ひとりになってもいいと譲ってくれた。

その時間をジョアンナの話を書くことに使うべきだった。けれど渇望を抱えたわたしの一部が、自分の事件について書き始めることを強く望んでいた。ジョアンナにはあまり友人がいなかったという事実を知ったせいで、キャメロンに再会し、わたしの病室に来たときのことについて尋ねたいという欲求に駆られたからかもしれない。

〝彼は報いを受けないと〟

首の後ろに寒気が走ったので、肌をこすって追い払った。被害者と自分をつなぐのをやめなければ。キャメロンは動揺していた。記憶が本物だとして、あのとき彼女がドリューに腹を立てていたのは当然だ。わたしもまた、傷ついて腹を立てていた。そもそもそれが理由で、〈ドック・ハウス〉に行ったのだ。

キャメロンの言葉は実現しなかった。

わたしたちはみな、人生の先へ進んでいる。

わたしは目を閉じた。リースが浴室に近づく音がした。「ベサニーにもう一度会うことを考えていた。被害者がドラッグをやっていたころの知りあいとまだつきあいがあるかどうか確認したい」

目を開けると、鏡に映るリースが見えた。二の腕までシャツをまくりあげ、ドアの側柱にもたれて、こちらに向かって紙コップを差しだしている。

「わたしもちょうど同じことを考えていたの」振り返って紅茶の入った紙コップを受け取った。「ありがとう」

リースはわかったとばかりにうなずいた。

「ジョアンナはドラッグ漬けの生活と決別しようとしていた」両方の手のひらを紙コップであたためる。「つまり、友人関係を絶つってこと。いまだにドラッグを使っている人たちと。でもひとりくらいは連絡を取り続けていた人がいるかもしれない。彼女が縁を切ることができない誰かが」

キャメロンの幸せそうな笑顔が脳裏にちらついた。

「ぼくもそれを期待している」リースはそう言うと、コーヒーをひと口飲んだ。「ジョアンナが秘密を打ち明けた人間が少なくともひとりはいてほしい。自分の秘密を打ち明け、気にかける人が」

わたしは彼の横をすり抜けて寝室へ入った。「あなたが秘密を打ち明ける相手は？」

「自宅の掃除を頼んでいる女性だな」リースが言った。

わたしはにっこり笑うと、窓に近いほうのベッドのそばのナイトテーブルに紙コップを置いた。「あなたは冗談なんて言わないわよね？」

「まったく言わない」リースがシャツのボタンを外した。「その女性はすごく聞き上手なんだ」

わたしはリースがシャツを脱ぎ、白いTシャツ姿になるのを見ていた。彼は体を鍛えていた。引き締まっていて筋張った筋肉が、完璧な体格を形づくっている。彼はシャツを畳むと、きちんと畳まれたパンツと一緒にベッドの端に置いた。リースは典型的なFBI捜査官だ。几帳面で、礼儀正しく、忠誠心にあふれている。しかし腕のあちこちにある傷が、そうした上辺に隠された激しさを感じさせた。

リースは現場に出る捜査官としては一線を退いている。傷ものだ。捜査官につきものの痛みと苦痛を味わいながらも、天職である仕事をまっとうすることはできない。怪我をする前のリースに会ってみたかった。未解決事件課に飛ばされる前の彼に。当時のリース・ノーランはどんな人間だったのだろう？　わたしが知っている、沈みがちで人を寄せつけない今の彼よりももっと、活力にあふれていたのだろうか？

そういうところも、わたしたちの共通点だと思う。重なる部分は多くないが、ふたりとも――かつての自分というまぼろしに苦しみ、悩んでいる点は同じだ。鏡を見るたびに残酷な記念品が目に入る。そのせいで、苦い後味が口のなかに残った。

リースとわたしは同じ苦さを味わっている。

彼は毛布をめくり、ヘッドボードに枕を立てかけた。「残りの聞き込みをするときに、それぞれの人物から手書き文字のサンプルを手に入れよう」

体の下のマットレスが堅い木のように感じられた。「わたしは安全のためにあなたの部屋にいる。さらにあなたは、あのメモと比較するためのサンプルを欲しがっている」首をかしげながら、リースの背中を見つめた。その肩に力が入っている。

「ちょっと訊きたいことがあるんだけど、正直に答えてくれる?」

彼は望みどおりにベッドメイキングを終えると、ベッドに入ってわたしを見た。

「ああ」

わたしはうなずき、短く息を吸った。「あなたは本当にメモを書いた人物を知りたいの?それとも、野放しの容疑者を捕まえたいから尋問をするための口実?」

リースはすぐには答えなかった。ベッドカバーをはぎ、足を床におろす。立ちあがって、すでに近いふたりの距離を詰めるあいだも、わたしから目をそらさなかった。

目の前に立つ彼と目を合わせるのに、わたしは顔を上に向けなければならなかった。

「正直に言うと」質問に答えようとするリースの声は恐ろしく低い。

わたしは息をのんだ。「ええ」

「ぼくは常に命を守ることを最優先する。事件よりも、証拠よりも……そうやって神経を張りつめている。自分のプライドが傷ついたり打ちのめされたりしても、そんなことはどうでもいい。これから先も」

「わかったわ」彼の冷たい視線を受け止めたまま言った。

リースが手を伸ばして照明を消した。「おやすみ、ヘイル」

部屋が暗くなったので、わたしはほっとした。恥じ入っているであろう自分の表情を彼に見られたくなかった。「おやすみなさい、リース」

ひんやりするシーツの下に潜り込み、エアコンのブーンという音を聞きながら、メモの言葉はわたしに近づいているという意味だと強く意識した。

メモを書いた人物は今、どこにいるのだろう？　どれくらい近くにいるのだろう？

わたしはナイトテーブルに置かれた携帯電話を手に取ると、イヤフォンを接続した。トーランスの事情聴取の音声ファイルを再生する。これで三回目だ。わたしが捜査に関わっているとトーランスが気づいたのはどの瞬間だろうか。もう一度再生しながら、過去と現在をつなぎあわせようとした。トーランスと兄が知っているのに黙っていることがあるのかどうかを見極めようとした。

リースは手書きの文字のサンプルを欲しがっている——ジョアンナの事件の容疑者

を探している。彼はいまだに、わたしの事件との共通点を認めようとしない。たとえば湖に浮かぶ蓮の花びらとか……。

わたしとジョアンナの人生が今日交差したと考えれば、どこから捜査すべきかわかるかもしれない。

14

レイキン：当時

彼の章

わたしは日差しの下で、その手紙を読んだ。

風がうなりをあげ、鎧戸（よろいど）がきしんで家に打ちつけるといった、お決まりの雨の夜ではない。明るい日差しにあふれた朝に、そのオフホワイトの手紙を手に、両親の家の裏手のポーチからシルバー・レイクをじっと見つめていた。紙の手触りがとてもなめらかだったことを覚えている。柔らかくて上質で繊細だった。そして、その日の朝はよく晴れていた。

わたしは退院すると、理学療法を続けるために実家へ戻った。大学は一年間休学することにした。治療のためというより自己防衛のためだ。捜査は完全にドリューの周辺に的が絞られていた。ダットン刑事は彼を最重要容疑者と見なしたいようだったし、マスコミは血のにおいをかぎつけるサメのように、ドリューが逮捕寸前だということを察知した。

わたしは、ほぼ隠れて暮らしていた。水中のサメたちに用心しながら。

最初のうちは手紙やメールが数通届くだけだった。祈りを捧げてくれるもの。わたしの回復や、犯人逮捕を願ってくれるもの。

やがて、そうではないものがどんどん届くようになった。

その多くは匿名で、わたしの災難を責め立てる、怒りと悪意に満ちた内容だった。バーで酔っていたのだから、自らトラブルを招いたのだと。わたしは〈ドック・ハウス〉で酔っていたというダットンの決めつけを、わざわざ訂正はしなかった。違うと言ったところで、彼が信じたかどうかは怪しい。匿名の人々は、アンドリュー・アボットを非難する権利がわたしにあるのか、と質問してきた。彼は尊敬を集める裕福な家の出身だからだろう。

予想どおり、マスコミが否定的な意見をあおるのを食い止めるため、ドリューとチェルシーは婚約を発表した。わたしが退院したのと同じ週に。捜査は一時的に邪魔された形になったが、ダットンはその発表を自分に都合のいいように解釈し、それこそがドリューがわたしを襲った動機なのだと指摘した。

やがてメディアは矛先をこちらに向けた。わたしはドリューの素晴らしい生活における目ざわりな存在、しゃくにさわる汚点として描かれた。嫉妬深く偏執狂的で物笑いの生徒が、大学教授に不健全な妄想を抱いていると、あらゆる手紙やメールに書かれていた。わたしはさまざまな呼び方をされた。ふしだらな女、尻軽女、売春婦。匿名の手紙のなかには、合格点をもらうためにドリューを脅迫しようとしたと断言しているものもあった。

わたしは激しい潮流の渦に巻き込まれたも同然だった。アリバイによってドリューの容疑が完全に晴れてからは、ダムは決壊寸前で洪水がこちらに押し寄せてくると悟った。

母はわたしを治療だけに集中させようとした。キャメロンは騒ぎはそのうちおさまるからと安心させようとした——学校で起きるほかの出来事と同じく、世間の関心はすぐに次の話題に移り、スキャンダルのことなど忘れ去られると。

けれど、わたしは騒動の波にのみ込まれていた。

そこへ彼から手紙が来た。

ちょうどそのときは嵐雲が切れ、澄み渡った青空が希望を与えてくれたように感じ、チャンスがわたしの手を取って導き、手紙の山のなかからこの一通を選びだしたのだとさえ思えた。わたしはポーチに置かれた母のロッキングチェアに座り、封筒を破いて開けた。そこで震えに襲われた。

きみみたいに美しい人を見たことがない。

その顔は恐怖にゆがみ、磁器のような肌は青ざめ、赤黒い血に覆われ、死という布に包まれている。

魅惑的だ。

きみは、わたしが探し求めてきたすべてだ。

あの刃を思いだすと傷跡が痛むか？

傷跡に触れるたび、美しい体に焦がれるうつろな嘆きが聞こえるか？

わたしは答えを知らなければならない。

わたしたちは会わなければならない。

血が流れる音が耳のなかで響き、心臓の鼓動が乱れ、速まっていく。手紙を持つ手が震えた。胸に手を当てて深く息を吸い、わきあがってくるパニックをこらえようとした。
過呼吸になって身動きできず、気を失った。アドレナリンの放出に体が反応したのだ。襲撃を受けて以来起きるようになった自己防御規制だ。わたしは注意をそらすだけでいい。

ありがたいことに、こういう状態を人に見られたことはない。母をこれ以上苦しめたくはなかった。気づけば、わたしは手紙をこぶしのなかで丸めていた。手紙が粉々になって消えてしまわないものかと、さらにこぶしに力を込めた。

今でも、なぜこんな反応を示したのかよくわからない。ブロック体で書かれたこの手紙は、あいまいで謎めいた文面で、直接的に脅迫するような言葉は出てこない。とはいえ、遠回しに警告していることは間違いない。

頭のおかしい人が送ってきたということもありうる。犯罪と関わりたいだけの病んだ人間かもしれない。犯罪ドキュメンタリーを執筆するようになってから、そういった犯罪の背景を執拗に追い求める人がかなりいることを知った。

あるいは、殺人犯本人からかもしれない。

あるいは、わたしを水のなかから引きあげた人からかもしれない。

わたしは手紙の文章を分析し、意味を読み解こうとした。この手紙を送ってきたのが誰なのかは問題ではない。恐れるべき相手は殺人犯だけではないと気がついた――わたしに死んでほしいと思っている、情緒不安定で錯乱した人間がもうひとりいるのかもしれない。

結局、反撃の手段はたったひとつしかなかった。

わたしを殺そうとした犯人の顔はわからない。未知なる相手を見つけようとするとき、恐怖は実体をともなう存在となる。誰が友人で、誰が敵なのか、まったくわからないときだ。どんな選択をして、どこへ行っても、まずい相手と出会ってしまうかもしれない。

その夜、わたしは荷造りをすると、バスに乗った。

そしてフロリダを離れた。

学費のために貯(た)めていたお金を手に、携帯電話で地図を呼びだして見つけられるなかで一番人目につかない場所を選んだ。それから、永遠に逃げ続けはしないと自分に約束した。わたしの事件について警察が見逃しているあらゆることを洗いだし、犯人を突き止めてやると誓った。

半年間、解決への強い意欲を胸に捜査をしたが、新たな手がかりは得られずに行きづまり、進展は見られなかった。

わたしがシルバー・レイクに戻るのは何年も先になるだろう。

15

空気を満たすもの

レイキン：現在

嵐はメルボルンの端から離れなかった。メルボルン・ビーチの空は、怒りに満ちた手がかき乱したかのように灰色と紫の筋が渦を巻いている。紺色の波が立ちあがる上空を、青紫の雲が流れていく。美しくも荒々しい嵐のダンスだ。何かを予感させる気配が漂っていた。空へ向かって、波が高くあがる。怒った恋人がキスで絆(きずな)を確かめるごとく、波頭が砂浜に押し寄せる。けれど砂浜は波頭との距離を保っている。わたしの裸足(はだし)の下で、固まった砂が引き潮にさらわれていく。恋人にさらわれていく。

こんなふうに感じるのはわたしだけだ、と自分に言い聞かせた。ビーチには無数の肉体が点在する。海に映る太陽は、水のなかで少しでも熱を冷まそうとしているかのようだ。

パンツにきっちりアイロンをかけたシャツという格好のリースとわたしは、ビーチで目立っていた。警官を避けたい人たちは、わたしたちから距離を取っていた。彼は踏み固められた砂の上を歩いていたが、わたしは足を濡らすほうを選んだ。これから〈ティキ・ハイヴ〉に行き、今回は例のビーチ・バニーに話を聞くつもりだ。彼女たちを見つけるのは難しくなかった。黄褐色の革のような色と質感の肌をした五十代後半の女性たち三人だ。

「すごい」リースがそう言ったので、わたしは思わず笑った。

「まさにフロリダって感じでしょう。太陽なんて怖がらない」わたしが子供のころ、母は日焼け止めの存在を知らなかったに違いない。その証拠に、わたしの鼻の付け根にはそばかすが広がっている。

リースは一瞬サングラスをあげて女性たちを呆然と眺めた。「少なくとも、きみだって慣れっこということはないだろう。ぼくの子供時代は、太陽が出た日は数えられるほどだった。太陽が顔を出すと、学校をさぼったものだ」

わたしは彼をちらっと見た。「冗談でしょう」

「本当だ。普通の子供は雪の日にさぼるんだろうが、ぼくは晴れの日だった」リースがウィンクをした。

どこまで本当かわからなかったものの、リースが雰囲気を明るくしようとしてくれたのはうれしかった。ここに着いた初日は前途多難なスタートを切った。蓮についての彼の意見を、わたしは信じている。フロリダは白い蓮の保護区だ。誰かがジョアンナを悼んであの場所に植えたのかもしれない——殺人犯ではない誰か——友人か家族が。

トーランスがジョアンナの事件の関係者であることはただの偶然という説を、渋々でも認めるのがいっそう難しくなっている。それに、わたしの部屋のドアの下に挟んであったあのメモ……わたしを怖がらせて追い払うつもりで……意図的にやったとしか思えない。けれど、あんな短い言葉が書かれているだけだし、よく考えてみると、襲われたあとに来た謎めいた手紙と同一人物が書いたものなのかどうか、もはや確かめようがなかった。

とにかく、捜査をもう一度やり直そう。

今日は所在不明のコーエンを探す予定だ。答えを得られるのか、壁にぶち当たるのか。いずれにせよ、チェックリストにチェックずみの印をつけて、次の項目に移ることはできる。

リースとわたしには決まった手順があり、今まで失敗したことがない。

ジャミソン・スミスには——ジョアンナと肉体関係のあった男友達だ——電話で事情聴取をした。彼は仕事で街を離れていた。ジャミソンは、一年前にヴェイル刑事に話したのと同じことを繰り返した。詳細が少し端折られていたが。

当然だ。容疑者リストから彼を外せるとは幸先がいい。嘘つきは詳しく話したがるものだ。何度も話すうちに、どんどん嘘を積み重ねて話をふくらませる。

〈ティキ・ハイヴ〉のテラスから数歩しか離れていないデッキチェアに寝そべって日光浴をしている女性たちに近づくと、さらさらした砂が足にくっついた。わたしはバッグのなかの携帯電話を録音状態にした。風の音が邪魔になりそうなので、バッグのなかのほうがきれいに音を拾えそうだ。

リースがバッジをちらっと見せた。「おはようございます、みなさん。リース・ノーラン特別捜査官です。ちょっとお話しさせていただけますか？」

日光にさらされて荒れた肌をした女性たちのひとりが、リースを見あげてにっこり笑った。「ちょっとだけなの、特別捜査官？　もっと長くお話ししたいわ」右側にいる友人を肘でつつく。リースの首の後ろがさっと赤くなったのは、わたしの見間違いではないはずだ。

もうひとりの女性が体を起こした。太陽が顔を出したので、彼女はサングラスをかけた。「なんで特別なのかしら？　理由が知りたいわ。特別大きなアレを持ってるってこと？」

まったく。この人たちには羞恥心というものがまるでない。わたしはデッキチェアの横に置いてあるカクテルのミモザに目をやった。「州法では、ビーチでの飲酒は禁止されています」

三人目の女性が大げさに目をむいた。「ふん、誰もそんなこと気にしないわよ」友人を見る。「こちらのお嬢さんは捜査官にご執心みたいだから、お行儀よくしないとね」

今度はわたしが赤くなる番だった。心を落ち着かせるために、手首にはめた輪ゴムをいじった。

リースは咳払いをすると、本題に戻った。「〈ティキ・ハイヴ〉のオーナーがあなた方ならコーエンという名前の男の居場所を知っているかもしれないと言っていました」

「わたしはヴィヴィアンよ」最初の女性が言った。「でもヴィニーって呼んで。どうしてコーエンのことなんか知りたいの？　あいつは結構すごいわよ」

リースは片方の眉をあげた。「すごい、とは具体的にどういう意味です、ミズ・ヴィニー？」

彼女が鼻を鳴らした。「たしかに何年も前に〝ミス〟は卒業したわ。お気づかいありがとう、ノーラン捜査官」飲み物に手を伸ばす。「コーエンはめちゃくちゃハンサムなんだけど、口説き方が変わっているの」彼女は大げさに身震いした。「どことなく普通じゃないというか……。わたしが言ってること、わかる？」

漠然とした物言いから真実を読み取るのは難しい。他人とのコミュニケーションにおいて、人はそれぞれ自分勝手な受け取り方をするものだ。「彼はあなたを落ち着かない気分にさせた」わたしはわかりやすい言葉で言い換えた。

ヴィニーがうなずいた。「ああ、彼ってそうなのよ。その、誤解しないでね。コーエンみたいな若い人に興味を持たれてうれしかったわ。でも、わたしのなかでそのとき警鐘が鳴ったの。長年の経験から、男に関しては自分の本能を信じるべきだとわかっているのよ」

ほかのふたりの女性も、同意の言葉とともに熱心にうなずいた。

「コーエンはあなたが警戒するようなことを特に何かしたんですか？」リースが尋ねた。

真ん中に座っていた女性が答えた。「一度、わたしたちがバーにいたときに、彼が自分の携帯に入ってる写真を見せてくれたんだけど、ロープで縛られた女の子が写っていたの。こういうことをきみにしてみたい、ですって。想像できる？」

わたしはリースと目を見交わした。「その女の子はコーエンの知りあいでしたか？それとも写真はネットから拾ったもの？」わたしは尋ねた。

女性が首を振った。「わからないわ。訊かなかったから。ばかげてるって笑い飛ばしたの。その二日後に、マイクはコーエンをクビにした」

わたしは時系列を頭にメモした。「ところで、あなたのお名前は？」

彼女はにっこりした。「アンジェラ・モレッティよ」綴りを説明してから、ほかのふたりのフルネームも言った。「今、録音されてるんでしょう？　あなたもどう見たってお役人だものね」

法律上、わたしは録音することを前もって断らなければならない。「ええ。この会話を録音しています。でも公的な目的のためではなく、わたし個人の記録としてです」

アンジェラがばかにしたように笑った。「なるほどね、お嬢さん」

風が強くなったので、わたしたちを砂まじりの風から守ろうと、リースがこちらに背を向けた。「正直に話していただき、本当にどうもありがとうございました。みなさんはコーエンとジョアンナ・ディレーニーが一緒にいるところを見たことがありますか？」

「ああ……」ヴィニーが訳知り顔でにやりとした。「そういうことなのね。あのかわいそうな子。ひどい話よね。あんな恐ろしい死に方をするなんて」頭を振る。「あの子の母親も。かわいそうに。でもあなたの質問の答えはノー。記憶にないわ。コーエンは社交的とは言えないタイプよ。普段は自分の殻に閉じこもっているの。それに、そうね、ジョアンナと彼は不釣りあいよ。一緒にいるなんてありえない」

リースは首をかしげた。「それなら、コーエンが彼女の話をしていたことはありましたか？」

アンジェラが眉をひそめた。「ジョアンナはとてもきれいな子だったのよ、捜査官。当然、コーエンだって目を引かれるわ。バーにいた男は全員そうよ」友人たちをちらっと見る。「昔は売れっ子のモデルだったって聞いてるわ」

「コーエンが今どこにいるかご存じですか？」わたしは尋ねた。

ヴィニーがためらっていることにアンジェラが気づいた。「あら、いい年して尻の軽いこと」

「なんですって？　中年になると若い男のエキスがいるのよ。ふん」ヴィニーはわたしたちを見あげた。「一回だけ、彼が家に連れていってくれたの」そして住所と道順を教えてくれた。

アンジェラがすねている。「一回だけじゃないみたいに聞こえるけど」

わたしは大声で尋ねた。「みなさんは、三月二十三日の夜にマイクとトーランスが店で働いていたかどうか覚えていますか？」

「つまり、ジョアンナが死んだ日ってことよね？」ヴィニーの問いに、わたしはうなずいた。「残念だけど覚えてないわ。はっきりしたことは言えないわね。ミモザを飲みすぎてたし、しょっちゅう来ているから記憶がごっちゃになってるの」ほかのふたりも同じだった。

「では、ありがとうございました、みなさん」女性たちがそれ以上おしゃべりを始める前に、リースが割って入った。「今回はこれで充分だと思います。ご協力に感謝します。政府からも」

わたしたちはその場を離れようとしたが、ヴィニーがわたしのパンツの脚をつかんだ。リースは数歩先にいる。「ちょっとしたアドバイスだよ、お嬢さん。あの男は欲望を抑えつけて、爆発しそうなのに何もしないでいる。爆発する前にあんたがなんとかしてやりな。まったく、あの男を性的に解放してやる役目なら、わたしが引き受けたいくらいだよ」

ほかのふたりも同意するようにうなずいた。わたしの頬がかっとほてる。「ありがとう。心に留めておきます」

ビーチ・バニーからもっと恋愛をしないとだめだとかなんとか言われる前に、わたしはそこから離れた。彼女たちの次の話題はそれだと想像がついた。リースに追いつくと、遊歩道を進む彼が少し足を引きずっていることに気がついた。

わたしはさっと靴を履いた。「砂地だと脚が痛む？」

リースが目に見えて歩き方を直した。「それほどでもない。いい運動になるよ。筋肉のストレッチが必要なだけだ」そう言って話題を変える。「ビーチ・バニーとなんの話を？」

わたしはバッグに手を入れると、携帯電話を探って録音を止めた。「まったく関係ないことよ」

リースは振り返ってわたしを見たが、何も言わなかった。それでも彼の青みがかった濃灰色の目を見れば、どんな話をしたのか勘づいているとわかった。「それで、どうするの？」わたしは尋ねた。

リースは先へ進んだ。「どうするって、何を？」

「なんでもないわ」リースにはわたしの言いたいことがちゃんとわかっているし、それを口に出しても否定されるだけだろう。何年も研究したおかげで、わたしも人を見抜くための知識や技術なら持っているはずだ。しかし彼は本能的な直感まで持ちあわせている。うらやましくて仕方がない。

ビーチの駐車場の舗道に入ると、わたしは歩調をゆるめた。「あなたが心理学を退けるのは、単に仕事で使う必要がないからでしょう」わたしは言った。「あなたは本能的に人の心を読めるから」

リースが車のリモコンを操作してセダンのロックを解錠した。「退けてはいない。人は心理学では測りきれないと思っているだけだ。それに、事件を捜査するのにきみは心理学を使わないわけにはいかない」

わたしは一瞬、彼を見つめた。「そうね。でもわたしは生まれつきの能力を持っていないし——」

「きみにだってあるよ」リースはそう言うと、わたしのほうを見た。「ただ信じることを学べばいい」

わたしはリースの視線を受け止めた。わたしが鏡を見るときに見ていないものまで、彼は見ているのだろうか。彼の携帯電話が鳴った。そのおかげで、わたしは辛辣な自己分析をやめることができた。

「マーカス、何かわかったか?」リースは電話を耳に当てたまま砂丘を見やった。「ああ、ありがとう。そのまま進めて、また報告してくれ」電話を切った。「マイクとトーランスの経歴について報告があがってきた。今回はトーランスについて詳しく調べてもらった」

わたしの事件を捜査していたとき、トーランスは容疑者どころか参考人でさえなかった。彼のアリバイはしっかりしていた。「何か出てきたの？」

リースが肩を落とした。「大したことは何も。マイクのほうは小切手が何度か不渡りになっている。業者への支払い期限を守れなかったようだ」

わたしは眉をひそめた。「トーランスのほうは？」

リースがポケットに携帯電話をしまった。「暴行の前科が一件、抹消されていた。被害者は十六歳の女性」車に向かい、運転席のドアを開ける。「コーエンの家に向かうあいだに、ファイルを読みあげてくれ」

抹消されたということは、当時は軽微な犯罪と見なされて告訴を見送られたということだ。

彼はドアに寄りかかると言った。「ここにいてくれ。すぐに戻る」

リースはドアを閉めて、どこに行くのかわたしに尋ねる暇も与えず、小走りで行ってしまった。〈ティキ・ハイヴ〉のドアを押して入っていく。わたしはいらいらしながら足を踏み鳴らしたが、やがて彼が店から出てくるのが見えた。

「どうしたの？」リースが運転席に座ると、わたしは訊いた。

彼が袋を渡してきた。「手書き文字のサンプルだ。マイクとトーランスは、バーの奥のごみ箱に注文伝票と勘定書を捨てていた」

つまり、令状なしで取ってきたというわけだ。わたしは勘定書の手書き文字にさっと目をやった。「似てるようには思えないわ」

「チームに送る。分析してもらおう。あのメモを書いたのが誰であれ、筆跡をごまかそうとしているかもしれない」

わたしは考え込んだ。実家に届いた手紙をいまだにはっきりと覚えている。ブロック体の文字を、文章を。その文字と、ホテルのドアの下に差し込まれたメモの文字はかなり似ている。

理論上は、数年前の捜査の最中、マイクにもトーランスにもわたしを脅す理由はなかった。彼らは容疑者ではなかったのだ。わたしは何年もあの手紙を出した動機を考え続けた結果、差出人は妄想癖がある人物か、わたしに病的な恋愛感情を一方的に抱いている人物だろうと結論づけた。

もし兄弟のどちらかがこうした異常性を見せていないのなら、わたしは事件を広い視野で検証できていないのかもしれない。

「いい考えね、リース。完璧だわ」たとえこの兄弟をわたしの事件の容疑者リストから除外するためだけであっても。

16

レイキン：現在

コーエンの家から二ブロック離れたところで車を止めると、リースはデータベースを使って容疑者をざっと調べた。以下は〈ティキ・ハイヴ〉の元ウェイターについてわかったことだ。

フルネームはコーエン・ルイス・ヘイズ。二十五歳。白人。男性。母親のジェニファー・ヘイズ（結婚歴なし）と一年半前まで同居。その後は州道A1A号線から外れた郊外の小さな家を借りている。クレジットカードは所持していない。コンピューター・サイエンスを学ぶためコミュニティ・カレッジに数カ月通うが退学し、飲食業を転々とする。

コーエンには一件、犯罪歴があった。十九歳のときバーで激しい言い争いをした結果、警察にひと晩拘留された。翌日、自己誓約による保釈。喧嘩のほかの当事者が告発されることはなかった。

その年齢の若者は衝動を抑えられないものだ――これは一回だけのことなのだろうか、それとも行動障害を持っている兆候か？

書面上では目につくような変わった点はない。たいして向上心はなさそうだが、母親の家は出ている。最近の若い男性にしては立派だ。けれど疑問なのは、苦労もなく快適な生活を送っていたようだったのに、なぜいきなり独立しようと思い立ったのだろう？　そもそも、コミュニティ・カレッジに入学しようと思ったきっかけはなんだったのか？

よくある一般的な答えは、女性だ。

口論の理由にもなりうる。

いたって自然で、もっともな理由だろう。もちろん、あまり一般的ではない、もっと憂慮すべき動機も考えられる。薬物の使用。違法な性的嗜好。そのほかの違法行為――どれも、母親が同居していては不都合だ。

コーエンを聴取したあとでもう少し考えてみよう。

リースは家の周囲を簡単に見て回り、攻撃的な犬など脅威となるものがないことを確認してから、平屋建ての家に近づいた。家は卵の殻のようなオフホワイトだったが、年月と手入れ不足のせいで黒ずんでいる。ポーチは中央がたわみ、床板が足の下できしんだ。

リースがノックをした。

ドアの向こうで物音がした。誰かが少し前からのぞき穴でこちらを見ていたようだ。リースは用心のため、ホルスターにしまわれた支給品の銃に手をかけた。それなりの時間が経ったあと、ドアが開いた。ビーチ・バニーから風体を聞いていたので、彼がコーエンだとわかった。

「コーエン・ヘイズか？」リースは尋問のように尋ねた。容疑者に最初からすんなり質問に答えさせるには、こういうふうに切りだすのが一番らしい。

コーエンは両手を見えるように差しあげ、危険な存在ではないとアピールした。

リースは銃を迂回(うかい)して身分証明書を取りだした。

コーエンは濃い茶色の眉をひそめ、困惑したような顔をした。「そうですけど」彼は言った。「なんの用です？」

女性たちがなぜ彼によろめくのか、わかる気がした。コーエンはとびきり顔立ちが整っているうえ、年が若い割に揺るぎない自信にあふれている。胸を張ると、リースと同じくらいの身長があった。

リースは自己紹介をしてから言った。「ミスター・ヘイズ、ジョアンナ・ディレーニーについて答えてもらいたいことがいくつかある」本題に入り、被害者の名前を出してコーエンの反応を見た。

コーエンはわずかに唇を引き結んだだけで、ポーチに出ると背後でドアを閉めた。いたって平然としている。ジーンズのポケットに両手を突っ込み、顎をあげた。とりあえず話を始めるつもりがあるという彼流の合図らしい。

「ジョアンナ・ディレーニーと最後に会ったのがいつだったか覚えているか？」リースが尋ねた。

コーエンは肩をすくめた。「ジョーが殺された日は、彼女とシフトが一緒だった」ほとんど感情のうかがえない声で正直に答えた。被害者を愛称で呼んだことで、ただの同僚とか知りあい以上に親しかったのが伝わってきた。

「あの夜、ジョアンナが仕事を終えたのは何時か覚えているか？」リースは質問を続けた。

コーエンは深い青色の瞳で一瞬わたしを見てから、リースに注意を戻した。「シフトが変更になって以来、彼女とおれはだいたい同じ時間にあがっていた。五時半だったと思う」彼の視線はまた、さっとわたしのほうに向けられた。

わたしは小首をかしげ、コーエンを見つめながら自分のノートを取りだした。何かすることが必要だったので適当にメモを取りながら、視界の端では彼をずっととらえていた。たいていの人は短い時間でも目を合わせるのをいやがる。不安をかき立てられる場合が多いからだろう。わたしはコーエンにこちらを観察する機会を与えてやった。わたしが彼の挙動に注目していることは悟らせずに。

コーエンの振る舞いに気づいていたとしても、リースは表情を変えなかった。「あの日のジョアンナについて、何か気になったことはなかったか？　どこか変だったとか、心配事がありそうだったとか、動揺しているみたいだったとか」

コーエンは首を振った。「これといってない」

「きみが〈ティキ・ハイヴ〉を出たのは何時だ？」

コーエンは答えるあいだ、しばらくわたしを見ていた。「ジョーが帰ったすぐあとだ。彼女が死んだ時間にどこにいたか訊きたいなら、おれにはアリバイがある」

警察ドラマでよくある流れというわけだ。リースがにやりとした。「それじゃあ、どこにいたんだ?」

コーエンは身を守るように腕を組んだ。「母親の家だ。買い物をしてやってたんだ」

「ずいぶん記憶力がいいのね」わたしはコーエンの注意を引こうとした。

コーエンがゆっくりとうなずいた。「ああ、まあ、母親の医者の予約と薬の管理をしているからな。この三年は買い物も全部おれがやってる。すべてをちゃんとこなすには、記憶力がよくないといけないんだ。忘れたらえらいことになる」

まっすぐわたしの目を見つめながら、最後の台詞を言った。

リースは相手の反抗的な口調にいら立ち、わずかにこちらに体を寄せた。わたしは動じなかった。「お母さんはなんの病気なの?」

「末期の骨肉腫だ」コーエンが答えた。

寒気が肌をかすめる。「お気の毒に」コーエンはうなずいたが、その件についてはそれ以上何も言わなかった。

事件の容疑者であるにもかかわらず、コーエンを気の毒に思った。アンバーは進行した骨肉腫だと診断されたあと、それまでの彼女とは変わってしまった。わたしも変わってしまった。一年にわたって手術と化学療法で戦ったが、期待した結果は得られなかった。発見時に癌はすでに肺に転移していた。

愛する人が癌でみるみる衰弱していくのを見守ることは、孤独でつらい。

アンバーは十二歳で亡くなった。

「どこにいたのか、詳しく話してもらえるか?」リースは話題を戻して尋ねた。「それほど記憶力がいいなら、こちらでもすぐに確認が取れるはずだ」

「ああ」コーエンはジョアンナが殺された日の行動を説明した。仕事、薬局、それから食料品店に寄って、母親の家に行ったのはだいたい六時四十五分ごろ。それから九時半くらいまで母親の家で過ごした。

「自宅に帰った時間を証言してくれる人はいるか?」

コーエンは態度を少し変えた。「いや。ひとりで住んでるから」

「なぜ〈テイキ・ハイヴ〉をクビになったんだ?」リースはすぐに話題を変えた。

「想像がつくだろうが、母親の病気のせいでかなり時間を取られてる。ボスはおれが遅刻するのも、病院に予約の電話を入れるために仕事を抜けることも、気に入らなかったんだよ」

リースがわたしを見た。あとを引き継げということだ。「あなたが仕事中に口説いてきたと、常連客から何度か苦情が来たそうだけど。あなたの前のボスによると、そういう客に飲み物をおごっていたところを見つかったらしいわね」

コーエンがばかにしたように笑った。「あのばあさんたちだろ？　悪い連中じゃないが、想像力がたくましすぎるんだよ」にやっと笑うと、きれいに並んだ白い歯がのぞいた。

わたしが誰のことを言っているのか、コーエンはすぐさま察した。「じゃあ、苦情を言われるようなことはやっていないというわけ？」

コーエンが一歩前に出てわたしの目の前まで来ると、リースが割って入って盾となった。コーエンは柔らかそうな髪を片手ですき、口もとにゆがんだ笑みを浮かべた。「一回か二回くらいは、その気にさせたかもしれないな。チップをはずんでくれたし」

わたしは言外の意味を読み取って、一か八か切り込んだ。「セックスも求められたって」あからさまに言った。

コーエンの笑みが広がった。「まあ、ひとりとだけな」肩をすくめる。「生活が苦しいんだ。家賃を稼がないと。おれはむしろ、お互いの利害が一致したと思ってる。おれは金が必要だった。ヴィニーは使い古しのあそこでやってくれる誰かが必要だった」

コーエンの声に恥じ入る様子はまったくなかった。これまでにわかったのは、コーエン・ヘイズはナルシストで、境界性人格障害の傾向があるということだ。だからといって、彼が殺人犯ということにはならない。ジョアンナを殺す動機がなければ。他人から見ればあいまいで適当な動機でも、本人にとっては自分の信念にのっとったものであるはずだ。

わたしはコーエンの自尊心をくすぐることにした。「ジョアンナはあなたに言い寄ってきた？ ドラッグやお金と引き替えのセックスの誘いは？」

コーエンは声を立てて笑った。「なんだって？ いや、ないよ。彼女からセックスの誘いを受けたことは一度もない」彼はわたしの言葉を真似(まね)た。

わたしは片方の眉をあげた。「でも、ジョアンナが昔ドラッグに溺れていたことは知っていたでしょう？」

コーエンが大きなため息を長々とついた。「ここはフロリダ。地獄のど真ん中だ。

ドラッグをやってないやつなんているのか？」わたしがさらに質問を重ねる前に、彼は付け加えた。「あのな、ジョーはイケてた。たしかにおれに言い寄ってきたが、いちいち気にしちゃいない。飲食業界なんてそんなもんだろ？　誰もが誰とでも寝る。そうやって忙しいときのストレスを発散するんだ」鋭い視線をわたしに向ける。「深読みするなよ」

「でも、ジョアンナのほうは違ったかもしれない」わたしは言い返した。「ちょっとしたお遊びを、職場の同僚の悪ふざけ以上の意味に受け取ったかもしれない」

コーエンは後ろ手でドアノブをつかみ、後ずさった。「本当に彼女のことはほとんど知らないから、話せることはもうないよ」

「きみが縄フェチだとわかる画像をジョアンナに見せたことはあるか？」リースが素早く口を挟んだ。「〝縛り〟って言うんだよな？　ロープで拘束することを？」わたしたちは事前に、グーグルでその専門用語を調べていた。

コーエンは鼻を鳴らした。「おしゃべりはこれで終わりだ」彼はこちらに視線を向け、手首の輪ゴムに目を留めた。わたしはシャツの袖を引っ張った。彼は訳知り顔でにやにやした。

リースが名刺を取りだし、コーエンに押しつけた。「時間を取らせたな。裏に直通の番号が書いてある。ほかにも思いだしたことがあれば連絡をくれ」

ためらいながらも、コーエンは名刺を受け取った。「ああ」最後にもう一度、深い青色の目でわたしを見据えた。「ほんとに、いい一日を」わたしは帰り際も彼の視線がまとわりついているのを感じていた。

車のなかに戻ると、わたしはリースを見た。「ずいぶん仏頂面だったわね。どうしたの？」

彼はエンジンをかけると、道路に出た。「あいつをどう思った？」

わたしはシートベルトを締めた。「ナルシストだと思った。でも長期間にわたって母親の面倒を見ていることからして精神障害者ではない。こちらが把握している情報のなかに殺人の動機に結びつくようなものはないし、会話からも動機らしきものはまったく感じ取れなかった。あなたは？」

「飲食業界では、誰もが誰かと寝ていると口にしていた。マイクがコーエンをクビにしたのは客と関係を持ったからだ、とトーランスは言っていた。ビーチ・バニーが口説かれて気分を害したと。だが彼女たちは、声をかけられたことを気に留めていなかった」

わたしはしばらく考えた。「わたしも、あの女性たちから同じ印象を受けたわ。自分に言い寄ってくる男——落ち着かない気分にさせる男——について文句を言うのは、罪悪感に悩まされずに、求められている気分を味わうためよ」

「ビーチ・バニーがそんなに控えめな女性たちだとは思えなかったな」リースが言った。

わたしは彼に向かって顔をしかめてみせた。「だったら、彼女たちはコーエンに声をかけられてうれしかったのよ。それが〈ティキ・ハイヴ〉をクビにされる理由にならないことは、わたしも同感。誘いをかけられてまんざらでもなかったのなら、とりわけね。でもコーエンは遅刻のせいでクビになったと話していたわ」

「だったらなぜ、トーランスとマイクはあんなことを言ったんだ?」リースが尋ねた。

いい質問だ。「彼らに確かめる必要があるわね」

用意周到な犯人は、意図をまったく悟らせずに、自分以外の人物に疑いの目を向けさせることがある。あの兄弟はコーエンがボンデージ好きだとビーチ・バニーがばらすとわかったうえで、わたしたちの注意を彼女たちに向け、疑わしい容疑者を作りあげたのだ。

最初の事情聴取でマイクがコーエンについて何も言わなかった点も、この推論を裏づけている。兄弟がジョアンナ殺害に関わっているなら、最初の事情聴取をうまく切り抜けられたと思ったはずだ。訊かれてもいないのに情報を与えることはない。頭の切れる人間はそのことを知っている。

現時点ではコーエンはまだ容疑者だが、兄弟を容疑者リストから外すことにはならない。それどころか、コーエンを名指ししたことで、トーランスは余計に怪しく見える。

ビーチへ向かう車のなかで、わたしはさらに考えを巡らせ、ジャミソンにぶつける質問を書き留めようとノートを取りだした。もしジョアンナがマイクやトーランスにしつこく言い寄られていたなら、どちらかが嫉妬のあまりコーエンをクビにすることもありうる。兄弟はコーエンを邪魔者だと――もしくは障害物だと――思っていたのだから。ジョアンナが職場での不安をジャミソンに伝えていたかもしれない。

そうなると、ジャミソンも容疑者リストに再登場することになる。嫉妬は殺人の強力な動機になるのだ。

謎が増えていくなかで、ひとつだけはっきりしていることがある。コーエンは愚鈍な人間に見せようとしているが、実は頭がいい。若いときにはどうしてもできなかった衝動の抑制が今はできるようになっている。わたしの気持ちとしては彼を容疑者から外したいけれど、自分から注意をそらそうとしているのは、あの兄弟だけとは限らない。まだ誰ひとりとしてリストから除外できない。

容疑者の系譜(ツリー)は、枝葉が伸びるがごとく広がりを見せている。

17

ドリューの章

レイキン：当時

ドリューとふたりきりでいると、この世界でただひとりの女性になった気分になれる。彼に見つめられると――わたしが彼に見つめられると――まるで今までの人生がまぼろしか幻想だったのではないかと思えてくる。自分が土に埋まったタイムカプセルで、ふたが開けられて現実の世界とその奇跡を目にするのを、今までひたすら待っていたのではないかと。

わたしは目覚めている。

生きている。

生気にあふれ、美しい。

ドリューがまっすぐにわたしを見つめた。彼には魂と呼ばれるもののきらめきが見えている。魂、つまり本来の自分というものをわたしはわかっていなかったが、彼と一緒にいることによって、少しずつ知るようになった。

幼いころ、自分は二番手で満足していると思っていた。そこが自分の場所だと。アンバーこそがスターで、わたしは静かな片隅に自分の居場所をどうにか作りあげていた。それで幸せだった、というよりも、それを受け入れていた。別の選択肢があることなど知らなかったのだ。

今は、誰かからもっとも愛される喜びを知っている。求められるというのがどういうことか、経験している。わたしたちはふたりだけのまばゆい世界に閉じこもった。孤独な過去など思いださなくてすむように。わたしはドリューの頰を撫で、なめらかな手にうなじのざらざらした感触が伝わるのを楽しみ、いっそう彼に夢中になっていった。

大胆な気分になる。

「愛してるわ」声に出して認めても、恥じることはなかった。ドリューにはすべてをさらけだすことができた――胸の奥深くに秘めたこれ以上ないほどの不安も、これ以上ないほどの性的な欲望も、わたしの心のなかも。

ドリューがわたしの顔をちらっと見てから、身を寄せて額にキスをした。「わかってるさ」

そんなふうにされて、わたしは胸がいっぱいになった。ブランケットに横たわると、ビーチの砂が体の形にくぼんだ。体の線があらわになるビキニ姿が照れくさかったとしても、ドリューの視線がわたしに釘（くぎ）づけになっているのに気づくと、わたしはビーチをランウェイのようにウォーキングしたい気分になった。

ドリューがわたしに覆いかぶさってきて、太陽をさえぎった。彼がわたしの太陽だった。

「きみは愛のために何ができる？」ドリューがわたしの太腿を指でなぞりながら尋ねた。

その親密な愛撫（あいぶ）に、わたしは身を震わせた。「なんでも。何もかも」

ドリューの笑みが広がり、明るい色の目が輝いた。さらに近づいて、唇でわたしの耳をかすめる。「なんでも？」

ドリューが体を引いた。きらめく瞳の色が濃くなっている。その奥で欲望の光がちらつき、わたしを求めているのがわかった。彼は指一本をわたしの顎の下に当て、顔を上向かせた。「ぼくたちのために人を殺せるか？」

できると思った——ドリューと一緒にいるためなら、なんでもするだろう。わたしたちの世界では、ふたりしかいない世界では、許される気がした。

わたしは彼の指の上でうなずいた。「ええ」

「じゃあ、決まりだ」ドリューが低い声で言った。「きみはどうかしてるな」ドリューが笑い声をあげたので、わたしは彼の腕を叩いた。

太腿のあいだに触れられた瞬間、両脚に熱さと震えが走り、性器に強い痛みを感じた。わたしは太腿をドリューの手に押しつけた。彼の唇がわたしの唇におりてきて、最初は優しく、やがて荒々しく、自分のものだとばかりにむさぼった。

それからドリューがわたしの耳に唇を押しつけてささやきかけ、言葉が耳たぶをくすぐった。熱い吐息がわたしの首を撫で、波しぶきが脚を湿らせた。

完璧だった。

これが、ドリューと過ごした最後の幸せな日の記憶だ。チェルシーが彼の家の戸口に現れるちょうど一週間前。わたしが襲われる前の出来事だ。

あの日の記憶は汚さないよう大切にしている。あまり思い返すことはない。何度も思いだすうちに不正確になるのがいやだからだ。非の打ちどころのない思い出のまま残しておきたい。変わらないままで。

それなのになぜか、ビーチでドリューがささやいた言葉をすでに忘れている。彼の言葉をどれほど必死で思いだそうとしても……心のなかの記憶は暗闇につかまり、焼き尽くされてしまう——ポラロイド写真が四隅からあっという間に燃えあがり、みるみるすべてが灰と化していくかのように。

18

レイキン：現在

トーランスの顔をこれほど間近で見たのは、彼がキャメロンにウィンクしているとき以来だった。あのとき、彼は店のタオルを肩にかけていた。これから女と寝ようとしている男の醒めた表情。わたしは彼が意外と若いと思ったことを覚えている。当時のリースの事情聴取に対して、トーランスはまだ二十八歳だと答えた。フロリダの強い日差しの下で何年も働いたせいで、肌が傷んで老けて見えた。

トーランスが目を細めてわたしを見つめるとき、濃い茶色の目の縁にしわがくっきりと刻まれた。「ずいぶんと久しぶりだな……」わたしたちが古い友人であるかのような口調だ。「あんたと――」指をパチンと鳴らす。「なんとかって名前の女性は、まだ友達なのか？」

「キャメロンよ」わたしは口もとに笑みを浮かべようとした。陽気すぎるのはまずい。この場にそぐわないように見えたり、戸惑いを与えたりするかもしれないから。自然な笑みに見えなくてはならない。相手に関心がある顔を作り、この奇妙な再会にまったく動揺していないふりをした。「それと、そう」嘘をつく。「まだ友達よ」

トーランスはうなずいた。

わたしはリースから、容疑者の扱い方についてレクチャーを受けていた。自分の表情を意識する方法——どうすれば相手の心に響き、どうすれば心を閉ざすのかを。わたしがこのコツを自分の本に書いてもいいのなら、編集者はきっとほかの女性たちと同じくリースを崇拝するだろう。

わたしはトーランスに対する感情を脇にやり、彼の態度に意識を集中した。トーランスはわたしのせいで落ち着きを失っていたとしても、うまく隠していた。キャメロンと一緒に〈ドック・ハウス〉をあとにしたあの夜と同じように、リラックスしている。

「よかった」トーランスが言った。客たちがビーチから店内に入ってくると、彼の視線はぼんやりと〈ティキ・ハイヴ〉のなかをさまよった。「飲み物でもどうだい？

水とか？」こちらに素早くウィンクする。

わたしは目を細め、これがバーテンダー特有のユーモアなのかどうか見極めようとした。「いらないわ。ありがとう」バーカウンターに肘をつく。「長居はしないから」

トーランスと再び接触する前に、リースとわたしは事実確認を行った。コーエンの話も、この兄弟の話も、どちらも。

「追加でふたつほど訊きたいことがある」リースが口を挟んだ。「コーエンの話を聞いたところ、彼のスケジュールに関していくつか疑問が出てきたんだ。特に、病気の母親の世話をするため遅刻や欠勤をした日についてだ」

トーランスが困惑したように顔をしかめた。この表情から、リースは何を読み取るのだろう。「マイクに確認してくれ。ほら、デリケートな問題だから。最近は簡単に人をクビにできない。ちゃんとした理由が必要だ。さもないと不当解雇だと訴えられる」トーランスが肩をすくめた。

あのメモを書いたのがトーランスだと想像してみた。動機は？彼はわたしの事件の容疑者ではない。最初の手紙を書いたのが彼でないとしたら、今になってメモをよこすなんて筋が通らない。

でもマイクには……あるのかもしれない……人をもてあそぶことで喜びを感じる邪悪な一面が。人々は犯罪ドキュメンタリーを読み、捜査に参加しているような気分を味わう。あのメモはでっちあげられた手がかりのようなものかもしれない。電話相談サービスにかかってくるいたずら電話みたいに。

そう考えてはみたものの、違う気がした。あのメモは私的なものである気がする。わたし個人に宛てられたもので、事件とは関係ない。

リースは携帯電話で時間を確認した。「マイクは今日、何時に来る？」

トーランスがバーカウンターに身を乗りだした。「今日は休みだが、明日なら朝からいる」

聞き込みが終わり、リースがトーランスに時間を取ってくれた礼を言って、わたしたちは〈ティキ・ハイヴ〉を出た。「あの兄弟はできる限り情報を提供しようとしているわ」わたしは言った。「ジャミソンにもう一度尋問するべきね」ジョアンナが自分の仕事をどう思っていたのか、その答えをどうしても知りたかった。

「きみがやってくれ」ふたりで遊歩道を歩きながら、リースが言った。「しっかりメモを取るんだ。ぼくはクワンティコに戻らないと」

「いなくなっちゃうの？」

彼の唇が引き結ばれた。「残念ながら帰らないと。一日でもきみをここに残していくのは、本当に気が進まないんだが」

「メモのことを心配してるの？」わたしは尋ねた。

リースがホテルのギフトショップで買ったサングラスをかけ、太陽とわたしから身を守った。「一緒に戻るか？　正式にチームのメンバーと会ってみろよ、直接。入局許可証を用意するから」

わたしはリースという人間を理解しつつある。彼は言わないでおくことのほうが多い。「わたしがそんなことをしたことある？」

リースが笑みを浮かべた。答えはノーだ。わたしは人づきあいのいいほうではないと、彼は知っている。

「両親のところに行ってもいいし」つい口走ってしまった。自分の発言にどれほど動揺しているか悟られないよう、顔に仮面を張りつけようとした。

リースは間違いなく、わたしの心を見透かせる――とはいえ、実家を訪ねると落ち着かない気分になるという人は多いはずだ。わたしの場合、理由はいくつかある。大学に通うために実家を出てしまえば——ゼロからのスタートだ——いまだに家族のなかに嵐雲のように居座っているアンバーの思い出から逃れられると信じていた。

両親はミズーリまでわたしを訪ねてきた。おばが一緒のこともあった。それ以外で、この十五年間におばと会うことはほとんどなかった。わたしたちは実のところ、お互いを避けていた。それが最善の方法だった。わたしを見るおばの目には、まだ苦痛が宿っていたからだ。まるでどこかにいるアンバーを探しているのに、見つからないかのように……。そう、触れないでおいたほうがいいこともある。

リースがわたしの言葉を信じるかどうかはわからない。以前、失われた記憶を取り戻すために〈ドック・ハウス〉の桟橋に戻ろうと彼に説得されたときも、実家には立ち寄らなかった。

「わかった」リースが折れた。「実家に寄ってきみをおろしてから、空港に向かうことにしようか？」

レンタカーのそばまで来ると、リースが助手席側のロックを解除するのを待った。

「大丈夫。タクシーを呼ぶから。それまではホテルにいるわ。事件をもう少し調べたいの」

リースの顔に、何を考えているかわからない表情が再び浮かんだ。メモを書いた人物は、その〝ホテル〟にわたしが泊まっていることを知っている。しかしリースはうなずいて車に乗った。「ぼくの部屋にいるように」わたしは口答えせずに同意した。これで、彼がいないあいだに両親と会うつもりなどないことが間違いなく伝わっただろう。

三年半は一生にも感じられる。理論的には、時間とは相対的なものだ――すべて感覚に基づいている。わたしが昔のわたしとはもはや違う人間であるのだから、キャメロンがどれほど変わったかも想像するしかない。

旧友ふたりが笑顔で抱きしめあって涙を流し、お互いに再会を喜ぶ、とはならない。わたしたちは他人同士だ。

たまに読むソーシャルメディアの投稿では本当の人となりはわからない。だから、今のキャメロンがどんな人間なのかまったく予想がつかなかった。わたしが彼女の動向を追っている理由も、最後まで見届けたいという強い衝動以外には思い当たらない。はっきりしているのは、正面に座ったキャメロンの腹部を見ずにはいられないということだ。彼女は健康で、健康な赤ん坊を宿している。それにキャメロンは俗に言う妊婦の輝きを放っていた。彼女に似合っている。

「輝きですって？」キャメロンは否定するように手を振った。「やめてちょうだいよ。湿気で光ってるだけ。うだるような暑さでてかってるの」彼女は声を立てて笑ったが、ハスキーな声音のなかに一抹の不安が聞き取れた。

来るべきではなかった。でもジャミソンが仕事で街を離れていて、電話で話すこともできなかった。時間が空いたから来たにすぎない、いや、来る必要があったのだと自分に言い聞かせた。

キャメロンの幸せな生活を邪魔するべきではない。彼女にとってわたしはつらい思い出——必死に忘れようとしている記憶だ。それでも、無視できないことが、未解決のまま放っておけないことが、ひとつだけある。

昨日わたしが書いたことが、ここ数年やっているような脚色されたものなのか、それとも取り戻した記憶なのか、知る必要がある。

「それで、大学は卒業したの？」キャメロンは世間話をしようとして尋ねた。

わたしたちはキャメロンの家の中庭（パティオ）に座っていた。日陰棚（パーゴラ）の天井に大きな扇風機（ファン）がついている。柱のあいだは白い麻布で目隠しがされていた。会いたいと電話をかけたとき、彼女が無理にうれしそうな声で「いいわ」と言ったのがわかり、わたしの鼓動が耳に響くほど激しくなった。

これだけ年月が経っても、わたしはキャメロンの電話番号を捨てていなかった。

「大学は卒業しなかったの」わたしはこわばった笑みを浮かべた。「今は本を執筆しているわ」

「まあ」彼女はうなずいた。「どんな本なの？」

脱水症になったみたいに、こめかみで脈がゆっくり打った。わたしは世間話が得意ではない。こうしてキャメロンと相対していることが、もうかなりつらくなってきた。

「キャム、ちょっと訊きたいことがあって来たの」

ふたりのあいだの空気が変わり、緊張感が漂った。彼女が警戒しているのがわかる。ビーチサンダルを履いた足がガラスのスライドドアのほうに向いていて、すでに逃げだそうとしているかのようだ。わたしという存在から、わたしの恐ろしい過去から赤ん坊を守ろうとするかのごとく、腹部に両手を当てている。あるいは、自分がある種の安心を得るためかもしれない。

わたしにはわからない。

キャメロンは何も言わず、かといって逃げようともしなかったので、わたしは話を進めた。「あの夜のことを知る必要があるのよ、キャム。本当は何があったの？」

彼女はうつむき、紅茶の入ったピッチャーを籐製のテーブルに置き直した。「もう全部話したわ。これ以上言えることがないのよ、シンシア。ごめんなさい」

その名前に違和感を覚えた。今もとの名前でわたしを呼ぶのは両親だけだ。

「昨日フラッシュバックがあったの」あくまで話を続ける。「わたしたちが病室にいる場面だった。あの夜……」声が小さくなる。「襲われた夜以来、少しでも思いだせたのは初めてだった」

キャメロンが立ちあがった。「それはいいことなの？」

わたしは眉根を寄せた。「何も思いだせないよりましよ、そうでしょう？」

彼女が首を振った。「わからないわ、シンシア。わからない。正直に言って。あなたがどんな目に遭ったか考えると……」テーブルに両手をつく。

「大丈夫？」わたしはキャメロンを支えた。

「ええ。ただの前駆陣痛だから」彼女が体を起こして笑みを作った。「あなたはセラピストか何かと話をするべきだと思う。わたしじゃなくて」

わたしはナプキンを畳むと、ふたりの前に用意されたデザートの上に置いた。レモンパイには手をつけなかった。上にのったホイップクリームが溶けて水っぽくなっている。「あの夜、あの場にいたのは誰？」

うやむやのままにしておくつもりはない。あのときわたしはキャメロンに腹を立てていた。そのことを思いだした。記憶のどこかが変わっていてもいなくても、病院での彼女の振る舞いは想像で作りあげたものではない。彼女は警官に供述した以上のことを知っている――わたしに話した以上のことを。

キャメロンが長々と息を吐いた。「わたしたちだけよ……あとは知らない客が何人か。それとバーテンダーのトーランス。あなたとダットン刑事に何回も話したとおりよ」家のほうに顔を向ける。「ねえ、もう終わりにしましょう」

「トーランスと会ったの。彼は、一年前に女性が殺害された未解決事件の関係者だった。その事件の状況がわたしのときとよく似ているのよ」そこで言葉を切り、相手がこの情報をよく理解するのを待った。「トーランスの兄にも会ったわ。彼に兄がいることは知っていた？」

キャメロンは疲れきって完全に打ちのめされたかのように見えた。「わたしが知ってるわけないでしょう？　トーラントと一緒にいたのは、あのときだけだもの。記憶があいまいなのよ——酔っぱらってたし、なんと言っても親友が危うく殺されかけたしね。そのせいで、何もかもがぼんやりしてるのよ。あなたは何がしたいの、シンシア？　どうして今さらここに来たの？　こんなに時間が経ってから」

どうしても知りたいから。

〝彼は報いを受けないと……〟

「あの夜、ドリューを見かけた？」

キャメロンが唖然(あぜん)としつつ、どさりと腰をおろした。長い金髪を耳の後ろにかける。

「わたしが帰らせたわ」ようやく認めた。

四年近くも嘘をつき続け、その後もたくさんの嘘を……。

それはそうと、わたしは気づいた。病院でキャメロンがドリューに対してあれほど怒っていたただひとつの理由は、彼があの夜に現れたからだとしたら。キャメロンとドリューのあいだに何かあったのだとしたら。

「どうして何も言わなかったの？」

彼女は上の空で首を振った。「わからない。警察はもうドリューに目をつけていたし――」

「それにあなたは、彼の仕業じゃないと知っていた」わたしは言った。

キャメロンがわたしの目を見つめた。何年ものあいだ隠されていた罪悪感が目の輝きのなかに浮かぶ。「ドリューには、あとで会いましょうと言ったわ。あの夜、バーテンダーとは寝なかったの。一緒に店を出たけど、家まではついていかなかった」

わたしはゆっくりうなずいた。パズルのピースがようやくはまり始める。キャメロンはドリューがわたしを襲ったのではないと知っていた。彼と一緒にいたからだ。「だから〈ドック・ハウス〉にいるときに、わたしと帰ろうとはしなかったのね。一緒に帰ると言いながら、わたしを置いていった。だからドリューと過ごせたってわけ」病室でのキャメロンの発言を嘘っぽいと感じたものの、当時は理由がわからなかった。「わたしとドリューがつきあっているあいだ、彼と寝なかった人っていたのかしら？」

怒りのこもった非難に、彼女はひるんだ。「そういうことじゃないのよ、シンシア」

「その名前で呼ばないで。それはわたしの名前じゃない」今はもう。

キャメロンが激しく息を吸った。「むしろ、気づかないほうがおかしいわよ。ドリューはセクシーな大学教授だったのよ。よくある展開でしょう。最初のうちは、あなたがそれほど彼に本気だなんて思わなかった……わかってからは、二、三回寝ただけよ。あなたが好きだったから、シン——」言葉を切る。「あの夜はドリューとベッドで一緒にいたわけじゃないの。あなたの友人として、チェルシーが妊娠したことに本気で腹が立っていたし、あのバーでドリューがこれ以上あなたを傷つけるのは我慢ならなかった。だから彼の家で会って、こんなことをするなんて最低だと言ってやったのよ」

けれども、あとの祭りだった。キャメロンは当時のわたしを哀れに思った。内向的で未熟で孤独を愛する女が、大学教授に恋をしていたのだから。わたしたちの友情は、どのくらい哀れみに基づいたものだったのだろう。

「それは何時のこと？」わたしは捜査チームの一員という鎧を即座に身につけた。

「はっきりしないけど……たぶん、十一時半くらいかしら？」

わたしは心のなかにメモした。「〈ドック・ハウス〉でドリューを見かけたのは何時？」

「これはわたしの事件じゃないの」決意を固める。「女性がひとり殺された。もしかしたらもっと。彼女を救うために、あなたから真実を聞く必要があるのよ」

キャメロンがうなずいた。「九時かそこらだったはず。わたしがトーランスと店を出る一時間くらい前。ドリューが桟橋のあたりをうろついてるのを見かけたから、あなたに近づく前に、彼を追い返したわ」

「あなたはダットン刑事に、トーランスと〈ドック・ハウス〉を出たのは十時くらいだと言っているわ」事件の当事者ではないヘイルという別人になりきることで安心感を得て、わたしは主張を押し通した。「あなたがドリューの所在を把握していない時間が一時間ほどあるわね」

キャメロンが眉根を寄せた。「そんなはずないわ。わたしが時間を勘違いしてるのね。だいぶ前のことだし。誓って言うわ、シンシア。わたしはトーランスを振りきって、まっすぐにドリューの家に向かった。彼を見た。彼と話した。彼にできるはずが――」

「シンシア――」

「ええ、たぶんそうでしょうね。でも空白の時間帯についての情報と答えが必要なの」わたしは立ちあがって椅子の背からバッグをつかむと、肩にかけた。「ドリューはあの夜のアリバイをチェルシーに証言させている。なぜ?」探るようにキャメロンの目をまっすぐ見つめる。「なぜあなたたちはふたりとも、正直に話さないの?　どうして事件が起こったあとで、隠し事をしようとするの?」

「あなたはひどく傷ついていた。大きな痛みを抱えていた。肉体的にも精神的にも。わたしにはできなかった……」彼女の目の縁に本物の涙が浮かんだ。「これ以上話したら、わたしは生きていかれない」

わたしはキャメロンを信じた。彼女を許せるかどうかはわからない。少なくとも今すぐは無理だ。でも彼女の考え方は理解できる。結局のところ、誰もが自己中心的なのだ。自分に正直に行動すると、たいていの人から勝手だと受け取られる。

わたしは湖から、死の淵から引きあげられた。わたしの人生を汚していたごみや垢は――ドリューやチェルシーやそのほかのすべて――洗い流されたと、この数年間ずっと思っていた。わたしは泥水のなかから引き抜かれた蓮なのだと。

新しい人生。新しいスタート。

記憶がないほうが、もう一度やり直すのが楽なときもある。

けれどキャメロンは、自分の裏切りを自覚しながらずっと生きてきた。

たぶん、それが充分な罰になるだろう。

「ごめんなさい」わたしがパティオを去るとき、キャメロンはさらに謝った。

「こちらこそ」かつて友情だと思っていたものは今や色あせて二度と復活しないだろう。そのことが申し訳なかった。

わたしはかなり歩いてから、配車アプリを呼びだして、ホテルまでのタクシーを頼んだ。緊張をほぐしたり、考えたりする時間が欲しかった。わたしはなんの疑いも抱かず無邪気にドリューを愛していたと、今ならわかる。チェルシーの妊娠……そのことを知った瞬間、世間知らずだった自分に別れを告げたのだろう。

当時、愛に目がくらんでいたので、自分とドリューのような経験をしているのは、世界じゅうでわたしたちだけだと思っていた。初恋だとそんなふうに信じるものなのだろう。現実は痛烈なまでに残酷だった。心から愛されたいと、彼を信じたいと願い、どれほど必死になっただろう?

だがドリューのどんな裏切りよりも、キャメロンの不誠実な行動のほうが傷ついた。

わたしは頭のなかで暴れ回る強迫観念をかき消そうと、声に出して回数を数えながら手首の輪ゴムを五回弾いた。

自分にうんざりしながら、歩道でタクシーを待とうと通りを渡った。その瞬間、妙な感覚に襲われた。陽光が降り注いでいるのに冷たい痛みが肌を刺し、そのせいでうなじに冷や汗がにじんだ。

曲がり角で足を止め、あたりを見回した。胸のなかで心臓が痛いほど脈打っている。薄いシャツ越しに傷をなぞった。危険を感じると必ず、傷のひとつが予兆のように痛むのだ。

何もかも気のせいだ。

わたしは動揺している。傷を負っている。取り乱すと、幻想痛が始まることがある。痛みのおかげで少しだけ冷静さを取り戻せるが。人間なら誰しも弱さを持っているものだ。

恐怖にのみ込まれそうになり、通りからもっと離れなければとあせった……ふと振り返ると、松林へと急ぐ何かの影が見えた。

〝動物よ〟とわたしの心は言い張った。

それにしては大きすぎるし、人の形に見える。

〝誰かが散歩しているのよ〟

相手がこちらに視線を据え、じっと見つめているのだけは感じる。

青いホンダの車が角を曲がってきて、クラクションを鳴らした。キャメロンと過去とたった今知った真実から逃げるように、わたしは車に駆け寄った。

何者かに尾行されている。

19

レイキン：現在

わたしは嘘がうまくない。もう一度言わせてほしい。わたしは人に嘘をつくのがうまくない。取るに足りない存在である自分と折りあいをつけるための嘘や、人生が有意義だと自分に思い込ませるための嘘は、他人をだますために周到に用意した嘘とは違う。

リースは歩く嘘発見機だ。そのせいで、両親を訪ねると言った嘘が口のなかに酸っぱい味を残している。ばれるだろうとわかっているからなのか、リースに嘘をつこうという発想自体が……間違っている気がするからなのかはわからない。

いずれにせよ、ホテルのリースの部屋のカードキーが差し込まれる音がするまでに、嘘が自然に口をついて出るよう頭のなかで何度も練習していた。だから彼に「ご両親はどうだった？」と訊かれたときに……うっかり口を滑らせてしまった。

「キャメロンに会いに行ったの」

真夜中だったが、リースが時差ぼけになっている様子はまったく見られない。警戒心のにじむ青みがかった濃灰色の澄んだ瞳は、冷静かつ穏やかにわたしを見極めようとしている。

彼はダッフルバッグを部屋の隅に置き、スーツのジャケットを脱いだ。「キャメロンはマイク・リクソンを知っていたか？」

わたしは詰めていた息を吐いた。リースはわたしと喧嘩をするつもりはない。もし彼がだまされたと感じ、腹を立てていたら、何も言わずにただこの部屋を出ていっただろう。彼に冷たく黙殺されるくらいなら——そうなったら機嫌を直すのは難しい——無謀だと叱られるほうがましだ。

ベッドの上で、わたしはロングTシャツの裾を太腿まで引っ張りあげ、足首を交差した。「トーランスに兄がいたことも知らなかったみたい」

「マイクの写真は見せたか？〈ドック・ハウス〉で彼を見たことがあるか確かめたか？」リースが首もとの黒いネクタイをゆるめ、ホルスターを外し、ベッドのわたしの正面に座った。

「ううん、確認しなかった……」するべきだった。あれほどドリューのことに気を取られていなければ、自分で思いついていただろう。「もう不意打ちはできない。キャメロンにもう一度質問しても、この件についてはきっと新しい情報は出てこないでしょうね。わたしたちはもはや親友じゃないわけだからなおさらね」

それを聞いて、リースの厳しいしかめっ面がゆるんだ。「彼女は過去を掘り返されて楽しかったわけではなさそうだな」

わたしは床に視線を落とした。「キャメロンはわたしに嘘をついていたの。どうして気づかなかったのか自分でもわからない。記憶が欠落しているせいとは言えないわ。何かがおかしいとは思っていたのよ。でも何がおかしいのかわからなかったし、知りたいとも思わなかった。たぶん」リースの目に同情の色を認めて、安らぎを感じた。「彼女はドリューと寝ていたの」彼が質問を始める前に一気に吐きだす。キャメロンが打ち明けたことをすべて伝えた。「わたしが襲われた夜はベッドをともにしていなかったけれど、彼の家で会ったそうよ。だから、ドリューが〈ドック・ハウス〉に戻るのは無理だって」

リースはすべてを聞いてから言った。「彼が家から出なかったのならな」あることに気づいて、警報がわたしの体内を駆け抜けた。「バーから当時のドリューの家までは車で一時間以上かかるわ」

「時間に余裕はないだろう。とはいえ、きみが襲われた時刻が正確にわかっているわけではない。キャメロンが店を出た一時間後かもしれないし、五分後かもしれない。となると、彼が犯人の可能性もなくはない」

それにドリューはキャメロンを自宅に来させて、共謀者に仕立てあげている――片方が失敗したときのために、ふたつのアリバイを用意したのか。「ドリューはキャメロンに、警察には本当のことを伝えないようにと言ったそうよ。きっと、わたしをさらに傷つけることになるとか、友情にひびが入るとかって説得したんでしょうね。彼は自分が容疑者になると知っていた。わたしの親友兼ルームメイトと寝ていることが、担当刑事の心証をさらに悪くするとわかっていた」

リースが心得顔でうなずいた。「ぼくたちのプロファイリングによると、きみを襲った犯人は頭がよく用心深い。ぼくにはアンドリュー・アボットがそういう人物に思えた」

つまり、ドリューがわたしを襲ったのだとしたら、じっくり考えてから実行したということだ。前もって計画していた。行き当たりばったりの犯行ではない。

わたしは気分が悪くなって立ちあがり、歩き回りだした。「考えたこともなかったわ、一回も、まったく。ドリューが犯人かもしれない……彼がやったのかもしれないなんて……」

バーでドリューを見かけたとキャメロンが暴露したときでさえ、筋が通らないと思っていた。彼がわたしを傷つける理由――わたしを殺す理由とは？　妊娠したのはわたしではない。彼の自由やキャリアにとって脅威にはならないはずだ。

「意味がわからないわ」自分に向かってつぶやいた。

わたしが考えにふけっていると、リースがいつの間にか背後に立っていた。すぐ近くに彼の肌の熱を感じて気づいた。腕に触れられ、わたしはたじろいだ。

「大丈夫だ」リースが言った。わたしが振り返って向きあうと、彼は手を引っ込めた。

わたしは腕を組んだ。自分のシャツの薄さを強く意識する。ふたりのあいだにあるのはTシャツとショートパンツくらいで、最高に薄い障壁だ。「ドリューに本当にこんなことができると思っているの？」

意見だけだ。

リースは人間を知っている。容疑者と動機を見抜く。重要なのはただひとつ、彼の

リースが答えを考えている様子で、ネクタイを外して片手に巻きつけた。大きく息を吐く。「わからない」

その回答にショックを受け、わたしは首を振った。リースが仮説すらも持ちあわせていないなんて納得できない。「あなたが事情聴取をしたんでしょう。ドリューに犯行が可能だったかどうかは以前に検討ずみのはずよ。ダットン刑事が何かを見落としているとか、証言に食い違いがあるとか――」

「ドリューの可能性については検討した」リースが疲れきった低い声でさえぎった。

「彼の動機はなんだ、ヘイル？」

そう。動機だ。わたしはがっくりと肩を落とした。

「考えるんだ」リースが促した。「キャメロンに会ったあと、何か思いだしたか？まったく何も？」

例の落ち着かない不安が忍び寄ってきて、わたしは視線をそらした――事件以来初めてリースとともに〈ドック・ハウス〉を訪れたときに襲われた感覚だ。あのときも、

彼から思いだすよう言われた。〝考えるんだ〟と……まるでわたしのすべきことは記憶に入り込むことだけで、答えは勝手にこぼれでてくるとばかりに。

「すごくいらいらするわ」わたしは頭を振った。「ここに戻ってきてから」

リースの眉間のしわが深くなった。「わかってる」短い間。「きみの事件を再捜査すると決めたとき、ぼくらは真っ先にドリューを調べあげた。だが今みたいに新しい情報をつかんだあとでさえ、動機ははっきりしない」

わたしは意気消沈した。ドリューに動機がないという事実にほっとすべきなのかどうかはわからない。とにかく、腹立たしいことではある。

「ぼくにわかってるのは」リースがわずかに近づいてきた。「脅威に直面した場合、人はどんな行動を取るかわからないということだ。今まで扱った事件で、犯人の動機を理解できない場合もあったが、それはぼくが事件を起こした本人ではないからだ。きみも本人ではない。ドリューが事件の犯人なら、自分にとってはしごく妥当な動機があるはずだ。その動機をきみが理解できるかできないかはわからないが……知ってしまってそれを背負って生きるのはつらいことかもしれない」

わたしは彼の目を見つめた。「ずっと知らないでいるよりもつらいかしら?」

リースは今やコロンのにおいが感じられるほどそばにいる。彼の体温が肌に伝わってきたせいで、自分の体を押しつけて、ぬくもりを味わいたい衝動に駆られた。

そう思った瞬間にはっとして、ショックを受けた。

「きみは未解決事件の捜査をしてきた」リースの言葉で、わたしはわれに返った。「だから、犯人がわかったところで満足感など得られないことを知っている。真実と、解決と、正義がもたらされはするが、喜びなど感じられない」

もちろん、そのとおりだ。わたしは遺族がどんなふうに感じるのか知りたいと何度思ったことだろう。ノートパソコンに向かって事件の話を執筆しながら、行きづまって言葉が思い浮かばず、ひたすら真っ白な画面を見つめているときに。

わたしは腕をこすり、急にきき始めたエアコンの冷気を払いのけた。「わかったわ」受け入れることにした。「じゃあ、とにかく手がかりを追いましょう」

「それがぼくらをどこへ導くとしても」

わたしはリースに視線を向けた。〝ぼくら〟

「つけられていた気がするの」思わず口走った。リースに何もかも打ち明けたほうがいいと思ったのは、誤解を生むような物言いをしたせいでくすぶっている罪悪感のせいかもしれない。あるいは彼の目に映る何か――わたしの心が無視しろ、避けろと警告する何かのせいかもしれない。

リースの表情が暗くなった。「どこでだ?」

「キャメロンの家を出たところよ。家からそんなに離れていなかったわ。男を見た気がするの」わたしは肩をすくめた。「思いすごしかもしれないけど」だが、メモのことがまた頭に浮かんだ。何者かがわたしにこの事件から手を引かせようとしている。

「相手の見た目は?」リースはさらに質問を続けた。

「背が高かったわ。女性かもしれない。わたしに見られたとたん松林に身を隠したの」声に出して言ってみると、自分でもばかみたいに聞こえた。

リースがわたしの腕をつかんでいた。手に力がこもる。「ひとりで出歩くんじゃない。なんでもないと証明されるまでは、用心するべきだ。何者かがあのメモをよこした。その人物はきみにディレーニー事件を捜査してほしくない、あるいは恐れている

「……」最後までは言わなかった。

「わたしが自分の事件とのつながりを見つけることを?」

リースの唇が引き結ばれたのを見て、彼は認めたくないのだと気づき、つらい気持

ちになった。わたしの事件と関わりのあった人物がつけ回しているに違いない。向こうがストーカー行為をやめない限り、事件の手がかりを見つけられるかもしれない。この人物がわたしを殺さない限り。

　この人物は何を待っているのだろう？

「今はこの話はしたくないわ」わたしはリースの手から逃れようとした。

　彼は濃い茶色の眉をぐっと寄せた。「まだ何か隠しているな」わたしの表情を読み取っているのは明らかだ。「まだ話していないことがあるんだろう、ヘイル？」

　わたしは手を振りほどこうとしたが、リースにつかまれたままだった。力強い指が肉に食い込んでいる。今回は放してくれなかった。

「話せ」

　どんなに振り払おうとしても、パティオにいたキャメロンの姿がまざまざと脳裏によみがえる。「キャメロンのこと。妊娠していたわ」

　まったく情けない話だ。ジョアンナの事件を解決するために、殺人犯に正義の鉄槌を下すためにここへ来たのに。自己憐憫にひたるためではないのに。

　戻ってくるべきではなかった。

リースの手の力がゆるむのを感じた。わたしの告白を聞いて、態度が軟化した。彼は手のひらでわたしの両腕をなぐさめるように撫でた。彼にとっては慣れない仕草だったに違いないが、ごく自然な触れ方だった。わたしにいつもこんなふうに触れているかのように。

リースが言いたいことすべてが、手のひらを通じて伝わってきた。わたしが奪われたものを——無意識のときに失っていたものを——思って彼がどれほど心を痛めているかが。わたしが妊娠という奇跡を経験できないことを、母親には決してなれないことを思って。

目の奥が痛くなり、涙がにじみそうだったが、どうにかこらえた。悲しみに屈するつもりはない。

わたしは生きている。

ジョアンナは亡くなっている。

口を開こうとしたリースを、わたしは止めた。今何か言われたら、自分がどんな反応をしてしまうかが怖かった。

「そういうことじゃ……わたしは大丈夫」無理にこわばった笑みを浮かべた。「とにかく、今考えなきゃいけないことじゃないわ」

リースの手がわたしの肩へ移った。いつの間にかさらに近づいている。長身の体がそばにあると、保護され、守られている気がした。安心感と熱い欲望が奇妙に入りまじり、ふたりのあいだの空気を満たしている。今までリースのそばにいても、こんなふうに苦悩と困惑を感じる雰囲気は味わったことがない——ただ、なじみがないわけではない。過去と現在が交錯し、いつもこんなふうだったかのようだ。

リースがわたしの顔を両手で包んだ。親指がわたしの顎をなぞり、その優しい感触に肌が熱くなる。彼のまなざしは……前にわたしにキスをしてくれたときと同じだ——一度だけキスをしてくれたときと。湖のそばで、わたしの額に優しく唇を落とした。兄弟や友達がするような、なぐさめのキスだった。

とはいえ、リースがどういうつもりかが重要だ。今、燃える視線のなかにわたしへの同情はまったくうかがえない。虹彩（こうさい）の奥には、激しい欲望が輝いている。わたしはどうしようか迷っていた——彼の腕のなかに飛び込むか、身を引くか。

「レイキン……話しておかなければならないことが……」しわがれてくぐもったささやき声が、わたしの警戒心を呼び起こした。リースにとってわたしはヘイルだ。彼の仕事上のパートナー。彼にとってレイキンはどんな女性なのだろう？　リースの唇が、不規則な吐息の熱さも感じられるほど近くにある。そのとき、電話が鳴った。

部屋に備えつけの電話だ。

わたしははっとして後ろにさがった。リースが両手を離すと、そのぬくもりがすぐに恋しくなった。彼の問いかけるような視線が、少し長すぎるくらいわたしに据えられている。今すぐこの場を離れたら、二度とこの瞬間を取り戻すことはできないと言わんばかりに。もし彼が離れたら……わたしたちは今の出来事をなかったことにするだろう。

わたしはほんの一瞬ためらった。

わたしが何か言う前に、リースが電話を取った。

フロント係との短い会話を聞きながら、わたしの感情は旋風のように渦を巻いていた。やがて彼が受話器を置いた。

「なんだったの？」わたしの心臓はまだ胸のなかで激しく脈打っている。

リースは片手で髪をすいた。「地元警察はぼくたちがディレーニー事件を捜査していることを知っている。事件の担当刑事が、フロントにぼくたち宛の伝言を残していた」

ＦＢＩが未解決事件を再捜査すると、警察が大騒ぎするのにそれほど時間はかからない。縄張りを荒らされ、面目をつぶされたと考えて憤慨する。警察があきらめた事件をわたしたちが解決すると、彼らが職務怠慢だったように見えるというのだ。

「階下に行くの？」震える声に、耳障りな渇望の響きがまじるのが我慢ならない。

リースは息を吐いて、両手をポケットに突っ込んだ。「今夜はいい」わたしと目を合わせる。

ふたりのあいだにはまだ疑問が漂っていた。手を伸ばせばつかめそうだ。ちょうど二分前に時間を戻すのかどうか。選択権はわたしにある。彼がわたしを待っている。すべて自分にかかっていることはわかっていた。

わたしは意気地なしだ。

部屋を見渡し、自分のベッドに向かった。「地元警察の相手をするのは明日でもいいでしょう」ベッドカバーをはぎ取ると、その下に潜り込み、シーツの冷たい感触に震えた。リースの熱い手とはまったく正反対だ。

こんなことが起きてはいけない。

太陽がのぼれば、気持ちが変わるだろう。リースの気持ちも変わるはずだ。遅い時間に、わたしが弱さを見せ、彼の保護本能が働いただけのことだ。わたしたちは最悪の状況を作りだしたけれど、朝の光がこの雰囲気を消し去るだろう。

わたしは枕に頭をのせ、リースが寝る支度をするのを眺めた。彼が電気を消した。

「おやすみ、ヘイル」

20

レイキン：現在

つながり

殺人には主な動機が三つある。セックス、金、復讐(ふくしゅう)だ。

あの夜以来、わたしを襲った犯人の動機はなんだろうと考え続けてきた。わたしは金持ちではない。レイプはされていない。当時、二十三歳だったわたしの短い人生のなかに、あれほど残虐な復讐をされる理由などあるのだろうか？

ミズーリの自宅にある殺人事件の情報を書き込んだホワイトボードのことを考えた。自分の事件を再構築するのに、計り知れないほどの時間を費やした。関係者それぞれからは、事件とのつながりを示す黒い線が少なくとも一本は伸びている。しかしそれは憶測にすぎない。状況証拠だ。わたしにとって重要で意味がある情報は、刑事にとってはそうでもない。

このホワイトボードを、リースは見たことがない。

明らかな動機が見つからない場合、連続殺人の可能性が生じる。連続殺人の場合は基本的に、被害者同士につながりはない。ときには被害者学により、犯人がなんらかのこだわりや規則に従って被害者を選んでいるとわかることもあるが、それ以外は被害者は無作為に選ばれる。殺すのに都合がよかったからという可能性もある。

このため、連続殺人事件が発生すると、警察は困惑する。普通は被害者と犯人のつながりを調べていくものだが、そのつながりがまったくないとなると……。

どんな場合もつながりはあると、わたしは思っている。どれほど希薄なものであっても。あまりに些細なつながりだと、担当刑事が意味を見いだそうとしないのかもしれないが。

たとえば外見。まつげ。ほほえみ。

そういったものにほんの一瞬目をつけられただけで、時が止まったかのごとく、犯人の網にかかっている。

被害者を責めているのではない。こういうつながりは、犯人の被害者に対する勝手な思い込みから始まる。連続殺人犯は自分の行為を念入りに正当化する。被害者の行動は常に犯人にコントロールされている。

　生き延びた被害者が人生を自分でコントロールできるようになるには、どうしたらいいのだろう？

　わたしはいまだに答えを探している。

　キャメロンの過去の裏切りには、ドリューが関わっている可能性がある。少なくとも、彼にもっと質問をするきっかけにはなる。彼からさらに情報を得られるかもしれない。わたしはほっとするべきなのだろう――犯人に一歩近づいたのだから。殺人犯が捕まったときに、わたしは再び人生を自分でコントロールできるようになると信じている。

　リースから〝犯人がわかったところで満足感など得られない〟という真実を突きつけられ、わたしははっとした。満足感を求めて捜査を続けても、底なしの暗い穴をひたすら落ちていくようなものだ。水の下のわたしの墓よりも暗い穴に。

　捜査を進める前に、わたしを襲った犯人を捕まえれば、再び人生を自分でコントロールできるようになるのか、あるいは、穴のなかをらせんを描きながら落ちていくだけなのか見極める必要がある。

車がバーナード郡検死官事務所に着いた。わたしはコーヒーを膝に置いたままだった。駐車場はほとんど空いていたので、リースは煉瓦造りの建物の正面に車を止めた。ドアを開けると、朝の湿っぽい空気が流れ込んだ。

わたしはコーヒーを最後にひと口飲むと、カップを床に置いた。

今もなお、犯人を知る必要がある。警告を受けたにもかかわらず、自分に不利益が生じるにもかかわらず、自分を襲った犯人を突き止めようとこれまで以上に決意を固めていた。

ホテルを出る前、リースはヴェイル刑事からの伝言を受け取った。刑事はわたしたちがディレーニー事件を捜査していると知り、警察署に来てほしいと言ってきた。最終的には刑事に会って事件の見解を聞かせてもらうつもりだが、それは一番最後にしようということになった。こちらの捜査をいきなり邪魔されたりしてはかなわない。

朝を迎えて新たな気持ちになり、昨夜の出来事は過去の一部として安全な秘密の小部屋にしまい込み、しっかりと鍵をかけた。リースとわたしは尋問（重大事件の担当刑事に会うと、たいていの場合、わたしたちが尋問される）を先延ばしにする代わりに、ジョアンナを殺した犯人につながりそうな情報源に自ら当たってみることにした。

こうして、事件の物語を結末から組み立てるのだ。ミステリー作家はよくこの手法でややこしく感じられるだろう。そう、たしかに。まず犯罪を解決し、それから読者のフーダニット(犯人の解明を目的とした推理小説)の筋を作りだす。まず犯罪を解決し、それから読者のための手がかりを物語の結末から埋め込んでいくのだ。

今日のリースとわたしは、まったく手がかりを与えられない読者のように思える。わたしたちには結末が――ディレーニー事件の結末が――必要だ。それがわかれば、襲われた時点に向けて時間を巻き戻せる。

リースはドアベルを鳴らし、ポケットに手を突っ込んだ。「クワンティコに正式な現状報告を送らないといけない。どこかの時点で」

「でも、向こうに行ってきたばかりじゃない」わたしは言った。「提出できるような新情報はないでしょう?」

彼が短く息を吐いた。「ああ。だが上司は個人が抱えている事件を気にしているわけじゃない。チーム全体の進捗状況を把握したいだけだ」

わたしは眉根を寄せた。リースの仕事のこうした面はまったくうらやましくない。彼がくだらないお役所仕事に追われているあいだ、わたしは快適な椅子に座って物語を紡ぐ。

「チームが捜査を進めていることがわかる報告書を作成するのに、それほど時間はかからないはずだ」リースはそう言うと、体を揺らしながらドアベルをもう一度押した。「自宅に連絡したいか？　きみの猫と隣人の様子を確認したい？」

罪悪感が胸を突いた。事件や自分の過去に夢中になるあまり、身の回りのことがおろそかになっていた。正直なところ、昨夜リースにキャメロンの告白について打ち明けて以来、興奮状態だ。わたしもリースもドリューに事情聴取をしたくてたまらない。今朝はすでに六回も手首の輪ゴムを弾いていた。

「ええ。そのうちに」わたしは答えた。

「今日じゅうに飛行機で帰ることもできる」リースがわたしと目を合わせずに言った。「ぼくが書類仕事を片づけているあいだに、自宅の様子を見てくればいい」

「どうしようかな。とんぼ返りするなら、労力の無駄って気もするし……」口にしながら、帰らないだろうと気がついた——捜査のほうが重要だ。

わたしがキャメロンと会ったことをリースは責めたりしなかったが、その件がふたりのあいだにいまだにわだかまっているのはたしかだ。信頼を裏切ったという思いが冷たい水しぶきのようにわたしを打ちのめす。わたしはリースを誰よりも信頼している。彼は故意にわたしをだましたりしない。わたしがつけられていたことを心配しているのだろうか？

そんな懸念を口にする前に、ガラス戸が開いて、緑色の手術着を身につけた郡検死官のケラー医師が姿を見せた。ウェブサイトで写真を確認していたのでわかった。

「何か用かな？」ケラーが尋ねた。

リースはFBIのバッジを見せた。「ケラー先生、特別捜査官のリース・ノーランです。こちらはパートナーのレイキン・ヘイル。今朝、われわれが捜査中の過去の事件についていくつか答えていただく時間があるとうれしいんですが」

わたしは心のなかでほほえんだ。リースは心理学を認めていないのに、自分が有利になるように心理学を利用することが多い。相手に質問に答えないという選択肢を与えない。今答えるか、あとで答えるか、しかないのだ。

白髪まじりの黒髪を手術帽の下からのぞかせた四十代後半の医師は眉根を寄せた。

「悪いが、日を改めてもらえないか？　検死中なんだ」

リースはスーツのジャケットの内ポケットにバッジをしまった。「われわれはこの街にほんの数日しか滞在しないんです。ジョアンナ・ディレーニー事件に関して専門家の意見を直接うかがいたい」

ケラーが首をかしげた。被害者の名前に興味を引かれたようだ。「わかった、入って。手を洗って手術着に着替えてもらわないと」

リースとわたしは好奇心に満ちた目を見交わし、建物のなかに入った。事情聴取のつもりだったので、検死向きの服装はしていない。

「時間がないから、検死をしながら話をするとか」わたしは言った。

「かもしれない」リースはうなずきながらも上の空だった。心はすでに数歩先を行っているようだ。

ケラーが洗面台が並んでいるところへわたしたちを案内した。「きれいな手術着はそっちにかかっている」間仕切りを指さす。

「何を考えてるの？」わたしは手を洗いながら尋ねた。リースの頭のなかをのぞけたらいいのにと思うことがたまにある。

「まだはっきりしない」リースが手を振って水を切ると、緑の手術着をつかんだ。

身支度が整ったわたしたちを、ケラーは間仕切りの奥へ案内した。「ディレーニー事件を捜査しているというのは興味深い。ちょうど昨日、女性の遺体が発見された。現場での最初の検死の際、まずは裂傷が目についた。今朝、比較のためにディレーニー事件のファイルを引っ張りだしたところなんだ」

死体安置所の解剖台にのっている死体は青白く、胸部はすでにY字切開されている。わたしは口を押さえて目をそらし、息をのんだ。

「彼女は大丈夫か？」医師が尋ねた。

「大丈夫です」リースが代わりに答えた。「話していたのはこの死体のことじゃありませんよね」

「ああ」ケラーが言った。「こっちだ。被害者について説明しよう。死後それほど経っていない。だからにおいもあまりひどくないんだ。当然、わたしはもうにおいなど気にならないが」

医師がどうにか弱々しい笑みを浮かべたので、わたしはうなずいた。「ちょっとショックだっただけです……予想外だったもので」

「においがしなくても気分が悪いなら、このなかに入っているミントが吐き気を抑えてくれる」医師がわたしにヴィックスヴェポラップを手渡した。「感覚が麻痺する万能薬だ」

「ありがとうございます」わたしは軟膏（なんこう）を指につけて鼻の下に塗った。「もう大丈夫です」

正直に言うと、殺人事件の被害者を実際に見るのは初めてだった。未解決事件を追っているので、死体の写真は見慣れている。ここ数年、バラバラ死体を観察してきたので、実物を見ても平然としていられると思い込んでいた。けれど写真なら、すぐに片づけて目に触れないようにすることができる。実際に見るのとはまったく違う。比べ物にならない。

やがて医師は遺体の顔を覆っていたシーツを外した。

ストレッチャーに横たわる女性は、今やただの死体ではなかった。

床が傾き、わたしはバランスを取ろうとして、右によろめいた。ああ、なんてこと。めまいに襲われたので、間仕切りに手をついて体を支えた。「キャム……」

ケラーが慎重にわたしに近づいてきた。「被害者を知っているのか?」

「知っていました――」わたしは彼女を知っ、て、い、た。

「だったら、残念だが、きみはここにいてはいけない」

リースがわたしの腕に手をかけ、体を支えてくれた。「この事件の捜査をしているわけではありません。未解決事件課としてディレーニー事件の捜査をしているんです」

「お気の毒に」ケラーが言った。

「恐れ入ります」わたしはどうにか返したが、お悔やみの言葉を受け入れることに違和感を覚えた。もうずいぶん前から、わたしとキャメロンは友人ではなかった。とはいえ、久々の再会のときに、どのくらいの時間を過ごせば、もう友人ではないと判断できるものなのだろう？

キャメロンと出会ったのは大学一年のときで、わたしたちは同い年だった。ふたりともやる気と好奇心に満ち、新生活への不安を抱えていた。親友として、ルームメイトとして大学の三年間を過ごしたあと、ふたりの関係は変わってしまった。そこから長い年月、まったく口を利いていなかった。

昨日までは。

それがキャメロンの死とどう関係しているのだろう？

リースとケラーが話をしている。耳のなかでくぐもった声が漂っていた。さまざまな言葉のなかからひと言だけはっきりと聞こえた――その言葉で血が凍った。

赤ん坊。

キャメロンは妊娠していた。

わたしはぼやけた視界を通して、彼女の体を観察した。腹部は平らだ。昨日あれほどうらやましく思った腹部のふくらみがなくなっている。

「何があったんですか？」気づくとわたしは尋ねていた。

医師がリースを見やり、わたしにどこまで明かすべきか無言で相談している。

「対処できますから」わたしはしっかりした声を作った。

リースはそっとわたしの腕をつかみ、自分と向かいあわせた。そのとき彼の目のなかに、警告が見て取れた。

物言いたげな目だった。

リースは不安を表に出したりしない。そうすべきではない。わたしは生きているキャメロンを見た最後の人間のひとりだ。実際に最後かもしれない。タイミングを考えると、ヴェイル刑事からの電話は策略だったのかもしれない。未解決事件の話をすると言って呼びだし、取調室に追いつめるのだ。

両手がうずいた。体の末端から血の気が引いていき、アドレナリンに支配される。鼓動が速まった。

キャメロンが死んだのはわたしのせいだ。

「赤ん坊は生きている」ケラーが言った。「非常に珍しいことだ。子宮内の赤ん坊は母親の死後ほんの数分しか生きられないんだ」

わたしは安堵感に襲われ、床の上にくずおれそうになった。けれど、それもほんの一瞬のことだった。わたしが会いに行かなければ、キャメロンはまだ生きていたに違いない。やはり、昨日わたしはつけられていたのだ。

「そんなことがあるんですか？」リースが尋ねた。

「わたしはそっちの専門ではないが」ケラーが言った。「警察が通報を受けたんだろう。救急隊が間に合った」

赤ん坊を助けるのには間に合った。だがキャメロンを救うのには間に合わなかった。

通報したのは誰？

「被害者は大腿動脈を切断されていた」ケラーが遺体に注意を向けながら話を続けた。「それが死因だ。八回刺されているが、どの刺創も――」胸の深い傷を指さす。「致命傷ではない。犯人は胎児を傷つけないよう注意深く避けて刺したと思いたいね」

胎児。医師の言い方はあまりに……実務的だ……わたしは大きく息をのんだ。ケラーを見習うことにする——事件を個人的な目で見ないようにするのだ。わたしの場合は、そうしなければならない。被害者と自分を重ねあわせてはならないのだ。あまりに危険すぎる。リースにさんざん釘を刺されていた。

けれど、今回の被害者はキャメロンだ。

わたしは青白い肉体を見つめた。生気も血の気もすっかり失われている。自分を事件と切り離すことがどうしてもできなかった。わたしがたどるはずだった死という運命を、代わりにキャメロンがたどったのだとしたら、なんと恐ろしい皮肉だろう……。

わたしは彼女に対して、最後になんと言っただろう？

吐き気で胃がむかむかしたので、視線をそらした。「死因になった傷はどれですか？」キャメロンの赤ん坊は死を免れた。わたしのときとは違って、犯人は彼女の胴の部分を刺していないことは、はっきりと見て取れた。わたしと同じなら赤ん坊を傷つけていたはずだ。

「ヘイル、ぼくたちはここから出るべきだ」リースの声音から、心配を募らせていることがうかがえた。ここに長くいればいるほど、犯行の詳細を知れば知るほど、わたしに悪い影響を及ぼす。

ケラーが素早く動いて、遺体の脚にかかっていたカバーをはいだ。「ここだ」凶器がキャメロンの太腿を切りつける動作を真似る。「骨盤のすぐ下だ。大腿動脈を切断するほど深いが、大腿骨までは届いていない」

「意図的にそうしたんですか?」リースが尋ねた。

医師が眉根を寄せた。「イエスと言わざるを得ない。犯人が何者であれ、人体についてよく知っている。切り口から、迷いのない手つきがうかがえる。ためらった跡はない。目的にかなった場所に狙いすまして切り込んでいる」

「つまり?」リースは質問を続けずにはいられなかった。捜査官の本能が答えを求めている。

「被害者はすぐに出血したが、胎児に危険を及ぼすほどの勢いではなかった。百パーセント確実に意図的だと断言はできないが、長年この仕事をやっているものでね」ケラーがゴーグルをぬぐった。「直感には自信がある」

医療従事者には珍しい発言だ。わたしはリースを見た。彼は自分の直感を信じる人に尊敬の念を抱く。わたしたちのあいだの大きな違いのひとつだ。

「正直に答えていただいて、ありがとうございます」わたしはケラーに言った。わたしが出ていこうとすると、彼は同情を込めてうなずいた。

数歩離れたところで、これがキャメロンと会う最後になるだろうと気づき、わたしは足を止めた。軟膏のにおいを感じながら深く息を吸い、手術着を体にしっかり押しつけて解剖台に近づこうとした。

リースに手首をつかまれ、昨日の記憶が脳裏によみがえった。懇願するような視線で見つめられ、彼との距離を縮めたい衝動に駆られた。今回彼はわたしを止めようとして手をつかんでいる。わたしが自分を痛めつけるのを止めようとして。でも、キャメロンとの最後の思い出をこんなふうに終わらせたくはない。

「大丈夫」わたしは手を引き抜いて解剖台に近づいた。「ごめんなさい」彼女に向かって、自分にしか聞こえないほど小さな声でつぶやいた。

わたしは事件の被害者たちに、犯人を捕まえて無念を晴らす努力をすることを誓っている。だが、キャメロンに対しては約束する気になれない。彼女に誓うことなどできはしない。彼女の殺人とわたしの事件がこれほど似通っているというのに。

リースがそもそもここへ来た目的である事情聴取をするあいだ、わたしは間仕切りの反対側で待っていた。ジョアンナのことを――ほんの一瞬だけ――脇に押しやり、わたしはキャメロンと一緒に過ごした時間に思いを馳せた。

矛盾しているかもしれないが、自分のことを感傷的だとは思わない。ただし誰かの死に直面すると、人は感傷的になるものだ。たとえ最近では縁遠くなっていた相手でも、二度と会えないことを嘆く。

人生が終わることに恐怖を抱いているからだ。

人間は死を免れないという、紛れもない残酷な真実を思いださせるからだ。

リースがチェックリストの項目に従ってケラーに質問するのを、わたしは聞いていた。被害者のDNAの分析結果。あったとすれば、遺体にどんな手がかりが残されていたか。ジョアンナの遺体にはあざが残っていたが、キャメロンも同じような打撲傷を負っている。

ケラーは、さらに詳しい検証が必要であるとしながらも、ふたりの裂傷は――キャメロンが大腿部に受けた深い傷とジョアンナが胸部を切り裂かれた傷――酷似しているかもしれないと言った。もしそうなら、どちらの犯罪にも同じ凶器が使われたことが証明できるだろう。

わたしは間仕切りの向こうに回った。

「傷跡の写真があれば、同じ凶器によるものかどうか検証できますか?」わたしは尋ねた。

ケラーの表情が険しくなった。「ああ、もちろん」

わたしは自分のシャツの裾をぐっと握った。

「レイキン……」リースがあまりに陰鬱な声を出したので、わたしは尻込みした。名前を呼ぶ声の最後のほうはひび割れていた。めったにファーストネームで呼ばないせいなのか、それとも胸の痛みを隠そうとしているせいなのか、どちらなのだろう。

ふたりの目が合った。「事件を関連づけられれば、真相に近づくわ。わたしたちは知る必要がある」

わたしは知る必要がある。

わたしの目を見て、リースは悟ったのだろう。何があろうと、わたしが必ず真実を見いだすことを。

リースが視線を落としているあいだに、わたしはシャツをブラジャーの上までまくり、胸に斜めに走る醜い傷跡をさらした。

傷を見た瞬間、ケラーは啞然として言葉を失った。すぐにわれに返ると、トレイからカメラを取りあげ、プロらしい慣れた手つきで写真を数枚撮った。「この傷はいつ負ったんだ？」

「四年ほど前です」わたしは答えた。「比較しにくいですか？　傷が治っているから――」

「それはない。画像処理でなんとでもなる」ケラーがタブレットにメモを取った。「きみの事件のファイルはあるかな？」深くくぼんだ目がわたしの目を見つめる。「きちんと比較するには細かい情報が必要だ。病院のカルテがあるとありがたいんだが」

わたしは了解のしるしにうなずきながら、シャツをおろした。「襲撃に関することはすべて文書にまとまっています」わたしには事件の記憶がほとんどないことは、あえて言わなかった。詳細については、すぐに医師も知るところとなるのだから。

リースがケラーと握手をして礼を言ってから、わたしたちは遺体安置所を出た。わたしが車の床に置いていったコーヒーはまだあたたかかった。時間の流れ方は人によって違う。遺体安置所のなかにいた拷問のような時間は一生にも思えたのに、外の世界では十五分しか経っていなかった。

わたしはカップを捨てた。

リースとわたしは無言でその場を離れた。犯人の動機が何かという厄介な疑問が、わたしの頭を悩ませている。なぜキャメロンを狙ったのか？　なぜジョアンナを？　なぜわたしを？

発端がわたしであることだけははっきりしている。わたしから伸びる黒い線がほかの殺人へとつながる。蓮の茎が暗い水面下の未知なる世界へ伸びていくように。

外見。まつげ。ほほえみ。

わたしが自分を含む被害者たちの人生に誘い込んでしまったのは、どんな化け物なのだろう？

21

夢の章

レイキン：当時

ひとりでいること。

類義語：孤立、隔絶、寂しさ。

ひとりでいるのも悪くはない。当時のわたしはひとりでいることにおおむね慣れていた。だからそれほど気にはならなかった。ひとりでいることと孤独でいることは違う。

わたしの人生には分岐点がある。

アンバーが骨肉腫で亡くなる以前と以後。

アンドリュー・アボットとつきあう以前と、アンドリュー・アボットと別れて以後。

わたしがどうかしている人間に聞こえる。恋人に合わせて人格まで変えてしまう粘着質で情緒不安定な女子大生みたいに。だが、ずっと自分の殻に閉じこもって孤立していたわたしにしてみれば、ドリューが外の世界へ引っ張りだしてくれた瞬間に生まれ変わったようなものだった。新しい自分に目覚めたのだ。

わたしは女性だ。本物の女性だ。そして恋をしている。

幸せの予感と愛する気持ちがわたしの世界のすべてだった。

それゆえ、あまりにも世間知らずなわたしには、ドリューの本質がまったく見えていなかった。事件のあと、本当の意味で孤独というものを知った。事件の二週間前には、これから起こることの前兆が夢に現れていた。繰り返し見る悪夢は、ドリューを失うかもしれないという恐怖から生まれたものだった。

恐怖は心を弱らせる。

夢とはえてしてそうだが、わたしの悪夢も話の途中から始まる。どういう発端だったのかはわからない。

その場面を書き記そうとすると、どうしたわけか、記憶にあるドリューの授業がまず思い浮かぶ。この章は編集段階で削ってしまうかもしれない。すでに削るほうにかなり気持ちが傾いている。この章をそのまま世に出したら、過去が変わってしまうかのようだ。

なぜ夢を思いだしたいと思うのだろう?

夢は明るくまぶしい?

それとも暗くて陰気?

夢のなかではちょうど太陽が沈んだところで、夕方の空気は湿地のにおいに満ちている。コオロギの声がうるさい。湿気のせいで肌がべたつく。桟橋の木の厚板を渡るわたしの背中にTシャツが張りついている。

雑木林の奥から、バットを木に打ちつけたかのような、バン、という音がした。

有名な哲学的な問いが思い浮かぶ——誰もいない森で一本の木が倒れたら音はするのか?(見る者がいなくても物体は存在しうるか?)

正体不明の不吉な何かがわたしを圧倒する。霞(かすみ)のなかにその存在を感じる。そこらじゅうから、その重圧をかけられている。わたしは進み続けなければならない。駆けだすことはしないが、追われているのはわかっている。

わたしはいきなり桟橋の中央にいる。その桟橋はぬかるんだ湖の上に延びている。目の前の桟橋には、明るい蛍光色のスプレーで落書きがされている。近づくと、それが落書きではないことに気づいた。

黒っぽい腐りかけの木に、鮮やかな赤い筋が走っている。

血だ。

やがて、何者かが近づいてくるのに気づいた。向こうはわたしを見つけ……。

夢判断によると、夢に出てくる顔のない、あるいは姿の見えない存在には重要な意味がある。夢を見ている人が自分のアイデンティティを探していることを表しているのだ。

わたしは精神分析学に敬意を払っているが、この理論を信じているとは断言できない(ごめんなさい、フロイト)。夢判断を、いわゆる心理学というものと同レベルと見なしていいのかどうかもわからない。でもわたしの人生のこの時点では、こうした問題に関する知識を持ちあわせていなかった。わたしにわかっていたのは、夢のなかではその存在が怖かったということだけだ。

その存在は不吉な脅威だった。わたしの創りだした悪魔が、夢のなかだけでなく現実にまで出没する。誰もが心の奥に隠している邪悪で浅ましい真実と同じく、この悪意は気づいてほしい、知ってほしい、人間の肉体を得たいと願っている。

見て……。肉体から抜けでた声が歌うように訴える。

昼間の光は消え去った。完全な闇に包まれた濃密な夜。虫の声があまりにうるさいので、わたしは耳をふさいだ。桟橋を取り巻く暗い水を見おろす。

水のなかから茎を伸ばした白い蓮の花々がじっとたたずんでいる。花びらを揺らす風は吹いていない。

どの沼や湖でも、一面に同じ色の蓮が咲いている光景しか見たことがない。白か黄色かピンクか。いくつかの色の蓮が混在していることはなかった。だから白い蓮のなかに、ひとつだけ黄色い蓮があるのを見て……。

背筋を冷たいものが走った。花の上に広がっているのは金色の巻き毛だった。彼女の髪と同じ色だ。

チェルシー。

わたしは手を伸ばして花々を脇によけた。顔が見えた。暗い水に浸かった青白い肌が磁器を思わせる。見開かれた目は色を失って濁り、夜空を見あげていた。引き裂かれた水色のシャツの首もとから、胸や首についたギザギザの擦り傷や切り傷がのぞいていた。乳房には暗赤色の傷が走っている。

そのうち太陽が顔を出した。さわやかな日の光が白い花びらをきらめかせ、彼女の死体から金色の後光が差しているように見える。ただ、わたしが見つめ続けていると——ここで夢のなかの話の流れが一気に変わる——水のなかで蓮の後光に包まれている死体は、チェルシーではなくなっていた。

それは光による錯覚であり、わたしの心による錯覚だ。何カ月か経つと、この部分は自分で脚色したのかもしれないと思い始めた。創造力にあふれるわたしの心が、夢の記憶に新たな物語を付け加えたのかもしれないと。

わたしは自分の顔を見つめていたのだ。

恐怖に包まれ、息ができなくなり、胸がつぶれた。やがて、体じゅうのあちこちをいっせいに切りつけられたように感じた。痛みのせいで正気を失う。どこに触れても……手が真っ赤に染まった。血と、湖のよどんだ水で服がぐっしょり濡れている。

わたしは脚に力を入れて立ちあがり、歩いてきた栈橋を見おろした。不安になるほど冷静だった。

そのとき、チェルシーが近づいてくるのを目にする。日に焼けた肌、ノコギリソウと同じくらい白っぽい金髪。腹部がわずかにふくらんでいるので、妊娠しているとわかる。

子供ができたの。

チェルシーが怖かった。わたしは傷を……差し迫る死を……受け入れた。しかし、自信たっぷりに腹部を守るように抱えているこの美しき女性は、猛威を振るう無慈悲な竜巻のようにわたしの心を引き裂いた。

夢から覚めたときほど、自分はひとりぼっちだと感じることはない。どの夢のときも毎回そうだ。春休み前の二週間にわたって、わたしは眠るのが怖かった。ドリューを失うのが怖かった。ひとりになるのが怖かった。

チェルシーがドリューの家の玄関先に現れるまで、わたしは予兆というものを本気では信じてはいなかった。厳密に言えば、いまだに信じていない。物理の法則も心というものもよく理解しているからだ。人間の記憶は当てにならないことも知っている——トラウマのせいで記憶がねじ曲がって再生される場合があるのだ。恐怖と喪失と落胆が明晰夢（めいせきむ）（夢であると自覚しながら見ている夢）を作り、その夢を予兆そのもののように感じてしまうだけだとわかっているが……。

そこへ、あの男が現れる。

幻覚とは神経細胞の興奮が見せるものだと、わたしにもわかっている。とはいえ、幻覚とはランダムに起こるものなのだろうか？　それとも人間の心が影響を及ぼすことができる、さらに高次元の意識というものがあるのだろうか？

答えは出ず、疑問が残るばかりだ。

わたしは自分の死を目撃した。普通なら、死ぬ瞬間に夢から覚めるものだろう。現実においては自分が死にかけたときの記憶はまったくないものの、夢のなかでは人生の終わりを目にしている。

命が消えていくときの骨身に染みる孤独感と、寒々とした喪失感を味わった。

誰もいない湖で女性が死んだら、彼女は本当に死んだことになるのか？

22

最重要容疑者

レイキン：現在

「きみは本気でこんなことがしたいのか？」

駐車場で、わたしはセダンのフロントガラスの向こうを見つめていた。車はキャメロンの赤ん坊が搬送された病院の救急棟のそばに止めてある。

リースはハンドルを両手で握ってエンジンをアイドリングさせたまま、わたしの気持ちが変わるのを待っていた。

「行かなきゃならないの」わたしはドアハンドルに手をかけた。

「ぼくも行く」リースはようやくエンジンを切り、ドアを開けた。

「待って」そう言ったものの、その先をどう続けていいかわからなかった。

厳密に言うと、わたしたちはウェスト・メルボルン地区にいなければならなかった。

警察の意図を探るために、リースはライト刑事に電話をかけてディレーニー事件について質問した。わたしがにらんだとおり、地元警察はディレーニー事件についてではなく、わたしとキャメロンの関係について訊きたがっていた。ここへ来たせいで、警察を避けていると文句を言われても仕方がない。実際、わたしは避けている。

昨日キャメロンと会ったのはわたしだ。事件の担当刑事から事情聴取を求められているのはわたしだ。

ともあれ、論理的に考えて、わたしはキャメロンの赤ん坊との面会を許可されるわけがない。赤ん坊は予定日より八週間早く生まれた——母親が死亡したため帝王切開が行われたのだ。まるでタブロイド紙に躍る、身の毛もよだつ見出しみたいだ。

けれどわたしはキャメロンのために赤ん坊を確認し、その女の子か男の子が健康かどうか確かめなければならない。キャメロンに赤ん坊の性別さえ尋ねていなかった。正直なところ、自分の心の平穏のために確かめるようなものだ。わたしがキャメロンを訪ねたせいで、お腹のなかにいた赤ん坊の命まで奪われる——そんな最悪の事態だけは免れたことを確かめたいという身勝手な欲求だ。

赤ん坊が生きていることをこの目で確認しなければならない。

女の子か男の子か知る必要がある——名前も知っておかなければ。

普段は、亡くなった人の恨みを晴らすために殺人者を追いつめる制裁人のような作家を気取っているが、本質的には自己中心的な人間だ。未解決事件を解決することで、手に負えないほど情緒不安定なわたしがなんとか正気を保てている。自分で人生をコントロールできているという感覚をもたらしてくれる。

今は何もコントロールできていない。

「大丈夫、もう行けるわ」わたしはドアを開け、猛烈な暑さのなかにおり立った。息が詰まりそうだ。

サングラスをかけると、肩にバッグをかけた。救急棟の両開きのドアを抜ける。リースが後ろからついてきた。涼しい空気が顔に当たり、わたしは身を震わせた。

これもまたフロリダの一面だ。暑い屋外とは打って変わって、室内の空調は思いきって低い温度に設定されている。おかげでどんな建物のなかに入っても凍えることになる。

わたしは受付に向かいながら、サングラスを押しあげた。緊急救命エリアがある翼棟の入り口に制服警官がふたり立っている。

受付に声をかけようとしたわたしの前に、リースが立ちはだかった。「いい考えとは思えない、ヘイル」制服警官を顎で示す。「きみがキャメロンの赤ん坊の情報を得ることは許されないだろう。こんなことを強行すれば、きみは刑事からさらに疑いの目を向けられるはめになる」

「わかってるけど――」彼の不安そうな顔を見て、それ以上は続けられなくなった。声にも気づかいがにじんでいる。「心配してくれているのね」

「ああ」

だが、それだけではないはずだ。普段のリースははっきりものを言う。わたしをなだめようとはしない。だから今の歯切れの悪い態度には我慢ならなかった。

「あなたが心配しているのは、キャメロンが殺されたことがわたしの事件と関わりがあるかもしれないと思っているから？」

リースの視線が険しくなった。彼はわたしの手首をつかむと、誰かに聞かれる危険がなさそうな、椅子が並んでいるあたりに連れていった。「本気でそんなことを訊いているのか？」

わたしは罪悪感のあまり胸の痛みを覚えながら、腕を組んだ。「そうよ。あなたがどういうつもりかなんてわからないもの。わかっているのは、キャメロンが殺されたことと唯一つながりがあるのはわたしだってこと。あなただってわかっているはずよ」

リースが顎の筋肉に力を込め、鋭い目つきでわたしをにらんだ。「ジョアンナ・ディレーニーの殺害とはつながらない」

「一見つながっているようには見えない。でも、わたしたちが間違っていたら？　キャメロンの事件を捜査するべきよ。その結果、わたしの事件に結びつくことになるとしても」

彼はこの答えに納得していないようだったが、これがわたしたちの仕事だ。

「リース、キャメロンはわたしのせいで殺されたの。わたしが彼女に会いに行ったからだわ。なぜなら――」声を落とす。「あの手紙を書いたのが誰であれ、過去を掘り起こしてほしくなかったのよ。キャメロンはきっと知っていたんだわ……」

何を？

キャメロンは、あの夜ドリューに会いに行ったことを認めた。つまり、なんらかの理由から、バーテンダーのトーランスはキャメロンといちゃついていたと警察に嘘をついたわけだ。自分のプライドを守るために？　キャメロンから頼まれたから？　それは筋が通らない。トーランスは会ったばかりの彼女をかばう必要などない。

人は嘘をつくものだ。わたしが確信している真実はそれだけだ。誰もが嘘をつくし、それはえてして自分勝手な目的のためだ。

キャメロンはほかに何を知っていたのだろう？　彼女はほかに誰と関わっていた可能性があるのだろう？　そして、ジョアンナ・ディレーニーとはどんなつながりがあるのだろう？

「手紙？」

リースがわたしの物思いを断ち切った。まばたきをして彼を見あげる。「なんですって？」

「きみは手紙と言った。手紙が来たのか？」

しまった。わたしは頭が真っ白になり、額をこすった。シルバー・レイクを離れる前に受け取ったあの匿名の手紙については、リースに話していなかった。自分の事件の再捜査を始めたときは、手紙に関係性があるとは思わなかった——けれどホテルの部屋に別のメモが届いた以上、関連はあるだろう。

「話しておくべきだったわ」わたしは言った。

リースの表情が困惑から怒りへと変わった。彼が怒っているところを——心底から怒っているところを——見たのはこれまで一度だけだ。喧嘩腰の被害者の兄がわたしたちの捜査を邪魔しようとしたときだった。兄はタブロイド新聞から金を受け取り、妹の殺人事件にもっと注目を集めるために虚偽の供述をした。リースは壁際に相手を押しつけ、もう少しで顔を殴りつけるところだった。

当然ながら、わたしたちはふたりともいやな気分だった。

さらにリースは激怒している。

その怒りをまっすぐに向けられ、わたしは腹にナイフを突き立てられた気がした。その感触なら、身をもって知っている。「行こう」彼が淡々とした口調で言った。

「そういうわけには……」

「行くんだ。きみが事情聴取を受ける前に、手紙についてすべて話してくれ」

わたしはリースに連れられて出口へと向かった。

「レイキン・ヘイル？」

反射的に振り向きかけたわたしをリースが止め、そのまま一緒に進んだ。「歩き続けろ」

「ミズ・ヘイル？　待って――」

わたしたちは両開きのドアの前で足を止めた。刑事が追いついて、行く手をふさいだ。彼がバッジを出す前から、その安っぽいブレザーと警官用ベルトで正体がわかった。

「ウェスト・メルボルン警察のヴェイル刑事だ」彼が言った。「ちょっと前におれのパートナーと話をしたはずだが。不思議なもんだ。こんなにすぐに会えるとは思わなかった。こんなところで」

リースは背筋を伸ばした。「何かご用ですか、刑事さん？」

ヴェイルのずんぐりした顔が青ざめた。暑さのせいか、あるいはリースのそっけない口調のせいか、狼狽(ろうばい)している。リースを無視して、わたしに矛先を向けた。「おれを避けようとしているわけじゃないよな、ミズ・ヘイル？」

わたしはいら立ちを抑えた。「避けていたら、ここにいると思います？」待合室を見回し、制服警官に目を留める。「喜んでお話ししますけれど、ここが適切な場所だとは思えません。警察署であなたにお会いする時間を予定に入れますが？」

「予定？」ヴェイルが含み笑いをした。「申し訳ないが、こっちは予定で動いてないんでね。あんたもよくわかっていると思うが、時間が重要なんだ。殺人事件では最初の数時間が解決に至るかどうかを左右する」刑事はわたしを見おろして目を細めた。明らかに、こちらの同意を引きだそうとしている。

わたしは眉をあげた。「ええ、わかっています」

ヴェイルが大きな手をポケットに突っ込んだ。「緊急救命エリアなら人に聞かれる心配はない。そこで話そう」頭で緊急救命エリアがある翼棟を示した。

「悪いけど。あそこがふさわしい場所とは思えません」わたしは刑事を回り込んでよけようとしたが、彼に行く手をふさがれた。

「おれなら赤ん坊に会わせてやれる」ヴェイルにそう言われ、わたしの心は動いた。「そのために来たんだろう？　友人の娘の様子を見るために」

娘。

わざわざリースを見なくとも、反対だと顔に書いてあるのはわかっている。

ヴェイルは根っからの交渉人だ。こういう性格、立場の人間は、自分の望みのものを手に入れるために巧みな戦術を用いる。交渉人の言葉に乗るのは危険だ。こちらの弱みを見抜かれ、利用される。

刑事は自分自身とは今まで何度くらい折りあいをつけてきたのだろう。

「わかりました」わたしはヴェイルの申し出を受けた。今はリスクよりも利益のほうが大きい気がする。

刑事に続いて緊急救命エリアにつながる大きなドアに向かいながら、リースがするりと近づいてきた。「衝動的に行動しているぞ。こんなところで事情聴取をさせるな」

「わたしがあまりに感情的になりすぎるはずだから？」わたしはリースを見つめた。リースの口もとが引き結ばれ、眉間にしわが寄る。「きみは自分を過小評価している」刑事が受付でわたしたちの入室許可を取っているあいだに、リースが低い声で言った。「この状況では誰でも感情的になって当然だ。きみも例外ではない、ヘイル」

「かもしれない。でも単に感情的になるだけじゃなくて、それで相手に揺さぶりをかけるわ」感情的な態度でヴェイルを困惑させられたら好都合だ。

ドアが開き、ヴェイルはわたしがあとをついて翼棟に入るのを確認した。一緒に入ろうとしたリースを、刑事は手をあげて止めた。「現時点では、ミズ・ヘイルの供述しか必要ないんでね、ノーラン捜査官」

リースの表情がこわばったので、これ以上雰囲気が悪くならないよう、わたしはふたりのあいだに割って入った。「大丈夫よ、リース。たいしてかからないでしょう」リースは刑事を見て、それからわたしに目を向けたが、何も言わなかった。リースが待合室の椅子に座るのが見えたところでドアが閉まり、姿が視界から消えた。

「こっちだ」ヴェイルが言った。

ほかの警官の前を通り過ぎて廊下を進み、人のいない狭い部屋に入った。包帯などのありふれた医療用品が保管してある部屋だ。中央には金属製のテーブルと、折りたたみ椅子が二脚。看護師が休憩するために使っているものか、あるいはヴェイルが運んできたものか。

その違いは重要だ。

「テーブルと椅子はあなたが準備したの？」わたしは尋ねた。

刑事は無理に笑みを浮かべながら、先にわたしに座るよう促した。「おれたちは似たような職種だと思う。あんたは質問する側に慣れているだろうが――」ブレザーの内ポケットから黒いノートを取りだす。「今日質問をするのはおれのほうだ」

そういうことか。椅子を運び込んだのはヴェイルに違いない。この病院をうろつき、キャメロンの赤ん坊に近づいたのだ。ほかに手がかりがないから。わたしだって同じことをするだろう。犯人は思いどおりに人を殺すためにはどんなことでもするが、赤ん坊を傷つけようとはしなかった。

キャメロンの夫はここにいるのだろうか——いるにしろいないにしろ、彼が最重要容疑者だ。

ヴェイルはかちっと音をさせてペン先を出すと、事情聴取を始めた。「ミズ・ヘイル、あんたとノーラン捜査官がウェスト・メルボルンに来た目的は?」

わたしは肩からバッグをおろし、ストラップを椅子の背にかけた。「未解決のディレーニー事件を捜査するため」わたしは正直な答えを簡潔に言った。

彼はわざわざメモを取らなかった。「その事件を捜査することに決めたのはあんたか、それともノーラン捜査官か?」

わたしはそっけない笑みを浮かべた。「刑事さん、わたしがFBI内部の仕事に口出しできる権利がないのは知っているでしょう?」

彼はわたしと似たような偽物の笑みを浮かべた。「わかった。じゃあ、キャメロンの事件に関わる前から、ディレーニー事件とあんたが襲われた事件との類似点に気づいていたかどうか教えてくれ」バインダーに手を伸ばし、マニラ紙のファイルを取りだした。

ファイルの見出しに〝シンシア・マークス〟と書かれている。

肩がこわばった。ヴェイルが類似点に気づいていたことには驚かない。こんなに早くこの話を持ちだしたことに不安を覚えた。前置きもなしだ。

「前戯は省略するタイプなのね」わたしはリースのやり方を真似てみた。これまでの事件で彼が警官と話すときは、この手が通用した。今回もうまくいったらしい。

ヴェイルがいらいらしたように上を向いた。「核心を突くのが好きなんだ。もう一度言う、時間が重要なんだよ、ミズ・ヘイル。それともこんな無駄は全部やめて、ミズ・マークスと呼ぼうか？」

「今はヘイルがわたしの名前よ、刑事さん。だから、やめて」わたしは両肘をテーブルについた。「ディレーニー事件については、事前に記録はほとんど読んでいなかったわ」

本当だ。

刑事が疑わしそうな顔をした。「じゃあ、事前に事件の詳細もわからないまま、盲目的に捜査を引き受けるってことか？」首を振る。「ずいぶんとパートナーを信頼しているんだな」

「ええ。あなたは信頼していないの？」

ヴェイルが目を細めた。「どの時点かはわからないが、ウェスト・メルボルンに着いてディレーニー事件の詳細を把握したあと、ノーラン捜査官がその事件を選んだのはあんたの事件と似ているからじゃないかと疑ったのでは？」

わたしが彼の求める答えを口にするまで、質問はどんどん長く細かくなっていく。

「もう一度言うけど、わたしはパートナーを信頼しているの。そういうわたしの心を刺激しかねないことをするつもりなら、事前に相談してくれたはずよ。赤ちゃんの名前は？」

この質問で刑事の気がゆるんだ。「なんだって？」

「キャメロンの赤ちゃんよ。名前は？」

ヴェイルが顔をしかめた。「まだ名前はない。夫が、決めていた名前は妻が考えたものだから、今はつける気になれないってさ」

夫の名前はエルトンだ。刑事が〝夫〟という言い方をしたということは、最重要容疑者ではないとしても、容疑者なのは間違いない。

「事件の類似点に気づいたのはいつだ？」ヴェイルが反撃してきた。

検死台の上の友人の遺体を見たときよ。

「刺傷事件はどれも似たように見えるものだわ」わたしは言った。刑事はくわえた骨を放そうとしない犬のようにしつこい。

「変だと思わなかったのか……あんたが襲われたのとほぼ同じ方法でキャメロンが殺されたのは偶然だとでも？」

わたしは片方の眉をあげた。「ほぼ？」

ヴェイルが咳払いをした。「刺されたのは八箇所。計測によれば、両方の事件の凶器の刃物は同じ幅で、どちらの傷も形状が似ている。たったひとつの違いは、キャメロンは腹部に傷を負っていないということだ」一瞬、間を置いた。「あんたもすでに知っているだろう。今朝、検死官に会っているんだからな」

「それは質問なの、刑事さん？」

「今朝、検死官事務所で何をしていたんだ、ミズ・ヘイル？」

「ノーラン捜査官とわたしは、ディレーニー事件について事情聴取をするためにあそこへ行ったの」

ヴェイルの濃い茶色の目がわたしの目をしばらく見据えていたが、やがてマニラ紙のファイルを開いた。「あんたは自分をキャメロン・オルテガの友達だと思っていたのか？」いきなり質問の方向性を変えてきた。

わたしは片方の眉をぐっとあげた。「つまり、彼女が殺されるまで友達だと思っていたのかということ？」

「そのとおり」

わたしは座り直した。刑事が最終的に導きたい結論が気に入らない。「わたしたちは大学時代の友人よ」

尋問を受けるときのテクニックだ。目撃証人として法廷に立つときのように、訊かれている以上の情報は絶対に与えない。

「キャメロンの電話の履歴によれば、彼女はショートメールで自分の住所を教え、昨日あんたが自宅に来ることを確認している」

ヴェイルにもう見つかってしまった。

「昨日のあんたたちは友人同士だったか？」刑事が繰り返した。

「そう思えたらいいんだけど。卒業すると疎遠になるものでしょう。それぞれの道を進み、結婚し、家族を持つ」次に言うことを少し考えてから続ける。「友人とは、きみに完全なる自由を与えてくれる人のことだ」

「思想家かなんかの名言か……？　エマーソン？　ニーチェ？」

「ドアーズのジム・モリソンの言葉よ」

これでヴェイルから本物の笑顔を引きだせた。「昨日はなぜ被害者の家を訪ねた？」

わたしはゆっくりと二回、呼吸をした。「キャメロンがウェスト・メルボルンに引っ越したことは知っていたわ。妊娠したことも。街にいるあいだに、大学時代の友人と旧交をあたためたいと思ったのよ」

もしわたしの携帯電話かパソコンが押収されたら、キャメロンのソーシャルメディアのプロフィールを見ていたことが刑事にばれるだろう。

ヴェイルがメモを取った。「キャメロンの家に着いたのは何時だ？」

数分間、この調子で質問が続いた。刑事は事実を集めていった。順序や言い回しを変えて、似たような質問を繰り返した。わたしがうっかり矛盾したことを言うのを狙った意図的な戦略だ。

とはいえ、わたしには隠すべきことなど何もないので、正直に答えた。答えるのをためらってしまうあの質問をされるまでは。

「ミズ・ヘイル？」ヴェイルが質問を繰り返した。「昨日、キャメロンの家の近くで不審な人影を見かけなかったか？」

備品室のドアが開いた。リースが警官に案内されて入ってくる。

ヴェイルが立ちあがった。「なぜノーラン捜査官がここに？」青い制服姿の警官に直接質問をぶつける。

「わたしはミズ・ヘイルの代理人だ」リースはそう言ってわたしの横に立った。

「そんなことはできないとわかっているだろう」刑事が言った。

このとき初めて、ヴェイルとわたしの意見が一致した。

わたしは問いかけるようにリースを見あげた。ふたりのあいだの無言の合図で、説明を要求する。

「今まではたまたまそういう場面がなかったが」リースは両手をテーブルについた。

「彼女の代理人を務められる資格は持っている。今後、ミズ・ヘイルはいかなる事情聴取にも弁護人の同席を求める」

ヴェイルはこの成り行きに落胆しているようだったが、椅子に座ると質問を再開した。「何本か電話をかけてくる。確認したほうがよさそうだ」

「どうぞ」リースは自信たっぷりに言った。

わたしは呆然として黙っていた。なぜリースはわたしになんの説明もしてくれないのだろう？

最初に怒りを覚えた。裏切られた気がした。リースは常に正直であることを信条としている……だが振り返ってみると、彼はわたしが正直であることを求めていたのだ。自分の事件を解決するために正直に過去を打ち明けることを。人は受け入れがたい状況に陥ったとき、自分の身を守るために怒りを発するものだ。本当のところ、わたしは傷ついていた。

人は他人のことをどこまで理解できるのだろう？　わたしがリースと顔を合わせるのは事件を捜査するときだけで、仕事以外で会うことはない。ミズーリでも人づきあいはないに等しい。慎重な性格なので、彼のことをあれこれ詮索したりはしなかった。だから、現場の仕事から外されていることくらいしか知らない。

「質問を繰り返したほうがいいか？」ヴェイル刑事が尋ねた。

リースがひざまずいたので、わたしと目の高さが同じになった。彼は申し訳なさそうな笑みを浮かべたものの、今は喧嘩をしている場合ではないと言わんばかりだった——事情聴取を無事に切り抜けるのが先決だと。

わたしはうなずき、ヴェイルに意識を集中した。「ええ」

「昨日、キャメロンの家の周囲で不審な人影を見かけなかったか？」

「ミズ・ヘイルが答える必要のない質問だ」リースが言った。

ヴェイルはテーブル越しにわたしをにらみつけてから、マニラ紙のファイルに視線を落とした。「報告書によると、トーランス・カーヴァーは、あんたの襲撃事件との関連について尋問されている」再びわたしを見る。「最近、ディレーニー事件の捜査で、トーランス・カーヴァーとその兄のマイク・リクソンに話を聞かなかったか？」

リースがテーブルの下でそっとわたしの脚を撫でた。「ミズ・ヘイルが答える必要のない質問だ」

「くそっ」刑事が厳しい声でつぶやいた。「この先もこんな調子なんだろうな？」

「ミズ・ヘイルに対してどういう意図で尋ねているのか明らかにしない限りは。協力はしましたし、これ以上話すことはありません」リースは立ちあがった。「ジョアンナ・ディレーニーの事件についてなら、お話しできますよ」

ヴェイルも立ちあがった。「起きたばかりの殺人事件の捜査で少々忙しいものでね。だが、おれの調書のコピーは持っていってもらってかまわない」携帯電話を取りだし、メッセージを送った。「警察署に用意しておこう」

「ありがとうございます」リースが応じた。

互いにプロらしく礼儀を守りつつも、リースとヴェイルのあいだには空気を震わせるほどの緊張感が色濃く漂っていた。わたしが立ちあがると、椅子が床をこする音が沈黙を破った。

「ディレーニー事件で訊きたいことが出てきたら、連絡するわ」わたしは言った。

「そうしてくれ、ミズ・ヘイル」

リースはドアに向かったが、わたしは動かなかった。期待しながらヴェイルを見つめる。

「ああ、そうか」刑事が言った。「どうもおれにはあんたに面会の許可を与える権限がなかったらしい」

わたしはバッグをつかんでストラップを肩にかけた。最後にヴェイルに向かってこう言ってやってもよかった――〝尋問のやり方があまりにも稚拙で、魂胆が見え見えだったわよ〟とか〝テーブル越しでも息がくさかったわ〟とか。

そう言う代わりに、わたしは笑みを浮かべてその場を去った。お礼を言ってやろうかと思ったが、下品すぎる気がしてやめた。ヴェイルがわたしを威嚇しようとしたおかげで、彼がつかんでいる重要な情報を教えてもらえたのだと知らせてやる必要はない。

いったん病院の外に出ると、リースが言った。「約束する。あとで説明する。だが今はまずクワンティコで調べてもらった手書き文字の分析結果を確認しよう。そうすれば――」

「トーランスか、その兄の文字とわたしに送られてきたメモの文字が一致しているかどうかわかる」わたしがあとを引き取った。

わたしたちはレンタカーのトランクの前で足を止めた。リースがわたしをじっと見ている。「やっぱりきみも気づいたか」

「ええ。ヴェイル刑事は病院で事情聴取を行った。なぜ？　犯人はキャメロンの赤ん坊を殺さなかった。あの刑事はわたしの事件と関連があると思ったのよ」

リースは今の話を考えながら、ゆっくりとうなずいた。「ヴェイル刑事はトーランスを最重要容疑者と考えている。キャメロンが結婚後も彼とつきあっていたのかもしれないと踏んでいるんだ」

「そのとおり。ヴェイル刑事はわたしの事件のファイルを読んでいた。キャメロンとトーランスの供述も。トーランスは両方の被害者に関係している。つまり三人全員が……」

リースがまったく彼らしくない行動に出たので、わたしは息をのんだ。彼はわたしの顎に指をかけて顔をあげさせると、互いの目を合わせた。

「きみは被害者じゃない」リースが言った。

指をかけられたまま、わたしはうなずいた。「わかっているわ」

「そうか？」リースが親指でわたしの頬をなぞり、青みがかった濃灰色の瞳でこちらをじっと見つめてから、手をおろした。彼が後ろにさがって安心できる距離を取ったところで、わたしは大きく息をした。

「わたしが言いたかったのは、トーランスは三人の女性全員と関わりがあるということ。わたし、キャメロン、ジョアンナ。未成年のときに暴行事件を起こしていることともあって、彼が最重要容疑者になった」

リースは空を見つめ、それから携帯電話で時刻を確認した。「ヴェイル刑事がトーランスを引っ張る前に、手書き文字の分析結果を確認しよう」

「わかったわ」

ありがたいことに、リースは自制心を取り戻してくれた。彼が落ち着いて、結末に飛びつくようなことをしないでくれれば、わたしも冷静でいられる。わたしたちがここに来たのは、ジョアンナ・ディレーニー殺人事件を解決するためだ。偶然に、あるいは運命的に……神の配剤によって……わたしを襲った人物と同一犯であることが判明するかもしれないが……。

時間はある。

そもそも、これは未解決事件だ。

ドリューに納得できるアリバイがないことに意識が行ってしまい、パズルのほかのピースのつながりを見落としていた。トーランスはキャメロンの嘘に話を合わせた――どうしてか？　理由は明白だ。彼もアリバイが必要だったからだ。つまり、トーランスにはキャメロンを――真実を暴露して彼を事件に巻き込む可能性のある人間を

――排除する動機がある。

〈ティキ・ハイヴ〉に向かうあいだ、桟橋でトーランスがわたしのあとをつけてくる光景を想像してみた。彼の手にはナイフが握られている。わたしを湖から引きあげた男の姿を思い描いてみる。暗い水面に白い蓮が浮かんでいるのが見える。

それ以上は何も思い浮かばないので、わたしは強くまばたきをした。

もしトーランスが殺人犯だと証明されたら、それを事実として受け入れるしかない。わたしの心が何を信じたいかにかかわらず。事実はひとつしか存在しないのだから。心は最強の道具だ。だが道具と同じく、役に立つ場合もあるし、使いものにならない場合もある。曲がってしまうこともある。どんなことでも信じるよう教え込むこともできるのだ。

23

ドリューの章

レイキン：当時

嘘を言ったとたんに、後悔したことはないだろうか？　自分はもともと正直な人間だと思っていたせいか？　あるいは自分の信条や信念に反する行為であるせいか？　嘘をついたあと、どれほど嫌悪感を覚えるか？　どんな気持ちになるか？　自責の念か？　罪悪感か？

これは認知的不協和と呼ばれるものだ。矛盾するふたつのものが――たとえば〝嘘をついた〟という事実と〝嘘をつくのは悪いこと〟という信念――心のなかでせめぎあうと、苦痛を感じる。そうなると心は、どうやって不均衡を正し、調和を取り戻すかを――罪悪感をやわらげる方法――決めなければならない。

選択肢は四つある。

修正。矮小化。追加。否定。

〝嘘をつくのは悪いことではない〟という信念に修正すれば、〝嘘をついた〟という事実を受け入れることができる。〝嘘をついた〟という事実を矮小化して――嘘はついてしまったけれど、その結果、それほど大事には至っていないと自分に言い訳をして――安心感を得る。〝誰かのために嘘をついてあげたほうがいい場合もある〟などといった新しい情報を追加して、自分を正当化する。そもそも〝嘘をついた〟という事実を完全に否定する。

最後のひとつは、少々ずるい手だ。

心から信じていたことがまったくの偽りだったときに、どのように自分自身を納得させるのか？

人の心は自分を守ろうとするものだと、論理的に理解する必要がある。信念のせいで苦痛を感じると、脳は苦痛を回避するためにできるだけ楽な方法を見つけようとする。

なるべく妨害されない方法で。

そのせいで、他人の選択や立場に疑問を持つことがあるのだ。他人には想像もつかない理由から、自分の信念を構築する。だが世間でよく言われるように、他人の立場に身を置くことはできない。脳が必要に迫られて見つけた苦痛を避けるのに最適な方法も、他人には理解不能なのだ。

わたしは自分の過去の出来事について執筆しながら、そんなことを考えていた。というのも——当時は——苦痛を回避する方法がわかっていなかった。心理学の教授とつきあっているせいで、深刻な苦痛を味わっていることにすら気づいていなかったのだ。

いろいろな意味で、愛とは人を欺くための嘘のようなもので、脳内の化学物質が引き起こす感情にすぎない。

身もふたもない言い方、あるいは専門的すぎる説明かもしれない。

あの日、ドリューはスペイン風コロニアル様式の自宅の裏手にあるベランダからつるしたハンモックで、本を読みながらくつろいでいた。推理小説だ。わたしはそのことで彼をからかった。人には言えない彼の趣味だ。

「きみはレポートを書いてるんじゃなかったのか」ドリューがページをめくりながら言った。

わたしはパティオのテーブルにペンを置いた。「とりとめのない文章になっちゃったわ」

彼がわたしのほうを見た。「〝とりとめのない〟なんてずいぶん難しい言葉を知っているんだな？」

わたしは唇をゆがめた。キャメロンが最近この言葉を使っているのを耳にしたのだ。

「あら、わたしは大学生なのよ」

ドリューが本を床に置いて、ハンモックからおりた。「きみはただの大学生じゃない。もしそうだったら、興味を持たなかったはずだ」

「ずいぶんはっきり言うのね」わたしは目の前の頭を酷使する作業にうんざりして、立ちあがると家へ向かった。このころ、ドリューとわたしはお互いに対してかっとなることがあった。喧嘩ではない。ある意味、言い争いですらなかった。ただ……なんというか、険悪な雰囲気になるのだ。

もうすぐ春休みを利用して旅行へ行くことになっていたはずだ。出発まであと一週間もないのに、わたしは離れるのが不安だった。学校から。キャメロンから。自分の両親から。

チェルシーから。

わたしは背後にドリューが近づいてくる気配を感じた。足取りを速め、ガラス製の引き戸に近づく。彼がわたしのウエストをつかんで、パティオから抱きあげた。ぐるりと回され、背中をガラスに押しつけられて、わたしは悲鳴をあげた。

シニヨンからほつれた髪が顔を縁取る。ドリューがわたしのうなじを思いきりつかみ、頭を傾けさせた。膝で太腿を割ってわたしを動けなくすると、もう一方の手をスカートの下に滑り込ませた。

わたしはきつく唇を噛んだものの、痛みのせいで低い声がもれた。

ドリューがわたしの唇に唇を寄せながら言った。「授業にもっと集中していたら、今ごろは効果の法則をきちんと理解できていたはずだ」

わたしはゆっくり息をした。彼の手のひらで撫であげられて、声が震えるのを止められなかった。体の奥深くから熱が発せられる。「そうかもしれないわね。あなたが生徒たちを身動きできない状況に追い込んだりせず、しっかり教えてくれていたらね」

ドリューに内腿を跡が残りそうなほど強くつねられ、わたしは痛みに息が詰まった。

「ひとりの生徒にしかしていない」強調する。「きみはオペラント条件付け（効果の法則をさらに発展させた理論）についてももっと勉強する必要がある」

わたしは息をのんだ。「すぐに気が散っちゃうのよ」話の流れを変えた。「わたしの先生はすごく素敵だから」

そんな言葉も、ドリューの全身を震わせる激しい憤りをやわらげることはできなかった。彼は顎をこわばらせ、わたしの顔をつかむと荒々しくキスをした。わたしは欲望に、もう一度彼に求められたいという渇望に身を投じた。

わたしがドリューにひどい態度を取れば、ふたりのあいだに亀裂が生じるとわかっていたのに、衝動を抑えられなかった。チェルシーのことで非難を浴びせてばかりいたのだ。とはいえ、彼女とドリューの仲を疑わざるを得なかった。チェルシーがこれみよがしに誘いをかけていたのに加えて、例の夢を繰り返し見ていたからだ。わたしは睡眠不足のせいで、極度の疑心暗鬼になっていた。それほどすり減っていた神経を、うわさ話がさらにずたぼろにした。

そのうわさ話によると、チェルシーが教授を誘惑することは好意的に受け取られていた。ドリューの両親は、名家同士が縁続きになることに反対ではなかった。

彼が唇を離した。「ぼくが欲しいのはきみだけだ」

わたしはドリューの目をのぞき込んだ。嘘をついている後ろめたさが表れていないかと——見極められるはずだ。彼が罪悪感を覚えていたとしても、そのせいで動揺していたとしても、巧みに隠していた。

ドリューの人生は——たいていの人々よりも——幸運に恵まれている。裕福で、高度な教育を受けた、容姿端麗な男性だ。何不自由なく暮らしているのに、わざわざそれを危険にさらしている。ギャンブラーが生きている実感を得るために、自分を破滅寸前へと追い込むしかないのと同じだ。

「わたしはあなたのためにならないわ」自分の口からその言葉が出たことにショックを受けた。これまでそんなことを言ったことはなかったが、ドリューもそれが真実だと知っているはずだった。

チェルシーとドリューが一緒にいるほうがずっとふさわしい。ふたりだけの世界のほうが。

彼の声が優しくなった。「ぼくが欲しいのはきみだけだ」

ドリューはわたしの言葉を否定しなかった。できなかったのだ。そのとき、わたしに、ちょうど子供のころに、自分はアンバーにはなれないとわかっていたように。彼女はまばゆく輝いていた……命の火が消えてしまうまでは。わたしがドリューの世界にとどまろうとすることは、丸い穴に四角い杭を無理やり押し込もうとするようなものだ。摩擦が起きる。長くは続かない。

（前行冒頭補正）

「なぜ？」わたしは知る必要があった。なぜわたしなの？

ドリューがわたしの顔にかかっていた髪を払い、顔に視線を這わせた。「それが人間の性だからさ。人は自分のためにならないものを求める。人は最終的に自滅する運命なんだ」

その瞬間、わたしたちふたりだけの世界がはじけ飛んだ。知らぬ間に忍び込んできた現実によって、わたしの安らぎや、ドリューがいたからこそ見いだせた無上の喜びはすっかり奪われてしまった。彼は素晴らしい教師だった。〝効果の法則〟を理解させてくれた――わたしが何をしても、ドリューからは望むような扱いを受けず、満足感を得られない。その結果、ふたりの関係を維持するための試行錯誤に消極的になっていく。

鋭く強烈な痛みが胸を貫いた。わたしに残されたのは四つの選択肢だけ。

修正。矮小化。追加。否定。

わたしは自分に嘘をついた。わたしが変われなくても、ドリューのほうが変われるはずだ。わたしのために、今の恵まれた生活をあきらめてくれる。わたしたちが一緒にいることは特別だから――ふたりとも、これほど情熱的な気持ちを経験したことはなかったから。

わたしは半分だけ正しかった。

ドリューに唇にキスされて、わたしは再び気分がよくなった。心に押し寄せていた暗い気持ちが、潮のように引いていく。

認知的不協和が、ふたりの不安定な心に平穏をもたらしてくれるはずだ。

24

殺人事件のホワイトボード

レイキン：現在

「あんたたちはよっぽど酒のつまみが気に入ったんだな、じゃなきゃ――」マイク・リクソンは途中で言葉を切り、口にしなかった部分が空中に色濃く漂うのにまかせた。リースはバーカウンターに近づきながら話を続けた。「トーランスにいくつか訊きたいことがある」

「いないよ」マイクはあっさりと言った。「だがあいつに会ったら、あんたに連絡するよう伝えておく」

「ありがとう。きみにも訊きたいことがあるんだ、コーエン・ヘイズのことで」

車でここへ来るあいだに、わたしは手書き文字の分析結果に目を通した。この手の報告書を読み解くのは、動く標的に向かってダーツを投げるようなものだ……竜巻の最中に。強風が吹いてダーツは標的付近に向かうが、的中させるにはほかの多くの要素も考慮しなければならない。

こういう報告書は容疑者を除外していくのにうってつけだ。たとえば、メモを書いたのは九十四パーセントの確率でマイク・リクソンではない。半分血のつながったトーランスは三十三パーセントの確率。五十パーセント以下なので、完全には除外できないが、メモを書いたのがトーランスだと百パーセントの確信を持って言いきることもできない。

数字の計算をすると頭が痛くなる。

はっきりわかっているのは、トーランスがメモを書いた可能性が兄より高く、事件の被害者である三人の女性全員と関わりがあるただひとりの容疑者だということだ。トーランスはさしあたり最重要容疑者で、地元警察は――特にヴェイル刑事は――すでに彼に関心を寄せている。重大犯罪課がトーランスを取調室に連行してしまったら、わたしたちの未解決事件の捜査は後回しにされるだろう。

わたしの事件は後回しにされる。

そしてキャメロンは……。

わたしは視界の距離感を保つよう心がけたが、店のなかで不安を抱えながら手首にはめた輪ゴムをいじり、リースがマイクにコーエンをクビにした本当の理由を問いただしているのを見ていると、壁がこちらに迫ってくる気がした。

「外の空気を吸ってくるわ」リースに断りつつも、すでにバーの開いているドアへと急いでいた。

リースが会話を手短に切りあげ、わたしのあとから外に出てきた。

広々としたテラスは、ランチ目当てに押し寄せたビーチの常連たちでにぎわっている。海の波が砕ける音がうるさい。そのせいでほかの音がほとんど聞こえず、遠くのほうで風が吹き荒れる音がしている。

「ヘイル、待ってくれ」

リースの声が聞こえ、わたしは手すりに背中を預けた。

「息を吸うんだ」彼が言った。

わたしが急な不安発作を自力で乗り越え、アドレナリンが体内から減っていくまで、リースは待っていてくれた。パニックはそれほど長く続かない。十分もすれば心も体も正常に戻る。発作がおさまるまで、ただ安静にするよう努めればいい。

リースはほかの人がわたしの視界に入らないよう、体を寄せて守ってくれた。「よくなったか？」

わたしはうなずいた。「ただ……まだ気持ちの整理がつかないの。あまりにもいろいろなことが一気に押し寄せてきて」当惑していた。パニック発作に襲われたことがなかったせいだ。初めての経験だった。

とはいえリースが相手なら、詳しい説明は必要ない。彼の顔には心配のあまり深いしわが刻まれていたが、理由がわかるとやわらいだ。「キャメロンのことを消化する時間がなかったからな」納得したように言う。「彼女を悼む時間も」

わたしがキャメロンの体にできた裂傷を見てからほんの数時間しか経っていないのに、もっと前のことに、はるか前のことに感じられた。自分の気持ちに気づいて、身がすくむ。心の奥底にさえ、感傷的な思いはなかった。

「まだ気持ちの整理がつかないの」わたしは繰り返した。「わたしのパートナーが実は弁護士だったということについても」

リースがため息をついた。「行こう」わたしの腕に触れることなく、板張りの道を先に立って歩き始める。

リースはわたしを浜辺に連れていった。干潮の波が砂に三日月模様を残していく。彼は何も言わずに波打ち際から数メートル離れたところで腰をおろし、無言のままわたしにもそうするよう促した。

わたしはリースの隣に座った。塩水がパンツを濡らしたが、湿った砂の感触を気にしないようにした。

「真実は自然と明らかになるものだ」リースは海の向こうを見つめていた。わたしとは目を合わせようとしない。わたしが彼に打ち明けていなかったあの手紙のことを考えているのだろうか。「もっとうまく対処すべきだった」

わたしは突然、罪悪感に襲われた。誰もがみな秘密を抱えているものだ。「あなたが弁護士資格を持っていようと、わたしには関係のないことよね。ただ……驚いただけ。今まで聞いたことがなかったから」

リースはワイルドオートの芽を拾い、それで固く締まった砂を引っかいた。「いや、フェアじゃなかった。きみの人生にわがもの顔で踏み込み、突っ込んだ質問を浴びせた。せめてぼく自身のことをもう少しさらけだすべきだった」

こちらもフェアにやるなら、わたしの事件の捜査を手伝ってほしいと彼に頼まなくては。人生に踏み込まれることを了承するのだ。「ご両親は？」漠然と尋ねた。

リースはこわばった笑みを浮かべたものの、目つきは険しいままだった。「きみは優秀なプロファイラーになれるな。そのとおり、父が弁護士だ。ぼくは法律家一族の出身なんだ。三人兄弟の真ん中で、ＦＢＩへと進路を変えたとき、父はひどくがっかりした」

「法曹界にいるはずだったのね」リースが法廷にいる姿など想像できなかった。

「ぼくが撃たれたときも、父はかなり落胆した。父が望むとおりにしておけばよかったのだと証明したようなものだった。現場捜査官にはなれなくなってしまったからね。リハビリ休暇のあいだは、法曹界に戻ろうかとまで思った」

わたしは彼の二の腕に触れた。悲しみや同情を態度で示すのは苦手だったが、リースに対しては自然にできた。彼に癒しを与えたかった。

「なぜ戻らなかったの？」

リースがこちらを見つめ、わたしの手に自分の手を重ねた。「きみに出会ったから」

突風が吹き、息が詰まった。わたしは深く息を吸い、肺を満たした。「リース……」

「きみは絶対にぼくを見捨てないだろうと思った」彼が乾いた笑い声をもらした。

「だから自分に言い聞かせた。あと一件だけ捜査を引き受けて、それから辞めようと。だが、きみも知ってのとおり、いまだに続けている」

初めて話をしたとき、リースがどれほど不機嫌だったかを思いだした。今でもときどき、怪我のことや、現場から追いだされたことについて、ひそかに怒りをたぎらせているところを見かけることがある。でも……。「わたしにはあなたが必要だった。あなたがいなかったら、ここまでできなかったわ」心から言った。

わたしの顔を探るように凝視するリースの視線に、迷いはまったくない。彼が必要だとわたしが認めたことに驚いて黙ったのか、それともほかに何か……。

まだ重なったままのふたりの手を、リースが見つめた。それからわたしの手を裏返し、手首にはまった輪ゴムをあらわにした。輪ゴムの下の繊細な肌を親指でなぞる。彼のがさつく親指の腹が、赤くなった敏感な肌をこすった。

「きみが自分で自分を苦しめないことを願っている」リースが言った。

親指の下の自分の手首を引き戻さなければという激しい衝動に駆られたが、わたしは動かなかった。「これはセラピーの一環だったの。習慣になってしまったみたいだけど」

「ローレンス先生か？」リースが尋ねた。シルバー・レイクでわたしの未解決事件の捜査に当たっているときに、彼はこの医師に事情聴取をしていた。医師は守秘義務に抵触するようなことは何も話さなかったが、わたしが記憶喪失であることと、体を回復させるのに大変な苦労を強いられていることは認めた。

わたしはそのとおりだとうなずいた。「手首にはめたゴムを弾くと、痛みから気をそらすことができるの。リハビリテーション療法がつらくなりすぎたときにやるよう言われたわ。急な鋭い痛みに意識が集中するから、肉体的な苦痛を忘れられるの。ほんの短い時間だけれど」

リースの目のなかに理解のようなものがきらめいた。肉体的な苦痛から一時的にでも解放される必要があることを、彼は人よりもよく理解しているのかもしれない。

リースはまだわたしの手を握ったまま、親指でぼんやりと手首をなぞっている。また強い風が吹き、わたしの髪が顔にかかった。目の前から髪を払うと、彼が手を伸ばしてその髪を耳の後ろにかけてくれた。

リースは手を引っ込めず、指先でわたしの顎に軽く触れた。わたしは湖で彼が額にキスをしたときのことを思いだした。それから昨日の夜、ふたりのあいだの空気に問いかけが満ちていたときのことを――わたしがただ、近づきさえすればよかったときのことを。

ネクタイが風に吹かれてリースの腕に当たっている。わたしにもっと勇気があり、そのネクタイをつかんで彼を引き寄せ、激しくキスをするところを思い浮かべた。彼の視線がわたしの唇に落ちる。わたしは期待をふくらませて唇を開きながら、彼も同じ場面を想像しているのだろうかと思った。

もし時間がゆっくりと流れて、わたしが覚悟を決められていたら……。

わたしが行動を起こす前に、リースはまばたきをして海のほうを向いた。わたしの顔から彼の手が離れる。ぬくもりを失い、胃が引きつれた。

「苦痛からの一時的な回避」彼はそう言うと、またワイルドオートの芽を手に取った。「幕間(まくあい)みたいな」砂の上に斜めの線を描く。

「なんですって？」

「きみがいつも話している心理学用語ではなんと言うんだったかな？　心にふたつの矛盾する信念を同居させられないことを？」

わたしは風に目をしばたたかせ、進んで頭を切り替えた。「認知的不協和のこと？」

「それだ。殺人犯がその手のことを経験しているとしたらどうなる？」リースが太い線の横に平行に三本の線を引いた。「ほかに被害者がいないと想定してみよう。ぼくたちが追っている犯人は連続殺人犯ではない。被害者学によれば、彼には目的がある。ある種の罪悪感を抱いているのかもしれない。だからキャメロンの赤ん坊を殺さなかった。きみは最初の標的にされた——」三本のうちの一番端の線に沿ってわたしの名前を書いた。「次がジョアンナ。それからキャメロン。もし事件がつながっているなら、ジョアンナはきみたちふたりとなんらかのつながりがあるはずだ」

もし事件がつながっているなら。わかっている情報をつなぎあわせ、あらゆる類似点を考慮しても、決めつけるのはまだ早い。「わたしはジョアンナと面識がなかった。彼女はわたしより若いし、育った地域も、通った学校も異なっている」わたしはしばらく考えた。「キャメロンがジョアンナのことを知っていたとも思えない」

リースはさらに五本の線を引いた。それぞれの線に沿って名前を書く。トーランス、マイク、コーエン、ドリュー、チェルシー。殺人事件のホワイトボードを砂の上に作りあげた。

全員が容疑者だが、わたしは最後の名前に引っかかった。「どうしてチェルシーが含まれるの？」

「あのメモを書いたのがチェルシーじゃないかと考えたことは？」

わたしは首を振った。「ないわ。最初の手紙のほうは……初めて読んだとき、わたしを襲った犯人だと思った」

「どんなことが書かれていたか覚えてるか？」

忘れられるはずがない。その異常な手紙を何度も読み返しては自分を責めて、こういう目に遭う運命だったのだと、どういうわけか思い込んでいた。わたしは死を免れたけれど、本当の意味で生きてはいないと、手紙を書いた人間は知っていた。犯人のせいで、わたしは心の平穏を失い、常に危険と隣りあわせだ。人生の大事な瞬間も、自分の人生を生きる時間も奪われてしまった。

それにあの手紙から……始めたことを終わらせるつもりであることがうかがえた。

わたしは手紙の文面を暗唱し、深く考え込むリースの真剣な表情を見つめた。「女性が書いた文章に思える？」

彼が葦の先で濡れた砂を弾いた。「よくわからない。ぼくたちは被害者同士のつながりを探している。チェルシーはきみとキャメロンを知っていたし、ぼくの記憶によれば、彼女は華やかな場面にいることが多かったんじゃないかと思う。ジョアンナがモデルだったころに知りあっていたかもしれない」

こじつけのように感じなくもない。けれど今のところ、もっと筋の通る被害者同士のつながりは思い当たらない。それでも……。「チェルシーにこんなことができると思う？」わたしは彼女とのあいだにいさかいがあったが――大学でのいさかい、恋人を巡るいさかいだ――彼女が人を殺せると本気で思ったことはなかった。

わたしにとって彼女はいつも、あまりに退屈な女性だった。

〝どんな相手も過小評価してはいけない〟

最初の未解決事件の捜査のとき、リースはそう言った。それなのに、わたしはいまだにやりがちだ。被害者に感情移入しすぎるあまり、リースのように客観的でいられない。

彼は葦を捨てると、パンツについたごみを手で払った。「良心の呵責」彼は短く言った。「犯人が根っからの精神病質者（サイコパス）ではないとも限らないが、キャメロンの赤ん坊をわざわざ殺さないようにしたことからも、犯行の最中に多少は良心の呵責を覚えているはずだ。最初からキャメロンに狙いを定めていたわけではなく、必要に迫られて仕方なく彼女を殺したかのようだ。つまり、犯人はなんらかの目的のために、自らの法則に従って殺人を犯している。標的をランダムに選んでいるわけではない」わたしを見つめる。「三つの事件がつながっているならば」

ひとつ見落としていることがある——大きな空白がひとつ残っている。わたしだ。「チェルシーが犯人だとしたら、わたしを殺す理由は？」

リースは潮の流れで立ちあがった波を見つめた。「そこが問題だ」

「ドリューに事情聴取をする必要があるわ」論理的に考えると、これが次の手順だ。事件のつながりを見つけること。キャメロンは供述を変えた。それを裏づけることも否定することもできるのは、ドリューだけだ。チェルシーのアリバイを証言したのも彼だった。

わたしがドリューと接触したいと言うと、リースは咳払いをして立ちあがった。わたしに手を差しだす。「今はまだだめだ。じっくり考えるべきことがいくつかある」彼に引っ張りあげてもらい、わたしも立ちあがった。「ホテルに戻ったらどうだ？運転できるかい？」

わたしは板張りの道に立つと足を止め、いきなりリースのほうを向いた。「あなたはどこに行くの？」

「マイクにもっとプレッシャーをかけるつもりだ。トーランスがどこにいるのか聞きだして、チェルシーとなんらかの関係があるのか突き止める。ヴェイル刑事がトーランスに目をつける前に。マイクが弟に関して話していないことがまだあるのかもしれない」

いい計画だ。地元警察より先にトーランスに尋問できれば、こちらの捜査が進展するはず。それでも、潮風に吹かれながら不安に襲われた。

リースはわたしに何か隠している。

彼が両手をポケットに突っ込んだ。「思うんだが……ほかの手書き文字のサンプルも必要だ」

わたしはうなずいた。「容疑者全員分のサンプルがいるわね」

「いや。必要なのはあの手紙だ、ヘイル。きみがシルバー・レイクを離れる前に受け取ったものだ」

「それは無理。破いちゃったもの」しかし、文面が記憶に焼きついていたように、手紙とメモの筆跡が一致しているのもわかっている。「手紙とメモを書いたのは同一人物だとほぼ確信している」わたしは自信を持って断言した。

リースは躊躇しているようだったが、わたしを信じてくれた。彼がわたしを信じなかったことはない。だからこそ彼がわたしに隠し事をしているという事実が、いっそう応える。

「二時間後にホテルで会おう」リースが〈ティキ・ハイヴ〉のほうを向いて言った。

「それでいいわ」

リースは本当にわたしをひとりにして大丈夫だろうかと不安を見せたものの、計画どおりにすることにした。わたしに車のキーと、独自捜査をするのに充分な時間をくれたのだ。

リースは生来の守護者だ。わたしが傷つくのを避けたい一心で、情報を一時的に隠しているのだろう——だがそれはパートナーとしての仕事の進め方ではない。

わたしはセダンに近づくと、ワイパーの下に畳まれた紙が挟まっていることに気づいた。恐怖がわきあがる。駐車違反の切符ではない。手首にはめた輪ゴムを弾こうとして、手を止めた。正面から向きあわなければならない。

手紙を広げる。

会ってほしい。

メモはより短く、直接的になった。書いた人物は忍耐力を失いつつある。

運転席に座り、リースが砂の上に描いた殺人事件の相関図のことを考えた。波が相関図を洗い流し、消し去っていく。わたし自身の答えを見つけるための時間は、あまり残されていないようだ。

25

発生

レイキン：現在

わたしは美しいスペイン風コロニアル様式の家から通りを挟んだ向かい側に車を止めた。

ドリューはこの家を気に入っていた。

家を見つめていると、手に汗が吹きだし、ハンドルから滑り落ちそうになった。隣接するパティオの格子状のフェンスの向こうで、ふたつの人影が動いた。

わたしはずっとドリューを見ていない……。

最後に見たのはいつだっただろう？　彼が事件の関係者としてマスコミから取材を受けたときの写真や、ネット上の画像なら目にしている。でも、実物の彼を見たのはいつが最後だっただろう？

喧嘩をした夜だ。

チェルシーが彼の家の玄関に現れた日だ。

ドリューは入院しているわたしの見舞いには来なかった。わたしの頭がはっきりするころには彼は容疑者に——最重要容疑者になっていた。論理的に考えて、ドリューの弁護士は彼をわたしに近づけたくなかったはずだ。それでも、彼にされたなかでも一番ひどい仕打ちだとしか思えなかった。ドリューにとってわたしは死んだも同然だったのだ。

だからといって、彼が殺人犯ということになるだろうか？

机上の論理では、広い意味で、人はみな殺人者だ。バタフライ効果というものを考えれば——つまり、あらゆる出来事はなんらかの結果をもたらすので、すべてに因果関係があるというわけだ。わたしが間違った信号で角を曲がり、うっかりほかの誰かの行く手をふさいだとする。そのせいでその人が誤った道を進み、巡り巡ってほかの誰かが死に至る。

とはいえ、人間は机上の論理よりも自分の経験を重視するので、自分の経験から世の中のことを学んでいく。だから、誰かの死に、巡り巡って自分が関わっているなどとは夢にも思わない。あくまで仮定の話なので、身近に感じられないからだ。以上を踏まえると、社会の秩序を乱す人間は、バタフライ効果ではなく自らの手で人を殺すことで、自分の人生をコントロールしようとする。殺人を身をもって経験することで、自分の人生や他人の人生を掌握したいのだ。

だからこそわたしはここにいる。今。

他人に自分の人生をコントロールさせないために。

ドリューがわたしの事件にどのように関わっているのか知る必要がある。

担当の大学教授と不適切な関係を持ったことが巡り巡って、最終的にわたしを湖の底に沈めたのだろうか？　それとも、わたしに殺意を抱いた人間が、実行に移したというだけなのだろうか？

ドリューの真実の姿を見極めるために、彼の目を見る必要がある――ここ何年も避けていたことだが――どの事件の捜査に際しても、被疑者の目を見て、殺人犯かどうか見極めてきたように。

イグニッションからキーを抜くと、車のドアを開けた。こぶしを握り、指のあいだからキーが突きでるようにして、武器代わりにする。こんなものでは身を守れないに違いない。リースは官給の銃を携帯している。だから、常に一緒に現場に出ていた。彼から自衛方法を教わっていたけれど、こうしてひとりでドリューの家に向かうのはひどく無防備に感じた。

通りを渡るとき、心臓は喉もとまでせりあがった。一歩ごとに血管が脈打つのが感じられ、耳のなかで鼓動が鳴り響いて外の音を遮断している。長い私道を歩きながら、デジャヴュの波に襲われた。

落ち着かない気持ちを抑え、家の横手へ向かった。チェルシーが先にわたしに気づいた。

彼女は最後にわたしが見たときと変わらないくらいに美しい。長い金髪が波打ち、きれいに日焼けしている。正直なところ、ふたりがまだ一緒に暮らしていることに驚いた。とはいえ、子供がいる。ドリューの女性関係がどれだけ派手でも、ふたりはどうにか離婚を避けたいはずだ。彼の家族もそれを望んでいるだろう。

わたしが誰かわかると、チェルシーは目を見開いた。「まあ、大変、ドリュー。頭のおかしい女が戻ってきたわ。急いで警察に電話して」

わたしはつまずきそうになった。キーをきつく握りしめ、こわばった手足に刺激を与えた。

「なんだって?」

ドリューがチェルシーの隣に立ち、いつものようにその場の空気を支配した。彼の存在感は圧倒的で、目の前にいるわたしは大学教授に夢中の哀れな女子大生に戻っていた。

ドリューが口を開くまでは。

「シンシア?」

悪意に満ちた声で名前を呼ばれ、怒りのあまり放心状態を脱した。「いくつか訊きたいことがあって来たの」わたしはドリューからチェルシーへと視線を移した。彼女は夫の腕にしがみつき、震えているように見える。

ドリューの驚きの表情はすぐに消えた。「今度はなんだ? 最初はFBI捜査官が来て、今度はきみだ」

それを聞いてわたしは眉根を寄せた。リースにいつそんな時間があったのか……すぐにわかった。彼はクワンティコに行った。ひとりで。違う——ここに来ていたのだ。ドリューに会うために。なぜ?

「ノーラン捜査官？」念のために確認した。

ドリューがチェルシーの前に立った。「ああ。彼はここ何年もぼくらを放っておいてくれない。あいつに言ったのと同じことを、今度はきみに言わせてもらう」こちらに近づいてくる。「ぼくにかまわないでくれ」

手から力が抜け、キーホルダーがガチャガチャ音を立てた。わたしは柔らかそうな草に視線を落とした。よく繁(しげ)っている。よく見る芝生用の草だ。何箇所か、芝生を敷き直している部分が見て取れた。

あたりを見回し、ふたりの絵に描いたように理想的な生活に欠けているものに気がついた。心の奥に引っかかる。おもちゃはどこ？　歩き始めの子供を追いかけまわしたような大混乱の痕跡は？

子供はどこ？

脇道にそれた考えを打ち消した。「ノーラン捜査官はどんな質問をしたの？」

ドリューの顔に――かなり老けている――いら立ったようなしわが刻まれた。短く刈った髪を手ですき、口調をやわらげる。「殺された女性について。被害者が若い女性で、ぼくと少しでもつながりがあると、決まってノーラン捜査官が玄関先で吠(ほ)えるんだ。うっとうしいダットン刑事よりたちが悪い」

ドリューの怒りは鞭(むち)のようにわたしを痛めつけた。「被害者を知っていたの？」

怒っている相手の思惑を見抜くのは難しい。怒りは一方的で、感情の一部分でしかないからだ。しかも、わたしは彼の知りあいだった。彼に恋をしていた。彼に簡単に操られていた。

時間が経っても、その事実が消えてなくなることはない。

もしドリューがこのまま憤りをぶつけてくるだけで手がかりを得られないとしても、彼がぼろを出すまでひたすら怒らせておくつもりだ。

真実をもらすまで。

かつてはドリューを怒らせてばかりいたのだし。

「その女性のことは知らない。それに捜査官にも言ったが、ぼくにはアリバイがある。この件はもう終わりだ」

わたしは何回かうなずいた。「あなたは事件を簡単に終わりにできるのね。去る者は日々に疎しってわけ」

ドリューが心にまとった鎧に傷をつけたようだった。「なあ、きみの身に起きたことは残念だと思っているよ、シンシア。本当に。だが、かなり時間が経っているじゃないか。きみも前に進まないと」チェルシーを見てから続ける。「ぼくたちを前に進ませてくれ」

わたしは小首をかしげた。「昨日の夜はどこにいたの?」

キャメロンが殺されたことはまだ公になっていない。ドリューからチェルシーに注意を移し、反応を観察した。チェルシーは信用ならないとばかりに頭を振った。ドリューはただ片手をあげた。

「もう充分だ」彼が言った。「きみがここに来た理由はわからないが、もう終わりだ。この件についてはすべて話した」

「あなたが最後にキャメロンに会うか、話すかしたのはいつ?」わたしは無理やり会話を続けた。彼が黙っているので、付け加える。「彼女は殺されたわ、ドリュー」

チェルシーが息をのんだ。「まあ、なんてこと。この人をここから追いだして」

ドリューは胸の前で腕を組み、地面に視線を落とした。「くそっ」息を吐く。動揺している妻に右腕にしがみつかれ、わたしを地所から追いだすよう迫られている。

やがて彼は言った。

「なあ、きみは妻を怯えさせている。帰ってくれ」

「あなたはキャメロンと寝ていた」

　衝撃的な事実を突きつけられ、チェルシーのはかなげな態度が一変した。「まあ、ドリュー。彼女も妊娠させたの？」

「なんだって？」ドリューが妻のほうを向いた。「違う！　こんなのは大嘘だ」

　話はまだ終わっていない。「あなたたちの子供はどこ？」

　途方もなくばかげた質問をされたとばかりに、チェルシーがわたしを見た。不安のあまり体のなかに、肋骨（ろっこつ）の下に深く穴が開いた気がした。この質問はきっかけにすぎない。ドミノの最初の牌（ぱい）を倒したところだ。わたしの人生をめちゃくちゃにした犯人の手がかりを教えてほしいと言っているだけなのに、そんなにどうかしているように聞こえるだろうか？

　わたしが眉をあげてみせると、チェルシーの虚勢が崩れた。

　彼女はわたしを恐れている。この女性がこれほど怯えるなんて、わたしはいったい何をしたのだろう？

「子供はどこ？」わたしは言い募った。

わたしの白いノースリーブのブラウスが汗で背中に張りついている。スーツのジャケットを車に置いてきてよかった。空気中の湿気が増し、雨の気配がする。熱波に見舞われると、わたしは意識を失うだろう。

ドリューが前に進みでたが、結局答えたのはチェルシーだった。「あなたは子供を失ったのよ。覚えてる？」

いいえ……いいえ、わたしは覚えていない。この金色に輝く髪の女は、いったい何を言っているのだろう？「いったいなんの話？　わたしはあなたとドリューの子供のことを言っているのよ。わたしが彼と別れた原因でしょう？　あの日の喧嘩の原因でしょう？　わたしが殺人犯に出くわす原因でしょう？」

わかっている。子供がすべての原因ではないことを、数年かけて受け入れようとしてきたのに、まったく矛盾することを言っている。わたしが死にかけた責任をドリューに問えないのと同じく、チェルシーにも問えないのだ。

それとも、できるのだろうか？

怒りの波が押し寄せてきて、いきなり血がわき立った。

「答えて！」

だった。「きみは混乱しているみたいだ、シンシア」

ドリューの顔が同情に満ちたものになったが、わたしはいっそう腹が立っただけだった。「きみは混乱しているみたいだ、シンシア」

今度はチェルシーが言った。「あの日、ドリューの家に来たのはあなたのほうよ。それで、彼の子供を妊娠したと言った。あなたは動揺していた。だから大喧嘩になったわ」

世界が間違った方向に回転している。

ドリューが言った。「きみは赤ん坊を失った」チェルシーと同じことを繰り返す。

「残念だよ、シンシア」

言葉の攻撃を止めようとするかのように、わたしは片手を前に出した。キーホルダーがガチャガチャいう音が耳にうるさい。騒音が頭のなかに鳴り響き、圧迫感が強まり……。

わたしはめまいを抑えようと目を閉じた。あの日の記憶が、恐ろしいほどの鮮明さでよみがえった。私道。マホガニーの扉。わたしが履いていたGUESSのウェッジソールのサンダル。

違う――わたしのじゃない。わたしはそういう靴は履かない。チェルシーの靴だ。

鏡が裏返されたかのように記憶が反転する。

わたしが私道を歩き、ドアベルを鳴らした。チェルシーが玄関に出てきた。ドリューがわたしのあとをつけてアパートメントまで来た。警官が呼ばれた。

赤ん坊。

わたしの赤ん坊。

まだ妊娠数週間だった。

その日の朝、わかったばかりだった。

きみは赤ん坊を失った。

わたしは赤ん坊を失ったのではない。奪われたのだ。

自分の腹部へ手を伸ばした。そこには傷跡がある。「ああ、なんてこと……」

「ドリュー、この人、頭がどうかしてるわ。誰か呼んで」

チェルシーの声が鼓膜に響く。そう、わたしはどうかしている。頭が変だ。もう少しで、現実との接点を失いそうだ。視界がぼやけ、どんどん暗くなっていく。

ここを離れなければ。

安全を確保しなければ。

歩いている意識がないまま、足が勝手に車へと向かっていた。時間が飛んでいる。浅ましい真実が頭のなかでぐるぐる回っている。よどんだ汚水が出口を、逃げ道を探しているかのように。

運転席に腰を落ち着けると、不安定な呼吸を整え、手首の輪ゴムを弾いて心を落ち着かせようとした。痛みを感じる。目にあふれた涙をまばたきで押し戻した。それから車のエンジンをかけた。

ドリューとチェルシーが、車で走り去るわたしを見つめていた。わたしは最後にルームミラーでふたりの姿をちらっと見てから、前方の道路に意識を集中した。

雨の最初のひとしずくがフロントガラスに当たる。

ついに雨が降りだした。

26

豪雨

レイキン：現在

シルバー・レイク記念病院はドリューの家から四十五分のところにあった。セダンのカーナビに道案内をしてもらう必要はなかったが、とりあえずルートを入力した。方向を指示する機械的な声を耳にして、なぜか安心感を覚えた。物思いにふけらなくてすむ。

冷静さを取り戻せそうになるたび、記憶がよみがえった。ドリューの声が講堂に反響している。偽りの記憶についての授業だ。

こういう現象はたいていの人が思うよりも頻繁に起こる。特にトラウマを抱えた患者には。わたしは教科書に載っている定義の一言一句を暗唱できる。今は現実の世界にいるとわかっているが……自分の身に実際に起きたことも、偽りの記憶も受け入れられずにもがいていた。

検証するための証拠が必要だ。

病院はカルテをそのまま警察に提出するはず。秘密保持のために改ざんなど決してしない。

それが唯一、わたしの納得できる説明だ。

両親に厄介な電話をかける前に証拠が欲しい。優秀な刑事が逮捕状を請求する前に証拠を必要とするように、わたしは一連の証拠を用意しておかなければならない。そして、最重要容疑者を間違いなく逮捕させるのだ。

病院の入り口に立つと、激しい雨のせいで服がずぶ濡れになった。ジャケットのポケットで携帯電話が振動したので、顔から雨水をぬぐいながら取りだした。

黒い画面にリースの名前が光っている。

心臓のあたりにうつろな痛みを感じた。留守番電話に切り替わるままにして、ガラス戸を抜けた。

受付係が面会のために医師を呼びだすあいだに、わたしはびしょ濡れの外見に見あうくらい打ちひしがれた心境に陥っていた。最近はなかったことだ。ローレンス医師が近づいてきたときには、体が震えていた。

「わたしを覚えてますか？」

白髪まじりの濃い茶色の髪、日に焼けた肌は年齢の割にはしわがない。彼は記憶にあるままだった。この部分の記憶は改ざんされていないらしい。

医師が首をかしげ、わたしを観察した。「もちろん、ミズ・マークス。何か用かな？」

わたしは痛みをのみ込んだ。「なぜわたしのカルテに襲撃のことが載っていないんですか？　載せないように頼んだのは誰ですか？」

わたしはこのテクニックをリースから学んだ。責任転嫁できる機会を与えてやると、たいていの人は進んで真実を話してくれる。単刀直入な質問をぶつけたあと、責任を逃れる方法を示してやるのだ。

だがこのテクニックはローレンスには通用しなかった。彼は知的な目を困惑したように細めている。「悪いが、何を言っているのか――」

「わたしは襲われたときに妊娠していました」医師の言葉をさえぎった。「意識がはっきりしたときには、妊娠していなかった。自分のカルテに何度も目を通しています。妊娠に関する記述はありませんでした」わたしの頭はおかしくないと言って。

「それで、妊娠していたのか、いなかったのか。どっちです?」

ローレンスのため息がふたりのあいだに落ちた。「ミズ・マークス、わたしは医師だ。人を故意に傷つけたりしないと誓っている。ただ、傷つけるという言葉の定義は人によっても違うのだと、肝に銘じておかなければならない」手を振って椅子が並ぶあたりへわたしを案内した。

病院のスタッフに話を聞かれないところまで来ると、医師は言葉を続けた。「あなたのご両親が精神科医に相談した結果、精神状態から言って、妊娠のことをすぐには説明しないほうが、あなたのためだろうと考えた」

妊娠……。恐怖がいや増して、一瞬、肺に空気を取り込めなくなった。

「治療の初期段階で、あなたが赤ん坊のことを覚えていないのではないかと思った。だが――」ローレンスが語調を強めた。「リハビリのあいだに思いだすと助言された。だから、そう、あなたの精神状態と体の回復具合を考慮したほかの医師の提案に従った。とはいえ、あなたのカルテに手を加えたのも、ご両親に妊娠のことを黙っているよう提案したのも、わたしじゃない」

わたしは頭を振った。「それなら、ダットン刑事はどうなんですか？　彼は捜査のために真実を知る必要があるでしょう？」

ローレンスの親切そうな目が暗くなった。「あなたはわたしの患者だったから、われわれ医師が事前に話しあって、必要と思われることだけを事件の担当者に伝えた」なんてこと。医師は警察ではない。つまり、わたしの妊娠が犯人の犯行の動機につながるとは考えない。妊娠していたと知らなかったのだから、わたしがその事実を刑事に伝えられるはずもない。

お役所的な手続きを踏んだがゆえに、事件を迷宮入りさせてしまった。

ローレンスがわたしの肩に手を置いた。「必要なら、もとのカルテをメールで送ってあげよう。受付のジュリアに請求用紙をもらって記入するといい」

両親が捜査の邪魔をしていた。ダットンに妊娠の事実を黙っていたせいで、意図的ではないにしろ、犯人の動機をわからなくしてしまったのだ。

両親に文句を言ってやりたいのはやまやまだが、シルバー・レイク記念病院を出たあと、説明を聞きたい相手はひとりだけだった。

ホテルの駐車場にエンジンを切らないままレンタカーを止めた。暖房装置がぬるい風を吹きだして窓を曇らせる。フロントガラスに雨が打ちつけていた。外はどんよりとした灰色で、黒い雲が空一面を覆っているせいで、実際の時刻より遅いような気がした。午後七時二十四分。

車という安全地帯から離れるのが怖かった。多くのことが明らかになった……本当に今日一日で起こったことなのだろうか？

またも時間にだまされている気がした。

リースは三回、電話をしてきていた。三回とも、メッセージを残していた。まだ聞いていない。耳になじんだ信頼できる彼の声を聞いたら、心がくじけてしまいそうで怖かった。病院から車で戻ってくるあいだのどこかで、彼への怒りは——ひどくもっともな怒りは——まるで嵐に勢いをそがれたかのように消え失せていた。

今はずぶ濡れで、寒くて、空腹で、とにかく……疲れきっている。

ホテルのベッドのシーツの下に潜り込んで丸くなり、このみじめな世界を丸ごと消し去りたかった——だが部屋に戻れば、リースと顔を合わせることになる。

今はまだ、そこまで気持ちを強く持てない。

わたしはエンジンを切るとシートを倒し、車のなかでこのまま寝ることにした。結局は、頭のなかで自分の事件のあれこれが、外で暴れている嵐のように渦を巻いて眠れなかった。

これこそ、今はまだ直面したくなかった現実だ。この先も持つことができない子供を失っていた事実に、折りあいをつけられずにいる。犯人は赤ん坊だけでなく、わたしがこの先母親になるチャンスまで奪ったのだ。

この瞬間に味わうには、あまりにつらい痛みだ。

息が止まりそうで怖い。

だから心の奥から怒りを引っ張りだし、恨みにしがみつき、断固として痛みを無視した。自分をコントロールしたいなら、怒りを抑えるのが一番たやすい。わたしは殺人事件の情報を書き込んだホワイトボードのことを考えた。関係者の名前から事件とのつながりを示す黒い線が伸び、ときに紙で覆っていたホワイトボードのことを。

重大な秘密がずっと露呈しないわけはないと思いたい――けれど、それが真実ではないことはわかっている。もっとも後ろめたく、もっとも破滅的な秘密は、たとえそれがゆっくりと自分をむしばんでいくとしても、守り続けざるを得ないものだ。

それなら、すべてを知っているのは誰？　こんな秘密を守れるのは誰？　両親。医師は患者の秘密を守らなければならないと、わたしの主治医を説得した。ドリュー。妊娠のことなどひと言も口にしなかった。当然だ。相手が妊娠の事実を忘れているのだから、彼からあえて掘り返さないほうが身のためだと、弁護士が指導したはずだ。チェルシー。将来の夫を守るため、あらゆる妊娠のうわさを平然と否定した。後始末をしなければならないスキャンダルは少ないほうがいい。

キャメロン。わたしが妊娠していたと知っていたのだろうか？

記憶の貯蔵庫を探る。襲われたときの前後の記憶はまだぼんやりしているし、戻ってきた記憶はどれも信用ならない。

もしキャメロンが知っていたなら、秘密を墓場まで持っていったのだ。わたしが彼女の家であの日の病院での出来事について話してほしいと頼んだとき、緊張しているように見えたのは、そのせいかもしれない。

罪悪感が心の奥深くに響き渡った。キャメロンがもっと前に打ち明けてくれていたら、彼女を守れたかもしれない。まだ生きていたかもしれない。

今となってはキャメロンに尋ねることはできない。

けれども疑問はまだ残っている。リースは知っているのだろうか？

両親も、医師も、事件の容疑者だった人たちも、リーズバーグ警察からは秘密を守り通した——だがFBI相手では隠しておけるはずがないと気づいたのだ。

わたしは観念してため息をつき、目を開けて携帯電話を引っ張りだすと、暗い画面を見つめた。リースの目を見て質問したほうがいいが、ひるんでしまいそうで怖かった——理性的な言い訳で自己弁護をされたら……あるいはなんの言い訳もされなかったら。どちらのほうが傷つくかわからなかった。

通話履歴を呼びだして彼の名前をタップしたところで、窓を叩く音がした。曇ったガラスの向こうにリースが立っている。「ヘイル、まったく。どこに行っていたんだ？」

心臓が跳ね、わたしは電話を取り落とした。

わたしは携帯電話を握った。裏切られたと思って感じていた激しい痛みは、今や恐怖に変わっていたので、ドアを押し開けた。彼が素早く後ろにさがった。

大粒の雨がまっすぐに降りしきっている。リースのシャツは濡れ、濃い色になった髪は張りついていた。彼はわたしのパートナーであり、わたしの友人。彼は美しい……あの襲撃のあとに信じてもいいと思えたただひとりの人だ。気づかいにあふれる濃灰色の目を見て、わたしは苦しくなった。

リースは人の心を読むことに長けている。今はわたしの心を読んでいる。「ドリューのところに行ったんだな」

わたしは黙っていた。こちらの質問に答えてほしい。「わたしが妊娠していたことを知っていたんでしょう」もはや質問ではない。彼が真実を認めるのを聞く必要があるだけだ。

リースの唇が引き結ばれた。雨水が顔の上を小川のごとく流れている。「ああ」

「ずっと……」言葉に詰まった。喉が焼けるように痛い。「ドリューにはわたしを殺す動機がないと信じ込ませようとしていたのね。でも彼から目を離すことはなかった、そうよね？　彼はあなたにとって常に最重要容疑者だった」

リースがゆっくりとうなずいた。「ああ」再び言う。「あいつから目を離さなかった」

簡潔で率直な答えを聞いて、わたしは怒りを募らせた。「どうしてわたしに隠しておくなんてことができたの？」

リースが大きく息をのみ、喉がごくりと動いた。「最初にここへ来たとき、きみの精神科医と話をした。医者は、心がきみを守るために記憶喪失を引き起こしたと考えていた」

記憶を喪失したのではない――偽の記憶とすり替わったのだ。わたしは単に妊娠したことを忘れていたのではない。まったく別の記憶を作りあげ、チェルシーと立場を入れ替えた。ひどい仕打ちだ。

「きみに話しても捜査を進展させることはないという点では、ぼくも医者と同じ意見だった」リースが続ける。「きみを傷つけるだけだし、深刻な精神障害に陥ってしまう恐れもあった。黙っていたところで、なんの問題もないだろうと思った」

息をするたびに、胸を鋭いもので引っかかれている気がした。「あらゆる問題があったわ」

リースが濡れた髪を撫でつけた。「話そうとはしたんだ、レイキン。本当だ。何度も。だがぼくには……できなかった」

わたしは雨のなかでまばたきをして、記憶がよみがえるにまかせた。たしかにリースはわたしを〈ドック・ハウス〉へ連れていき、襲われたときのことを思いださせようとした。だが、あれにはそれ以上の意味があった。わたしに妊娠のことを思いだしてほしかったのだ。あの夜、彼の目のなかに見えた悲しみは、そのせいだったのだ。彼がわたしにキスをしてなぐさめた理由もそれだ。

罪悪感。

「わたしに対してあまりに重大な秘密を抱えているせいで、あなたは罪悪感を覚えていた。それを感じなくてすむように、殺人事件を再現しようとしたんでしょう」気づいたことをそのまま話した。「一緒に働く日々のなかで、わたしの目を見つめる日々のなかで……あなたは気づいたはずよ、リース、わたしの一部分を取りあげていたことにね」

彼は燃えるような目をして近づいてきた。「きみがぼくに手紙を隠していたようにか？」

侮辱の言葉が深く突き刺さった。「違う。違うわ——わたしの話をしてるんじゃないの。あなたはわたしが嘘を信じるように仕向けたのよ！」

リースがさらに近づいてきた。「ぼくは間違っていた。そうだろう？　それは認める。湖に行った夜に言うべきだった。きみが苦しむ姿を見る勇気がなかったせいで、間違ったことをしてしまった。身勝手だったよ。だが、お互いさまだろう。きみだって手紙を隠していた。あれが事件の重要な手がかりになるかもしれないと思ったことはなかったか？」

わたしは頭を振り、彼に背を向けた。「すんだことよ、リース」

彼がわたしを引き留めた。腕をつかんで、向かいあわせる。「まぼろしの相手から来た手紙だと思ったんだな」

責め立てる口調に、わたしは傷ついた。リースを見あげることしかできない。ショックを受けた。傷ついた。「その話はしないで」腕を振りほどこうとしたが、しっかりつかまれている。「信じられないわ。わたしが見たのはただの幻覚じゃないことを、あなたは決して認めようとしない。それなのに、今さらそのことを持ちだして、わたしを傷つけようとするの？」

「あの最初の手紙だが……」低い声で話すリースの手の力がゆるんだ。「そう、あれは犯人からだった可能性がある。ただし別の観点から見れば、目撃者という可能性もある。きみを待ち構えていたのが誰なのかはわかっている。きみが助けてもらったと信じている男だ、レイキン。きみは彼のことを書いた。彼のことを考えた。夢にも見た。現実なのか仮想なのかは、きみにとって関係ない。きみは自分だけの世界に完全に閉じこもった。たったひとりの男――きみが思い描くヒーロー――さえいてくれれば充分だった」

「何それ？　嫉妬？」どうして言い争いがこんなに脱線してしまったのだろう？「物事をねじ曲げるのはやめて。あなたはわたしに嘘をついていた。それなのに、こんなひどいことまでよく言えるわね？　わたしを裁いてるつもり？　わたしが何に苦しんでいたかわかってるのに？　奪われたものを知った以上……」

今日、二度目だ。激しい苦痛の涙が目を刺し、わたしはののしりの言葉をもらした。ここ何年も、どんなにつらくても、涙は一滴もこぼさなかったのに。今、雨のなかでダムが決壊した。

リースは雨越しに、わたしの心の奥まで見透かしている。わたしの頬に触れ、親指で涙の跡をぬぐった。

「きみを裁いているんじゃない。自分を裁いているんだ」もう一方の手でわたしの顔を包み、自分のほうへ引き寄せた。わたしには逃げ場がない。「ぼくはこの事件を終わらせてはいない。ぼくにとっては迷宮入りなどしていない。いまだに捜査中だ。ずっと捜査を続けてきた。まぼろしの男に嫉妬しているというのは正しい。自分こそがきみを救いだすただひとりの人間になりたいから」

わたしの鼓動が速くなった。「リース……」

嵐がやってくる。わたしたちはその激しさのただなかにいる。視線が絡みあった。お互い、ふたりのあいだの熱を帯びた空気をあえて無視して、相手が思いきって行動を起こしてくれるのを待っている。雨は叩きつけるように降りしきっていた。わたしの心に響き渡る鼓動と同じくらい激しく。鼓動するたび胸いっぱいに雷鳴と稲光が広がり、血がわき立つ。リースに口づけをされた瞬間、わたしは感情の波にさらわれ、抵抗できずに彼のものになった。

27

衝突

レイキン：現在

リースがしたのはキスではなかった。彼はわたしを奪い尽くした。行く手にある障害をすべてなぎ払った。

ふたりのまわりの空気が、肺のなかの酸素が、わたしたちを作っている原子が、あらゆる分子がキスのなかに含まれていた。わたしは激流へとふたりを引きずり込む波になった。リースに両手でしっかりとしがみつき、抱きしめられたまま離れるまいとする。

リースの唇がわたしの唇を探った。ふたりのあいだで長いこと口にできなかった疑問に対して、彼が必死で答えを探りだそうとしているかのようだ。

わたしの太腿が車にぶつかった。リースはわたしを持ちあげて引き寄せ、もっと近づけるようにボンネットに座らせた。わたしは彼の濡れたシャツを引っ張り、襟もとを握って顔をそばに寄せた。

リースがいきなり後ろにさがってキスをやめた。「やめないで」わたしはほかの言葉は思いつかなかった。やめるなんてだめだ。わたしたちの理性が情熱を制してしまうのが怖かった。

リースがわたしと額を合わせ、大きく息をついた。「きみを傷つけるつもりはない」その声に苦悶(くもん)を聞き取り、わたしは彼を信じた。それでも……。

リースが欲しいという欲望と、彼を知りたいという欲求に抵抗する。「じゃあ、なぜやめるの?」

「自分を信用していないからだ」リースが言った。わたしは腫れた唇を嚙みしめた。わたしが口に出さなかった問いに、彼は答えた。「永遠にきみに真実を隠しておくなんてできない。それはわかっていた。だがぼくは真実を知ったとたん、犯人がアンドリュー・アボットである証拠を見つけなければという強迫観念に駆られた。だから自分からはきみに打ち明けられなかった——ぼくと同じ焦燥感を、きみに味わわせたくなかったんだ」

未解決事件を解決できず、犯人を見つけられないことよりも最悪の事態とは？　殺人犯を見つけたのに、本人が自由に歩き回っているのを見ることだ。

そのことをリースもわたしもわかっている。ＦＢＩ捜査官であり、パートナーであり、友人である彼の保護本能は、わたしがウサギの暗い巣穴に落ちないよう守りたかったのだと理解していた。でも……。「わたしはあなたが思うより強いのよ、リース」

彼がわたしの顔を包み込んだ。雨が霧雨に変わっている。「きみが強いことはわかっている。きみが弱いと思ったから、間違いを犯してしまったわけではないんだ、レイキン。ぼくが弱いからだ。きみはぼくの弱点だ。きみが苦しみにさいなまれる姿を目にしたとしたら、仕事上のパートナーという関係を超えて、きみをなぐさめようとするだろう」

リースは本心を言葉にした。仕事上のパートナーという関係はとっくに破綻していると、ふたりとも身をもって証明した――これはどういうことだろう？　彼が怪我によるむなしさを埋めようとしているだけ？　それとも彼が言ったとおり、わたしが衝撃的な真実を知ってしまったせい？　だから、わたしを好きにならずにはいられないのだろうか？

一線を越えたら、明日はどんな気分になるだろう？

不安のせいで動悸が激しい。「それはいわゆる弁護士的な考え方なの？」珍しいことに、口もとを引きつらせて笑みを浮かべた。

リースと一緒にいるときは、あふれる感情への対処方法がわかっているふりをしなくてすむ。感情の波にのみ込まれても、自分なりの方法で落ち着きを取り戻せばいい。彼は黙って見守ってくれる。いつもありのままのわたしを受け入れてくれる。

リースの答えは、官能的な深いキスだった。わたしの息を奪い、一瞬とはいえ、過去の残酷な真実を忘れさせてくれた。ここが駐車場だということも忘れた。雨もキスの妨げにはならなかった。わたしたちはふたりだけの世界にいた。世の中とは隔離されている。

キスでその気になると、ホテルのリースの部屋に入り、互いの濡れた服を脱がした。早く抱きあいたい、肌を密着させたいとあせっていた。わたしは流れに身をまかせた。ほとばしる感情が警戒心を打ち砕いていく。リースに触れられた部分が焼けつくようで、心に巣くう恐怖が消えていった。

今やリースは、わたしがすがりつきたいと願い求める光だった。

濡れそぼった服が床に水たまりを作る。わたしは一糸まとわぬ無防備な姿でリースの前に立った。浴室の常夜灯の薄明かりが、傷跡をすべて照らしだす。目を閉じたい、ここから消えてなくなりたいと思い、体じゅうに痛みを覚えた。胸に走る傷跡は疑いの残り火のように赤くなっている。

それでも、目を開けていた。震えだしていたけれど。リースのほうに視線をさまよわせた。彼の体にも、わたしと同じように傷跡がある。捜査中に負傷し、脚に後遺症が残ったのだ。太腿に白い傷跡が走っている。治療のために何度も手術を受けていた。

リースがわたしのうなじをつかみ、ふたりの距離を縮めた。がさつく手のひらがわたしの首筋をなぞる。そこから肩へと愛撫され、鳥肌が立った。彼の手はさらに腕をたどり……いつも手首にはめている輪ゴムのところで止まった。

リースが細い輪ゴムの下に指を入れ、それを外した。「今夜はぼくが一緒だ、これは必要ない」彼はしゃがんで膝立ちになると、両手でわたしのヒップを包んだ。

わたしは息を吐こうとしたが、詰まってうまくいかなかった。腹部、胸、傷跡にそっとキスをされながら、両手を彼の肩にのせた。未解決事件を捜査するうちに記憶したすべての傷ひとつひとつに、心を込めて、愛おしげに唇をつけてくれた。お互いの体を、痛みを受け入れる——これがわたしたちが愛を交わすただひとつの方法だった。

リースが床に座ると、わたしは彼の前に座って腰に脚を巻きつけた。ふたりの流れるような動きは、見ている人を魅了するダンスのようで、とても美しかった。わたしたちはホテルの床で愛しあった。ベッドにあがり、悪趣味な花柄の上掛けの上でセックスした。わたしが奪われたものについて、自分で暴いたあらゆる裏切りについてぼんやり考えてしまっても、苦しみの気配がふたりの夜を台無しにすることをリースは許さなかった。わたしたちはまた愛しあった。そしてもう一度。考えごとなどできないほど疲れ果てるまで。

わたしたちは気だるく手足を絡ませたままベッドに横になった。何時なのかわからなかったし、知りたいとも思わなかった。

事件について明らかになったことを話しあった。わたしたちはいまだにパートナーだ。いたって自然なことだった。そういう意味では、何も変わっていない。わたしは今までどおり、リースに対して心を開いていた。彼の親指で手のひらをなぞられているあいだも。

「トーランスの居場所はわかったの？」わたしは尋ねた。

リースが隣で身じろぎした。「いいや。マイクはぼくを遠ざけようとしている気がした」大きく息を吐く。「きみのことや、きみの妊娠について知っていたかどうかをトーランスに尋ねたかったんだが。キャメロンと一緒にいたと警察に嘘をついた理由を吐かせるつもりだ」

質問の内容を聞かれたくなかったから、リースは事情聴取にわたしを同席させなかったのだ。そう悟ったのは、一連の事件に対するリースの考え方を理解しようとしていたときだった。彼はわたしのために妊娠の事実を隠し、ドリューを追及し続けてくれた。「でも、あなたはまだドリューを疑っている」

リースが安心させるようにわたしの手を握った。「キャメロンがきみに打ち明けたことを、トーランスは裏づけることができる。そうすると、ドリューのアリバイに新たな疑問が生じる。きみが襲われた時間に、ドリューはキャメロンと一緒にいたんだろうか？」枕にのせた頭を振る。「キャメロンに尋問できればよかったんだが」

「そうできない理由ははっきりしているわね」わたしのなかにいやな予感が根を張り

つつあった。「誰かがわたしを尾行して彼女のもとへ行った。その人物が両方の事件を葬りたがっている」

リースが向きを変えてわたしを見た。「きみがドリューとやりあっているとき、チェルシーの反応はどうだった?」

その記憶を消せたらよかったのに。「わたしのことを怖がっていたわ」いや、**演技だろうか?**

キャメロンはあの夜、〈ドック・ハウス〉をあとにしてからドリューと一緒だったと言った。つまり、チェルシーにはアリバイがないということだ。ドリューは自分のアリバイのために、キャメロンとの関係を隠すために、チェルシーを利用した。でも、ひそかに全員が共謀していたとしたら……襲撃のときにチェルシーはどこにいたのだろう?

わたしはベッドの上で体を起こした。**あのメモ。**

いろいろなことがありすぎて、一番新しいメモのことを忘れていた。ベッドからおりると、パンツのポケットを探った。濡れたせいで、畳んだ紙がくっついている。

「やっちゃった」

「どうしたんだ?」リースが油断のない声で尋ねた。

わたしは自分がメモをどこに入れていたかと、何が書いてあったかを話した。どうにかならないものかと、メモを乾かすためにテーブルに広げた。「これを書いた人物は、わたしたちが会うときが来たと思っているみたい」

「会うのはまずいだろう、レイキン。相手の思うつぼだ」

わたしはうなずいた。「わかってるわ。正直、わたしを怖がらせて事件から手を引かせようとしてるんだと思っていたの」それなら、なぜあのタイミング? 〈ティキ・ハイヴ〉までつけてきたのは誰? 「チェルシーならメモを置いて、わたしが彼女の家へ行くまでに急いで戻るのに充分な時間があったわ」もっともらしく思えるが……。「これは殺人犯からのメモなのかしら?」

リースが乱れた髪を撫でつけた。「性差別をするつもりはないが、チェルシーが犯人である可能性は低いと思う。女性の殺人者がこれほど残虐な復讐を行う事例は、かなりまれだ。母親と、まだ生まれていない赤ん坊の両方を殺す……かなり異常だ」

異常であろうとなかろうと、チェルシーには動機がある。彼女はわたしをドリューの人生からどうしても追い払いたかったに違いない。

「だが、最初の手紙をよこしたのがチェルシーなら、理屈は通る。きみと赤ん坊を排除しようとして失敗し、今度は脅して追い払おうとした」

わたしはベッドにあがってリースの隣に横になった。彼の裸の胸に手をのせる。

「彼女をしっかり見張りましょう。明日から」

リースがわたしの頭のてっぺんにキスをした。とても自然なことに思える。以前と違って、一緒にいるとくつろいだ気分になれる。ふたりで築きあげたものを失う恐れなどまったくないかのように。

「最後にひとつだけ。ぼくの残したメッセージをひとつでも聞いたか?」返事を聞く前に答えがわかったようだった。「そうか。責めたりしないよ。ヴェイル刑事がきみのDNA採取の令状を請求した。犯罪現場および被害者から見つかった証拠と比較するためだ。被害者とは、つまりキャメロンだ」

それは理にかなっている。わたしはキャメロンの家にいた。殺人犯以外では、生きている彼女を見た最後の人間かもしれないのだから。

「心配することは何もない」リースが言いきった。「これできみは容疑者から外れるはずだ」

「あなたはまだ、わたしの弁護士気取りなの？」

「きみがぼくを必要としてくれるなら」

リースは担当弁護士以上の存在になるつもりだと言いたいのだろう。「その件についても、明日話しあいましょう」

「わかった」

ベッドカバーの下に横たわり、エアコンが低くうなる音を聞いていると、気持ちが落ち着いてきた。リースの体温を隣に感じるおかげで安心できた。

それでも、潜在意識が聞いてほしいとせがんでいた。目を閉じようとすると、心がかき乱された。だから一度くらい、自分の思いをさらけだした。横になったままリースの腕に引き寄せられ、わたしは最初の手紙のせいで恥ずかしくなって逃げだし、二度と手紙の話をしなかった理由を打ち明けた。

手紙の送り主がわたしを殺そうとした犯人かもしれないとなぜ思ったのか。事件当時、わたしは誹謗（ひぼう）中傷されていた——大学の担当教授と寝ている尻軽な女子学生と。マスコミに追い回されていた。

わたしは最低の人間だった。

だから、まぼろしの男性が実在すると信じたかった——脅迫めいた手紙を送ってわたしがフロリダを離れるよう仕向け、スキャンダルから救ってくれたのだと思いたかった。わたしを湖から救いだしてくれたように。ばかげた考えだし、自分はなんて子供っぽくて世間知らずなのだろうと思ったけれど、信じる必要があったのだ……何かを。そうしなければ、わたしは自分の人生から逃げだした怯えてばかりの被害者だっただろう。

ひと晩じゅう、お互いの秘密を小声で打ち明けあった。リースはわたしと出会う前に担当した事件の話をした。捜査官が証拠を捏造（ねつぞう）したのではと疑い、その結果、現場で銃弾を受けるはめになったという。わたしたちはともに、かつて愛と信頼を捧げた相手に対する恐怖と忠誠心から、誰かに打ち明けることをためらっていたのだ。

何かを隠し続けていると、その秘密は頭から離れなくなる。えたいが知れないから、幽霊を怖がるのと同じだ。明るいところで見てみれば、実は幽霊でもなんでもないかもしれない。

28

レイキン：現在

午前三時は魔の時間と言われる。悪霊や幽霊がもっとも勢いを増す時間と。二百年ほど前には、この時間の祈りが足りないのが原因だと教会は説いていた。

そうかもしれない。わたしは目が覚めて身じろぎしたが、祈ろうとはまったく思わなかった。筋肉を酷使したせいで体が痛い――体を重ねるのも善し悪しだ。とはいえ、祈るべきなのかもしれない。雲の彼方へ祈りを届け、答えを求めるのだ。

襲われたときの記憶を取り戻すためにまだやっていないのは、祈ることくらいだ。

神経が高ぶっていて寝直す気になれず、リースを起こさないようにゆっくりとベッドから出た。

窓のそばのテーブルの上で何かが光っている。わたしの携帯電話だ。マナーモードにしておいたのだが、明るいライトのおかげで着信に気づいた。近づいて、バッグのなかのキーホルダーを取りだした。

そのキーリングからぶらさがるUSBメモリには、わたしの人生の偽物の物語が入っている。ここに書き綴ってきた記憶は本物ではない。少なくとも、すべてが本当ではない。今わかっている以外にどこが偽物なのだろうと思わずにはいられなかった。最終的に自分が襲われる場面になる夢を繰り返し見てきた。それは警告、もしくは予兆ではないかと思っている。実際のところ、夢のなかの出来事が現実に起こることはまずない。記憶が抑圧されると、心のなかの別の場所に移動し、認識のされ方が変わる場合がある。

だから襲撃の記憶は、そもそも夢などではなかった可能性が高い。トラウマを抱えて以来、わたしの心は記憶を作り直し、襲撃を夢のなかの一連の出来事のように組み込んでしまった。自分が死ぬ寸前の瞬間を受け入れられるように脳が再編集したので、もともとおぼろげだったあの夜の記憶はゆがめられてしまった。そのせいで事件のことを思いだそうとすると、襲われたことが夢だったような錯覚に陥るのだ。

わたしはリースに借りたシャツの下にある腹部の傷跡をなぞった。

すべてを書き記すべきなのだろう。今。よみがえった記憶が生々しいうちに。夢と比べ、どちらが真実でどちらが偽物なのか判断できる。

テーブルの上のメモ帳とペンを手に取り、カーテンを脇によけた。月光がテーブルに置かれた携帯電話を照らしだす。すっかり目が覚めたわたしは、電話を持ちあげて画面を明るくした。

テキストメッセージが入っている。ここにいる。そろそろ会おう。ひとりでおりてきて。

わたしはテキストメッセージを見つめた。心臓が激しく打つ。リースを見やり、携帯電話の画面に視線を戻した。知らない番号からだ。当然だろう。プリペイド式の携帯電話を使っているに違いない。

わたしはカーテンを開けて窓の外をのぞいた。雨はやんでおり、外は不気味なまでに静かだ。やがて、何か動くものが目に入った。

駐車場を横切る影。

カーテンをさらに大きく開けた。胃のなかで恐怖が渦を巻いている。眼下の人影はレンタカーのセダンのそばで立ち止まり、顔をあげた。相手がまっすぐわたしを見ているように思え、恐怖のあまり背筋が震えた。見えるはずがない……。それでも、わたしは後ろにさがった。

会ってほしい。

まるで耳もとでささやかれたかのように、昨日受け取ったメモに書かれていた言葉が鮮明によみがえった。

魔の時間にひとりでこの人物と会うなんて、間違いなく愚か者のすることだ。それはわかっているけれど、駐車場に走っていって、その人物をつかまえたい衝動が体じゅうにみなぎっている。

陰のなかにいるのは誰？　わたしが現れるのを待っているのは誰？

冷静に考えれば、リースと一緒に行くべきだ。不安が増してくる。これが殺人犯と対面する唯一の機会だとしたら？　キャメロンを殺した犯人と？　誰かが傷つけられる前にこの手で負の連鎖を終わらせられるとしたら？

そう、わたしがやりたいのはそれだ——だが、わたしは聖人ではない。

その言葉を小声でささやくと、魂が空気になったかのように軽くなった。「復讐」正義のためではない。けりをつけるためでもない。

報復だ。

今、自分が奪われたものを思い、やるせないむなしさに改めて襲われた……相手は正義の裁きを受けていない。

わたしこそが発端だ。わたしから始まった——わたしで終わらせなければ。

テキストメッセージの画面を閉じるころには、心は決まっていた。ジーンズをはき、リースから借りたシャツの裾をたくし込んだ。彼の香りに包まれて心が落ち着き、力をもらった気分になる。彼の心に寄り添っていたかった。たとえあとに残していかなければならないとしても。

ナイトテーブルに置かれたリースの銃に目をやった。

銃を撃ったことは一度もない。犯人に銃を奪われてこちらに向けられかねない気がしたので、武器を持っていくのはやめ、彼のベルトから金属製の手錠を借りた。

ベッドで眠っているリースの姿を最後にもう一度見ると、静かに部屋を出た。

まだ暗い時間だというのにホテルの外は蒸し暑かった。暑苦しさに喉が詰まりそうになりながら、駐車場を急ぎ足で歩いた。車のあいだを縫って、目当てのセダンに向かった。もしさっきの人影がまだそこにいるなら、わたしを見つめて待っているなら、こちらが気づいていることを相手に悟られたくなかった。

わたしは車のリモートキーを操作した。セダンのライトが二度、点滅する。携帯電話を確認するふりをして、相手に近づく時間を与えたが、結局は運転席に座った。

心臓の鼓動が耳のなかで響く。

いったいわたしは何をしているのだろう？

どうかしている。

フロントガラス越しに外を見つめたが、目につくものは何もなかった。あれは想像の産物だったのかもしれない。頭のなかの回線がまだ混線していて、見誤ったのだろう。わたしは毒づくと、ハンドルに額をつけた。

エンジンがかかる音がして、車のヘッドライトが車内を照らした。

ゆっくりと、わたしは顔をあげた。

一瞬、駐車場の向こうからまっすぐに差し込んでくるヘッドライトに目をしばたたいた。すぐに車がバックで駐車していた場所から移動したので、目が見えるようになった。運転席に女性が座っているのは見て取れた。あの髪。ウェーブがかかった長い髪だった。色は薄い。

わたしの心はこの結論に飛びついた。何者とも知れない女性が午前三時に車でうろついている、ほかのもっともな理由を考えつく前に。

チェルシーだ。

彼女の車はアイドリングしている。わたしはこめかみが脈打つのを感じた。

彼女はわたしを待っている。

震える手でキーを回し、エンジンをかけた。わたしが車をバックさせると、彼女の車は——つややかな黒のトヨタだ——前に出て右に曲がり、ホテルの敷地を出た。わたしは神経を落ち着かせ、その車のあとを追って幹線道路に出た。

一時間ほどその道を走り続ける。そのあいだ、自分の暴挙を責める言葉をつぶやき続けていた——深夜の軽はずみな選択をとがめる方法はそれしかない——やがて、この女性がどこへ連れていこうとしているのかに気がついた。

車のヘッドライトが照らしだした案内板には、シルバー・レイクと記されている。

胃を油の膜で覆われた気がした。助手席に置いた携帯電話に目をやる。片手でハンドルを操作しながら電話を手に取ると、手早く、でも詳しくリースにメッセージを書いた。親指が送信ボタンの上をさまよい……。

黒い車がウィンカーを出した。

わたしは携帯電話をシートに置いた。リースに知らせる必要が出てきたときのために、メッセージのアプリを開いたままで。車の特徴とナンバー、運転している女性についての大雑把(おおざっぱ)な描写。

たとえ具体的な名前を出さなくても、彼も同じ結論に達するだろう。チェルシー。

結局、リースの見解どおりだった。殺し方からして犯人が女性とは考えにくいとしながらも、チェルシーには動機があると言っていた。

すべてをつなぎあわせなければ。

わたしの妊娠が、チェルシーとドリューの結婚の妨げになった。

最初の手紙は、死を免れたわたしを脅して追い払うためのもの。

チェルシーを取り調べるには、事件とのつながりを見つける必要がある——とはいえ、ドリューとジョアンナ・ディレーニーは恋愛関係にあったのかもしれない。だとしたら、単なる嫉妬、あるいは別の動機がチェルシーにあったとも考えられる。

最近になって届いたメモからは、ジョアンナの未解決事件を捜査してほしくないという意思がうかがえた。

ドリューのアリバイはチェルシーによって裏づけられていたが、キャメロンの告白でその証言が事実でなかったことが判明した。つまり、チェルシーにはわたしが襲われた夜のアリバイがないのだ。

一連の事件のなかで、キャメロンの殺され方だけがほかと異なっている。犯人は胎内の赤ん坊を意図的に傷つけないようにしている。自責の念の表れだ。

そもそもの疑問に戻ろう。**わたしを湖から引きあげたのは誰か？** 犯人が自ら痛めつけた被害者を救ったとすれば、発作的に罪悪感に襲われたとしか考えられない。証拠から、あの夜その場にほかの人間はいなかったとわかっている。わたしと犯人だけだ。

すべてを考えあわせ……すべてがつながらなければならない。

だからこの女性が今わたしに何を言おうとしているにせよ、心の準備はできている——殺人犯と対峙する心構えはできている。

車二台分の車間距離を空けてついていき、角を曲がって〈ドック・ハウス〉の駐車場に入った。

トヨタが駐車場の湖に近いあたりに止まると、わたしはハンドルを両手で握ったままためらった。静まり返った車のなかで、自分の呼吸音だけがうるさく響く。アドレナリンが体内にあふれ、胸がちくちく痛んだ。

手首の輪ゴムに手を伸ばして、鋭い痛みで冷静さを取り戻したいと思ったのに、そこには何もはまっていなかった。「しまった」大丈夫。ほかの方法を考えよう。横向きになってシートに身を沈め、ほんの数秒だけ例の車から目を離すあいだに、グローブボックスをあさった。

リースは常に準備を怠らない。何に関しても。グローブボックスの中身をひとつずつ確認していき、棒状の包装硬貨とテーピング用のテープを見つけた。運転席に座り直すと、例の車に視線を据えたまま、包装硬貨を握り、その上からテープを巻いて固定した。

向こうの車のドアが開き、彼女が出てきた。わたしは手早く首もとにシニヨンを作ってしっかり固定した。もみあいになるかもしれないので、せめて戦う準備はしておきたい。彼女が桟橋に向かうのが見えた。わたしはお尻のポケットに携帯電話を入れ、前のポケットに手錠が入っていることを確認した。

車のドアを開けた。

最後にここへ来たのは何年も前で、リースに連れられてきたとき以来だったが、何も変わっていなかった。あの夜にタイムスリップして〈ドック・ハウス〉を訪れたかのようで、変化とは無縁だった。外のデッキの天蓋をストリングライトが照らしている。簡易的なティキ小屋が中央に建てられ、湾曲したバーカウンターがある。奥にしつらえられた厚板の舞台は板張りの床から六十センチほど高くなっていて、そこでバンドが演奏を披露する。当時と変わらず、ジュークボックスが屋外エリアと室内の椅子席を隔てていた。

吐き気が込みあげ、胆汁にむせそうになったが、こらえた。前に来たときのわたしはもっとしっかりしていた。前回はリースが隣にいた。こんな恐怖にひとりで対峙していなかった。

わたしが恐怖に屈しそうになっているあいだに、彼女は桟橋にいた。灰色のトレンチコートのポケットに手を突っ込み、こちらに背中を向けている。湖を見つめる彼女は、波のない湖面と同じくらい落ち着いていた。

わたしの血が熱く燃えあがる。

この女はわたしからさまざまなものを奪った……。

わたしは怒りをみなぎらせ、怯えから来る震えを追い払った。棒状の包装硬貨をきつく握りしめ、彼女のほうへ向かう。足音を忍ばせたりはしなかった。桟橋の真ん中で足を止め、気をしっかり持つために息を吸った。

自分の夢に足を踏み入れたのだ。

「来たわ」

彼女は動かなかった。その後ろ姿をじっと見つめているうちに、わたしは眉根を寄せた。この女性はチェルシーより背が高いし、どこかしら……変だ。

彼女はポケットから手を出すと、髪を取り去った。金髪のかつらが板の上に落ちる。

心臓をわしづかみにされた気がした。事態をきちんと把握する前に、残酷な真実が襲いかかってきた。

相手が振り返った瞬間、世界が変わった。

「あなただったの」

29

レイキン：現在と当時

アンドリュー・アボットは、わたしが知るなかで一番美しい男性だった。

彼は知的だった。優雅だった。情熱的だった。

心理学の教授で、わたしに初めて人生と愛のレッスンをしてくれた人だ。

彼のほうがわたしに目を留めたのだ。

最初の講義でドリューに視線を向けられたとき、今まで憂鬱だった世界が消え去った。わたしは見つめられていた。

ドリューは今、栈橋の端に立っている。わたしを照らす太陽のような男性だったのに、まったく変わっていた。当時の若く傷つきやすかったわたしには見極められなかった真実が目の前にあった。そこにいる身勝手で自己陶酔的な傀儡師が、自分の満足のために他人を人形のごとく操っていたのだ。

ドリューがコートを脱いで、かつらの隣に落とした。「彼女はつけられていたか？」

わたしは困惑して眉をひそめた。質問しようと口を開いた瞬間、冷たい刃物が背中に当てられるのを感じて黙った。

「いいや」答えたのはトーランスだった。その低い声でわかった。大きな手で全身を軽く叩かれて調べられているあいだ、わたしはじっと身をこわばらせていた。自衛のために手に巻きつけた棒状の包装硬貨を鼻で笑われ、お尻のポケットから携帯電話を取りあげられた。わたしはぎゅっと目を閉じていた。

携帯電話が桟橋にぶつかる音が聞こえた。続いてトーランスがそれを踏みつぶす音がした。追跡できないようにするためだ。「これで尾行されることはない」トーランスが断言した。

トーランスはわたしの肩を乱暴に押し、桟橋を歩くよう促した。

たくさんの仮説を……ホワイトボードに山ほどの仮説を書き込んだ。だが、ただの一度も、このシナリオは思いつかなかった。「どうやったの？」わたしはドリューに鋭い視線を向けながら尋ねた。「ふたりでやったの？」

ドリューは広い胸の前で腕を組んだ。「ぼくはきみと同じくらい、ここに来たかったんだ」

トーランスがわたしを立ち止まらせた。「しっかりしろよ。人生で一番大事なのは記憶だ。これから、おれたちにとってもっとも重要な瞬間を追体験するんだ。ここでの出来事は決定的だった。おまえたちふたりにとって」

わたしは頭を振り、棒状の包装硬貨を握りしめた。勢いよくトーランスを振り返る。「あなたはわたしを殺したの、それとも助けたの?」わたしは詰め寄った。「悪趣味なゲームか何かのために、わたしを湖から引きずりだしたの? 答えて!」

「助けた?」トーランスが首をかしげた。興奮をたたえた目を思いきり見開いている。わたしは一歩さがった。「彼女が知りたがってることを教えてやれよ、アンドリュー。どんな犠牲者にも最後の望みってのはあるもんだ」

体じゅうに震えが走る。相手の車にちらりと目をやった。それから湖を見つめた。白い蓮が月光を浴びている。湖面はあまりに静かだ。絡まった茎でできた墓場が待っている。わが家へと誘っている。

だめ。

戦うのよ。

うつろな足音が桟橋に響いた。湖面が電気を通すかのごとく、ドリューが近づいてくる気配が電気ショックのようにわたしの体を貫いた。振り返ると、ふたりに挟まれて逃げ場がなくなっていた。「なぜ？」わたしはささやき声で、懇願するように尋ねた。

「きみがきっかけだったんだ」陰になったドリューの顔にうんざりした表情が浮かぶ。「きみはいつもチェルシーに嫉妬していた。自分の恐怖をあからさまにしていた。彼女にぼくを奪われるんじゃないかと怯えていた。なんとも独創性に欠ける行動に出た」彼があざ笑った。「妊娠したのさ。ぼくと一緒にいるために。ぼくをつかまえておくために。ぼくを破滅させるために。そんなことをさせるわけにはいかなかった」

いまだに心理学の教授のつもりらしい。わたしにわたし自身のことを教えようとしている。わたしは目を落とし、板のあいだで揺れる暗い水を見つめた。

夢の断片。垣間見える過去。ドリューの言葉で感覚やイメージが呼び覚まされると、視界が狭くなった。かみそりのように鋭い刃で体を切り裂かれ、恐怖に包まれた。肌に赤い血が広がる。

まばたきで記憶を追い払い、現実にとどまろうとした。「あなたはわたしを襲った。ここで。桟橋の上で」テープを巻いていないほうの手で腹を撫でた。生々しい痛みを感じ、これは現実だと思い知る。

ドリューの整った顔が怒りにゆがんだ。「きみがやらせたんだ、シンシア。ぼくが説明をしようにも、きみは耳を貸そうとしなかった。あのとき――」言葉を切り、顔をそむける。「きみの人生を終わらせるつもりはなかった」

だが、わたしが死んだも同然の結末に、ドリューは後悔しなかった。

今、彼が何も感じていないのと同じように。

トーランスが近づいてきた。「驚きだよ。なあ、キャメロンが心変わりしておれの家に来ないことになったとき、あんたがここにいたのを覚えてるよ。おれは戻ってきたんだ」まとめてあったわたしの髪をつかんでほどき、頭を撫でた。「あんなに情熱的な光景は見たことがなかったね。畏敬の念を覚えたくらいだ。おれはこれまでずっと、空っぽのむなしい人生を送ってきた。感情を持ちあわせていないことを、世間には隠していた。おれの心を動かすものは何もなかった……あんたとアンドリューの、美しくも暴力にまみれたダンスを見るまでは」

わたしは身をすくめ、トーランスの手から逃れた。「うまく隠していたものね」

「熟練の技ってやつだ」

リースとともに人を見る目を養ってきたにもかかわらず、わたしたちはふたりとも手がかりを見逃していた。トーランスはサイコパスだ。感情が欠落しているせいで、わたしが惨殺されるところを見物するだけでは物足りなかった。邪悪で人の道に外れた心がどんどん育っていき、病的な欲望に火をつけたのだ。

トーランスはわたしを湖から救いだそうとしたのではなかった。彼はそういう思考の人間ではない。「あなたはわたしを溺れさせようとした」あの夜の出来事をつなぎあわせながら、わたしは言った。「そのあとは？　家に帰ってオナニーでもした？」

トーランスが冷淡な笑い声をあげた。「ああ、そうだ。だが、まずは現場の後始末をした。アンドリューは激情に駆られて思わず刺してしまったにすぎないと、よくわかっていたからな。凶器が残ってた」ナイフの先でわたしの肩甲骨のあいだをつつく。「だからホースを持ってきて、桟橋を水で洗い流した。おれの原型のような人間が絶対に捕まらないように。また必要になるかもしれないと思ったんだ」

検査に回せるようなＤＮＡや証拠がまったく出なかったのはこのせいだ。ドリューが家に戻ってキャメロンと会う時間もできた。「なぜそんなことをしたの？」

「ぼくを苦しめるためだ」ドリューが答え、しわくちゃになった手紙の束を取りだした。

「脅迫状？」わたしは愕然（がくぜん）として尋ねた。この何年ものあいだ、金などという些末（さまつ）なものに苦しめられてきたとは、あまりにくだらない。

「違う」トーランスが前に出た。月明かりを受けて影が大きくなる。湖に映るうつろで暗いシルエットが、まっすぐにわたしを見ているかのようだ。「この男は答えを持っていた。あんたの腹に最初にナイフを突き立てたとき、どんなふうに感じたかをおれは知りたかった。あんたのはらわたを魚みたいに抜いたとき、どんな気分だったかを。それだけじゃ足りなくて胸も切り裂いた。以前は愛していた相手を切り刻むのはどんな気分だったかを知りたかった」

ドリューは手紙を半分に割き、さらに小さく破くと、湖に放った。わたしに手紙をよこしたのはトーランスだ。彼は殺人犯と被害者の両方につきまとうという、悪趣味なゲームをしてきたのだ。

「話は終わりか？」ドリューが言った。「じゃあ片づけよう」

わたしの視線は男ふたりのあいだを行き来した。アドレナリンが急増している。わたしが一歩さがると、トーランスがナイフをかざした。

「我慢してきたんだよ」トーランスのナイフが月光を受けてきらめいた。「わかってるだろ、こうならないように努力してきたんだ。衝動に抗ってきた。自分では手を下さなかったことに、内心ではほっとしてた。ノーラン捜査官が現れるまではな。あいつに探りを入れられ、心にもう一度火がついた……自分でやったらどんな感じなのか、知らずにはいられなかった。ジョーなら完璧だろうと思ったから、チャンスをうかがっていた。うまくやれるという自信が持ててから、ようやく実行に移した」整った顔が険悪なものに変わる。「だが、満足できなかった。最初の事件には似ても似つかなかったからだ」

心にまだ恐怖がうごめいていたが、わたしは虚勢を張って顎をあげた。今になってやっと理解できた。「あなたはのぞき見していただけの最初の殺人を、自分の体験としてとらえた。初めての殺人をもう一度経験することはできない。初体験の高揚感を永遠に求め続ける。薬物中毒と同じじよ」

濃い茶色の瞳に、トーランスをさいなむ虚無感があふれた。「ジョーは完璧なはずだったんだ。あんたの事件を何もかも覚えてた……だが実際に殺人を再現するのがどんなに大変かわかるか？　テレビで見たときには、模倣殺人なんて簡単そうだったのに。そうじゃなかった。被害者と争って……間違った場所に傷をつけた。ほんとに大変だった」

わたしは息をのみ、苦い胆汁を胃におさめた。ジョアンナを殺したのはトーランスだ。意味もなく手を下したのだ。ドリューの襲撃を模倣しようとした……彼の殺人を……そして軽薄にも、テレビで見た事件と比べている。その声に情熱は感じられず、淡々としている。彼の暴力行為はただの思いつきだ。

わたしはふたりを見やった。動脈が激しく脈打っている。ふたりに話を続けさせて、逃げる方法を見つけないと。「キャメロンを殺したのはどっち？」

「おれがやろうとしたんだ」トーランスが言った。「だが彼女の体は――」頭を振る。「彼女は完璧な被害者じゃなかった。赤ん坊まではやりすぎだ。アンドリューはずっと泣き言をわめいていた」

わたしは視線をドリューに移した。彼はキャメロンの暴力的な死に関わっていた。

命を奪うのを手伝い、彼女を子供や家族から引き離した。「あなたは弱い人ね。情けない」わたしは言った。「むかつく自己陶酔者よ」

「やらなければならなかったんだ」ドリューが口を開いた。「キャメロンはぼくのアリバイを覆すことができる。余計なことを言ったらどうなるか、思い知らせる必要があった……彼女はきみに会うべきじゃなかった。だが赤ん坊が助かるよう手は打った。彼女の家から救急車を呼んでおいたんだ」

胃酸の膜がかき乱された。キャメロンの人生を奪っておいて、なぜ正当化などできるのだろう？　わたしを殺そうとしたこともそうやって正当化したの？

「おれたちには練習が必要だった」トーランスがわたしのまわりを回った。恐怖が血管のなかで燃えあがる。「練習したから、今回はうまくやれるはずだ」

「わたしをここまでおびきだしたのね」

「再現のためだ」トーランスが断言した。「それこそが足りなかったことだ。締めくくりがいるんだよ」

怖くて筋肉が痙攣（けいれん）していたが、全身の神経は〝走れ〟と叫んでいた。

トーランスがナイフの柄をドリューに差しだした。「このナイフは、おれがあの夜キャメロンの手足を切るのに使ったものだ。皮肉じゃないか？　ここにいるアンドリューは、バーにあったこのナイフで、あんたを傷つけるんだ」

「なぜぼくがこのナイフをおまえに突きつけないと思うんだ？」ドリューが言った。

トーランスが顔をしかめた。「おまえが捜査をやめさせたがってるからだ。被害者たちにこれ以上過去をばらされたくないんだ。奥さんと白い柵に囲まれた小さな家で絵に描いたような幸せな暮らしを送るためにな。やっと自由になるために」

「あなたが自由になることはないわ、ドリュー。わたしのパートナーが全貌を明らかにする。ノーラン捜査官はあなたの仕業だと証明して、あなたを逮捕するまで決してあきらめない。自由なんてないのよ」

ドリューがナイフを受け取った。「そんなの絶対にごめんだ」

そのあと、すべてが一気に起こった。わたしはトーランスの横を走り抜けようとした。彼の長い腕につかまった。ウエストをつかまれ、ドリューと向きあわされた。自分の両腕を頭の後ろで固定され、しっかりと押さえ込まれた。

「これなら」トーランスが息を切らしている。「最高によく見える」

わたしはトーランスの手から逃れようともがき、ドリューを蹴った。ドリューがナイフを掲げて近づいてくると、背後でトーランスが興奮しているのが伝わってきた。「ある意味、これはあんたのためでもあるんだ、シンシア」トーランスは腕と手にさらに力を込めて、わたしが逃げられないようにした。「自分の人生に関わったやつら全員から裏切られるような世界で、本当に生きていたいのか？　これからも事件を追い続けたいのか？　そんな人生にどんな意味がある？」

胸に猛烈な熱さを感じ、呼吸するたび、ドリューが手にしている鋭い刃物で肺を傷つけられたかのようだった。彼はわたしを見つめながら、襲いかかるタイミングを計っている。「やめて、ドリュー。こんなのだめ。前みたいなことは……」

時間が戻った。わたしは波のトンネルを通った。月のない夜。あたりは真っ暗だった。虫とカエルの鳴き声が聞こえる。桟橋にはドリューがいて、わたしのほうへ向かってくる。ドリューは話をするつもりで、事態をなんとかするつもりで来たのかもしれないという希望がふくらんだが……それも彼の整った顔が憎悪にゆがんでいるのを見るまでだった。そして、湖に浮かぶ血に染まった蓮……。

まばたきをして現実に立ち戻ると、わたしは冷静そのものだった。「ジョアンナの殺害現場に蓮を植えたのは誰？」

この言葉でドリューが立ち止まった。「なんだって?」

トーランスがわたしを前に押しだした。「時間稼ぎをしているだけだ。やれ、アンドリュー。自分で始めたことを終わらせるんだ」

わたしは目を閉じた。超常現象は信じていない。予感も幽霊も存在しないし、被害者が墓のなかから呼びかけることもない。生涯を通じて、人は生きる意味を探し、なんらかの啓示を受けることを期待している。だが最終的には、自分の人生を懸命にまっとうするしかないのだと悟るのだ。

リースとパートナーになってから、わたしは基礎以上のレベルの護身術を教え込まれた。彼は決してわたしを被害者扱いせず、二度とあんな目に遭わない術を叩き込んでくれた。

ドリューは集中した様子で唇を嚙み、弧を描くようにナイフを振りあげた。そして、わたしの腹部に突き立てる。痛みが神経系に火をつけた。肺の奥から叫び声が絞りだされ、未明の空気に響き渡った。ナイフが引き抜かれると、トーランスがわたしの口をふさいだ。

「もう一度!」トーランスが叫んだ。

銀色の刃がわたしの血できらめいた。わたしは生き延びるために何かしなくてはと必死だった。トーランスがわたしの口をふさごうとして、腕をつかんでいた手を離した。わたしは棒状の包装硬貨を握りしめ、全身の力を奮い起こして思いきり振りかぶると、彼の顔を殴った。

トーランスが毒づいた。彼が気をそらした瞬間が、自由の身になるチャンスだ。わたしは身をよじって彼の腕から逃れ、栈橋に倒れ込んだ。吐き気が込みあげてくる。腹を刺された痛みが激しくなる。鼓動が耳のなかで響き、視界が揺らいだ。

あきらめてはだめだ。わたしはもっと最悪な状況を乗り越えてきた。もっと最悪な状況から生還した。

ドリューはためらわなかった。一気に襲いかかってくる。わたしは転がって、どうにか彼の手から逃れた。ナイフが栈橋に当たり、刃が厚板のあいだから抜けなくなった。時間は充分にある……わたしはポケットから手錠を取りだした。

トーランスはそれが武器だとは思わなかったようだ。棒状の包装硬貨と同じく、笑い飛ばすようなものでしかないと考えたようだ。今度はこれを使う。リング状の部分を握り、金属がドリューの顔に当たるようにこぶしを繰りだした。力いっぱい殴ったせいで、こぶしが燃えるように痛い。

「やった」わたしは息を吸って痛みを散らしながら、手錠を外した。

ドリューは頬にできた血のにじむ傷をかばうように顔を押さえた。「くそアマが」

視界の端で、トーランスが向かってくるのをとらえた。脚を狙われたので、そのまままつかまえられ、後ろに引き倒された。すぐに頭をあげると、手錠の片方を彼の手首にはめた。

地平線に朝焼けがかかり始め、背景の空は青灰色に変わりつつあった。

朝の光のなかで、覆いかぶさってきたドリューに、わたしは抗った。背中を桟橋に押しつけられる。トーランスがわたしの肩を押さえつけた。ドリューの手が首にかかるのを感じ、パニックに陥って何もわからなくなった瞬間、気がついた――このままだと――ついに彼らに殺されてしまう。

わたしは手錠のもう片方をドリューにはめ、彼とトーランスをつないだ。

遠くからサイレンの音が聞こえた。その音は朝の空気に響き渡り、わたしの夢の残響を打ち砕いた。

「くそっ」トーランスはわたしの肩を放すと、手錠を外そうと引っ張った。

ドリューも手錠を外そうともがき、共犯者を桟橋の上で引きずった。ふたりとも、ナイフに向かって突進した。

自分が忘れ去られているこの隙に、わたしは後ろにさがった。争いの場から急いで逃げだす。そのあとには、血のしたたった跡が残った。

ドリューがトーランスにこぶしを見舞い、トーランスがドリューの鼻に肘を打ち込んでやり返すのが見えた。灰色の空に血が飛び散る。ナイフを手にしたのはトーランスだった。恐怖で手足がこわばり、わたしはその場に凍りついた。身を隠そうとする。だが、トーランスはわたしのほうには向かってこなかった。

トーランスが何度も何度もナイフを振りおろし、ドリューの手首を切断したので、わたしはぞっとして動けなくなった。ドリューが空気を引き裂くほどの原始的な叫び声をあげた。トーランスは蹴るような動きをして、ドリューから、そして切断された血まみれの手首から離れた。

トーランスが立ちあがり、腿のあたりにナイフをさげてこちらへ向かってきた。わたしは体が冷たくなり、血の気が引いた。

彼が目の前に立った。これで終わりだ、とわたしは悟った。すっかり戦意を喪失し、ふいにすべてを受け入れる気持ちになった。わたしはリースを愛している。一度は彼と愛を交わすことができたし、心から愛されるというのがどういうことかやっと理解できた。探していた答えを見つけられた。このまま死んでもかまわない。

パトカーのサイレンがうつろな朝を打ち砕くように響き、トーランスは仕方なく顔をあげた。わたしを殺して時間を無駄にするより、とっとと逃げだしたほうが得策だと判断したに違いない。

「これで終わりじゃないからな」彼がわたしの腕にナイフを突き立てた。

新しい傷。悪趣味ないたずらだ。

わたしを残して、トーランスは桟橋から逃げていった。

終わったのだ。

わたしは棒状の包装硬貨を手に固定していたテープをはがし、投げ捨てた。

桟橋の厚板に頭を預ける。波が杭に寄せるたびに、痛みが増したり引いたりした。

わたしは息をしながら空を見あげた。黒い雲が流れていくのを眺めていると、彼が上から見おろしてきた。

「このふしだら女。ぼくからすべてを奪うなんて許さない」

ドリューが襲いかかってきた。怪我をしていないほうの手でナイフをつかみ、わたしの体を切りつけた。攻撃から身を守ろうと、わたしは腕をあげた。切り裂かれた腕が暗赤色に染まる。

ドリューの顔に爪を立てようとしたが、目に血が入って前が見えないまま戦っていた。

やがて冷たい水の衝撃を受けた。

わたしたちは湖に落ちた。暗い水がわたしをのみ込んでいく。

30

レイキン：当時

あの夜

わたしは桟橋の端に座り、足を垂らしてぶらぶらさせていた。ここで死んだらどうだろうと考えていた。すべてをあきらめ、ドリューとチェルシーと赤ん坊のことを忘れたら……。

自分をのみ込んでしまう静かな夜を求めていた。

桟橋に足音が響いた。うつろでゆっくりした、ゴツンという音が厚板に反響する。わたしは相手が誰なのかふいに悟り、急いで立ちあがって振り返った。

「ドリュー？」

胸が高鳴ったものの、喧嘩のときに彼が最後に浴びせた言葉がよみがえった。

おまえとなんか寝るんじゃなかった。

ドリューがゆっくりと近づいてくると、わたしはつらい気持ちをのみ込んだ。「なぜあなたがここに？」

「きみが警官に付き添われて家に帰ったとき、ぼくがどれほど気まずかったかわかるか？」

「ドリュー……」わたしは一瞬、目を閉じた。「疲れてるの。疲れすぎていて、もうこういうやりとりを繰り返す気になれないのよ」わたしはパーカーのポケットに手を突っ込み、湖を背にして歩きだした。

ドリューから数十センチのところまで近づいたので、さっとよけようとした瞬間、彼がナイフを手にしているのが目に入った。ショックに息が詰まる。氷のように冷たい恐怖に肌がひりついた。

「まだ終わっていない」ドリューの息からは酒のにおいがした。刃の平らな部分でジーンズに包まれた自分の太腿を軽く叩いた。「赤ん坊はどうするつもりだ、シンシア？」

わたしは後ずさった。ドリューを怖いと思ったことはなかった……今みたいには。彼の声音はどこかおかしかった。ひたすらナイフを叩きつける様子も、いつもの彼らしくなかった。面と向かって怒鳴りあっているときでさえも、ドリューがガラスの花瓶を壁に投げつけて破片が飛び散ったときでさえも、彼が壁をこぶしで殴ったときでさえも……身の危険を感じたことはなかったのに。

「やめて、ドリュー。酔っぱらってるのね」

「きみと一緒にいるのはかまわない」彼はわたしの言葉を無視して近づいてきた。ナイフで腿を叩きながら。「ただ、赤ん坊ができたからって人生を台無しにされるのはごめんだ」

わたしはゆっくりと頭を振った。「じゃあ、わたしが赤ん坊を堕ろしたあと、ふたりは末永く幸せに暮らしました、っていうのがご希望？」

「誰からも望まれない子供を育てようとするよりは、よっぽど理にかなってるだろう？」

「チェルシーはどうするの？」

「彼女のことはなんとも思ってない」

「見たのよ。あなたが彼女に向けるまなざし……」わたしはそのイメージを振り払おうとした。思いだすと、いまだに胸が痛む。わたしはドリューの家の戸口に歩いていった。チェルシーが玄関に現れた。ふたりは一緒にいた。わたしはドリューに赤ん坊のことを打ち明けに行ったのに、悪夢と対面するはめになった。「どうしてわたしの頭がおかしいみたいな態度が取れるの？　すべてがわたしの想像の産物みたいに」

「じゃあ、きみは子供を堕ろさないつもりか？」

頬を引っぱたかれたような気がした。「ええ、ドリュー。堕ろす気はないわ。自分の体のことは、自分で決める」怒りがわきあがり前に突進しようとしたときには、相手がナイフを持っていて逃げる必要があることも忘れていた。

ドリューがわたしの前に立ちふさがった。「哲学には詳しくないが、ウィトゲンシュタインがこんな名言を残している――はっきり言えないことについては、沈黙していればいい」

わたしのなかに困惑が広がった。ドリューにナイフで腹を刺され、恐ろしい現実がわたしの世界を打ち砕いた。

31

過去と現在

レイキン：現在

記憶が爆発した。暗い水の下でくぐもった叫び声をあげると、冷たい水が喉に流れ込んだ。太い茎が腕に絡みつく。水中に逃げ道を作ろうと、ゆっくりと手を動かした。ふいに鋭い痛みを感じ、わたしは現実に引き戻された。ドリューにナイフで脇腹を刺された。頭がはっきりした。トランス状態から脱し、彼の腕に爪を立て、空気を求めた。

水のなかで血液が雲のように流れ、視界がはっきりしない。肩を切りつけられたのを感じ、わたしはドリューの二の腕をつかんだ。ふたりとも相手から視線を離さない。濁った湖の水と、互いの血がまじった靄（もや）のなかを、体が沈んでいくのがわかった。

ドリューはこちらの胸にナイフを突き立てようとしていたが、わたしは両手で彼の腕を押さえていた。もみあっているせいで、ふたりとも蓮の茎が絡みあう水中をさらに沈んでいった。わたしは彼の腹に蹴りを食らわせた。ドリューは動かせるほうの腕でわたしを押しのけようとしたものの、手首から先を切り落とされたばかりで、そのショックがあまりに大きく、有利にことを運べなかった。

ドリューは怒りに顔をゆがめていたが、やがてナイフを落とした。ナイフが漂いながら沈んでいき、見えなくなるのを目で追っていると、首をきつく絞められて感覚がなくなった。パニックに襲われる。わたしは叫ぼうとして水を飲んでしまった。こめかみの血管が激しく脈打ち、視界が暗くなった。

ドリューが歯を食いしばってわたしの喉を絞めあげ、気管を押しつぶした。わたしは身を振りほどこうと、彼の手をつかんで爪を立てた。やがてドリューがわたしの唇に唇を押しつけ、最後の空気を吸い取ろうとした。死のキスだ。

圧倒的な死の恐怖に押しつぶされていた。

わたしは死んだことがある。

ぬめっとした死の触手が体に巻きつくのが感じられる。

足が湖の底に触れた。目を閉じたとたん、冷たく静かな平穏が心に広がった。ドリューが首から手を離している。彼は底を蹴ると、水面へとあがっていった。

わたしは死んでいない。

腕に絡みつく蓮の茎をつかみ、ドリューの脚に巻きつけた。彼は引き留められてパニックになり、開いた口から空気の泡を吐きだした。彼が蓮を相手に無駄なあがきを続けるのを見ているこちらも、空気が足りなくて胸が焼けつくようだった。

覚えている……ざらざらした茎に髪を引っ張られたときの感触を。わたしは必死で手を振り回しながら、茎と暗闇でできた水中の迷路を抜ける道を探した。

体が水面へあがり始めた。ドリューが湖の底であがいて水を飲み、蓮の茎でできた墓に葬られる姿から、わたしは目を離さなかった。目をそらさなかった。彼の動きが止まるまで見つめ続けた。

アドレナリンが引くにつれ、ありとあらゆる傷が痛み始めた。わたしは刺されていた。窒息しかかっていた。酸素不足で胸がつぶれそうだ。ドリューの姿が見えなくなり、周囲は完全な闇に包まれた。わたしは無我夢中で足を蹴って水面へあがろうとしたが、混乱しているせいでどちらが水面なのかわからなくなっていた。

凝固しつつあるような闇がわたしをのみ込んだ。四年ほど前に、蓮のなかにいることを受け入れ、死を覚悟した瞬間を思いだす……それから、降伏することを拒否して戦いを挑んだことを。その記憶に包まれていた。湖が広がり、過去へとつながる窓が開く。

あのときは、体の痛みを感じなくなっていた。わたしはもう手遅れだった。肺に入った水と、体から命を吸いあげる蓮の茎しか感じられなかった。わたしが取るべき道は、戦うか逃げるかしかない。茎をかき分けて上昇し、水面に浮かびあがると、血管から血が流れだし、奈落の底のような夜の闇に包まれた。

カエルの鳴き声とコオロギの声が聞こえ、自分が岸の近くにいるとわかった。どうにか窒息せずにすみ……蓮をかき分けて進んだ。足の下に地面を感じ、そこで止まる。それから体が岸に打ちあげられるのにまかせた。

今は、湖の底と水面のあいだのどこかを漂っている。それを受け入れたおかげで穏やかな気分にひたっている。もう怖がる必要も、隠れる必要もない。運命に従うまで だ……。

きらめく波が見えた。

波は光の王冠となってわたしの頭上で輝いている。

水面のさざ波に揺れる月が道を示してくれた。

わたしは必死で上昇した。筋肉が悲鳴をあげ、肺がつぶれても。痛みは我慢できる。生きているという証（あかし）だからだ。希望にしがみつき、懸命に少しずつ水面を目指した。

遠すぎる……。

男性のシルエットが光の真ん中に現れた。

過去と現在が衝突し、時間が停止する。過去と現在の境界に蓮の葉があるかのように。自分の心が恐ろしかった。かつて経験したことが、もう一度起こっているのだ。死の瞬間、どれほどの神経細胞が発火するのだろう？ 地上と天国をつなぐ階段を永遠に行き来しているのか？ 自分の死を際限なく味わっているのか？ 生と死のループを繰り返しているのだろうか？

視界の端から暗くなっていき、視野が狭まった。今見えるのは彼だけだ。

水面が波立ち、手が伸びてきた。彼がわたしに触れた。彼を感じた。彼は現実だ。

わたしは水面に引きあげられた。彼は手に持っていた懐中電灯を取り落とした。ボートに引きあげられるわたしの横を、光の輪が落ちていった。

「つかまえた」

リースの声はこの世のものとは思えないと同時に、懐かしくもあった。彼は過去と現在が——幻想と現実が——まじりあった存在だった。

「息をしてない」リースが誰と話しているのかわからなかった。

わたしは息をしていない。

彼の唇がわたしの唇に触れた。胸を手で押された。気道に空気が何度も何度も吹き込まれる。

わたしは激しい咳とともに、肺から水を吐きだした。自分の声が耳に届く。わたしは震えていたが、生きていた。何度かまばたきをすると、リースの顔がはっきりと見えた。

「レイキン……」彼は問いかけるようにわたしの名前を呼んだ。その声が朝の空気を震わせる。

「ここよ」わたしは言った。

両腕でリースの胸に引き寄せられた。わたしたちは抱きあった。

夜明けが空の端を染めるかすかな光のなかで、自分が岸からそう遠くないところにいるとわかった。制服姿の男性たちが一緒にボートに乗っている。桟橋でサイレンの音を聞いたことを思いだした。

「どんなふう?」わたしは尋ねた。

リースがわたしの顔から濡れた髪を払いのけ、確かめるようにこちらを見つめた。体の隅々まで確認しないと気がすまないかのようだ。「出血している」

「刺されたの」

「救急箱を取ってくれ」リースはできるだけ優しく、わたしの体から濡れた服をはがした。痛みが戻りつつある。「腹部に傷がある」

腹部と腕に包帯を巻いてもらった。地元警察が操舵して岸へ向かうあいだ、リースはわたしの腹部を圧迫していた。その傷はしばらく痛むだろう。けれど、どれくらい深手なのか聞くのが怖かった。今は希望を打ち砕かれたくない。

「きみの携帯電話の最後の位置情報を追跡したんだ」リースがようやく言った。「追跡できなかったとしても、ここには来ていただろう。ダットン刑事が手を貸してくれた」

視線をさまよわせると、わたしの事件を担当していた昔かたぎの刑事が一緒にボートに乗っていた。

「あなただったのね」わたしはリースに言った。

「なんの話をしているんだ？」彼は前に見えている桟橋から目を離さなかった。わたしを病院へ連れていこうとあせっている。「救急隊員に無線連絡を」舵を取っている警官に命じた。「待機させておいてくれ」

「夢のなかの男性はあなただった」声を振り絞る。「湖からわたしを引きあげてくれたでしょう」

リースがわたしの目を見つめた。わたしの言っていることに気づいたのが、目を見てわかった。彼がわたしの額に唇をつけた。優しいキスは、うずきとなって全身に広がった。

桟橋に着くと捜索隊の声が聞こえ、懐中電灯の明かりが夜明けを照らしていた。制服警官たちが、逮捕を逃れた身元不明の襲撃者の捜索をしている。

リースはわたしを救急車に運ぶと、シルバー・レイク記念病院まで同乗すると主張した。わたしの手を握り、救急隊員がわたしの鼻と口に酸素マスクをかぶせて刺創を手当てするあいだも放そうとしなかった。

リースの手の脈動がわたしの手に伝わった。「きみは自分で自分を助けたんだ。だが、ぼくはきみの夢のなかの男になるつもりだ、レイキン。彼になれる」

わたしは睡魔に身をまかせた。リースの手を握ったまま。ふたりの希望を握ったまま。

エピローグ

わたしたちはみな、つながっている。時間と空間を通じて、原子と神経を通じて。悪役もヒーローも。みんな宇宙の網のなかでつながりながら、生きるために戦っている。真実を求めて戦っている。

本の最後の言葉。完（ジ・エンド）。

わたしの作品のなかでもっとも真実に近い犯罪ドキュメンタリーは、眠れなくなるほどおもしろい。わたしが生き抜いてきた人生の物語だ。ふたりの女性の物語であり、それぞれの事件が一挙に解決される。『彼女の通った道』という題名のこの原稿は、わたしたちの物語を偽りなく描いている。わたしはジョアンナの通った道の途中にいた。彼女の殺人がわたしを殺人犯へと導いた。

脱稿すると、許可を得るために最初の校正刷りをジョアンナの母親のベサニーに送った——この作品がジョアンナを中傷するものではなく、彼女の記憶にきちんと敬意を払っていることを確認してもらうために。わたしたちの物語は来年には出版される予定だ。

謝辞では、単なる協力を超えて力になってくれたベサニー・ディレーニーに感謝を述べた。母親としての本能が、マイク・リクソンを捜査するきっかけになった。その結果、最初の有力な手がかりを得られた。

地元警察による事情聴取のなかで、マイクは半分血のつながった弟を何者なのだろうと思い、いつも恐れていたと認めた。ソーシャルメディアの記事にマイクの言葉が掲載されている。〝ときどき、弟はどこかおかしい、どこか変だと思うことがあった。疑いは持っていたが、確信があるわけではなかった〟

マイクは、トーランスがジョアンナに向ける目つきが気になっていた——だから〈ティキ・ハイヴ〉で彼女がトラブルに巻き込まれないよう配慮していた。その様子に、娘が殺される前にバーを訪れたベサニーは違和感を覚えたのだ。

リースとわたしがマイクに事情聴取をするために〈ティキ・ハイヴ〉に行ったとき、彼は自分の疑念を打ち明けることもできたはずだ。だが彼はこう言ったと記事にある。

〝それでも家族だからな〟

トーランスがわたしたちの注意をコーエンへ向けさせたとき、マイクが訂正しなかったのもこれが理由だろう。けれどマイクは捜査妨害で起訴されてはいない。弟に疑念を抱いていたからといって、犯人であることを知っていたわけではない。

一方、今回は証拠があった。ＦＢＩが捜査をしているという切迫した状況下で、トーランスはキャメロンを殺す際にミスを犯した。検死官のケラー医師は、殺されたときにキャメロンが着ていたワンピースから犯人のものと思われるＤＮＡを検出した。

わたしはトーランスが、ドリューとともにキャメロンで〝練習した〟と言っていたのを思いだした。トーランスがどんなふうにわたしの頭の後ろで両腕を固定し、背中に興奮したものを押しつけてきたかも。彼が長年、心に秘めていた邪悪な衝動が、わたしの殺人を見たことで増大した、というのが事件の動機であると報道されている。

たとえ事件の全貌が公表されなくても、キャメロンのおかげで解決に至ったことが——自分を殺した相手に結果的に報復できたことがうれしかった。

ヴェイル刑事は、キャメロンのワンピースに付着していたカウパー腺液がトーランスのＤＮＡと一致することを突き止めた。

完璧な殺人などというものは存在しない。

トーランス・カーヴァーは、ドリューとともにわたしを襲った朝に〈ドック・ハウス〉で逮捕された。わたしがシルバー・レイク記念病院に担ぎ込まれているあいだに、ダットン刑事とリーズバーグ警察は、トーランスが〈ドック・ハウス〉の厨房の冷蔵庫に隠れているところを発見した。

わたしが想像していた彼の結末よりも、ずっと平凡だった。

とはいえ、これが現実というものだ。現在トーランスは留置され、陪審員の審判を受けるために裁判を待っている。決定的な証拠があるので、フロリダ州が最長の刑期を言い渡すだろうと、わたしとリースは確信している。

ドリューのほうは、たったひとつの証拠によって犯行に関わったことが明らかになった。ケラー医師がわたしの傷を撮った写真だ。医師は写真を一連の事件の写真と比較して、凶器が同一であることを突き止めた。ドリューはうっかりナイフを湖に落としたが、トーランスが拾っていた。同じ凶器でジョアンナ・ディレーニーを惨殺することで、自分が目撃した最初の殺人を模倣したのだ。

それから当然、わたしの供述も証拠になった。

アンドリュー・アボットは湖から引きあげられ、シルバー・レイク記念病院で死亡が宣告された……わたしが手術を受けていた部屋からほんの数室離れたところで。ドリューのことを考えるとき、担架にのせられた姿や棺におさまっているところは想像できない。暗い水の上に浮かび、体に蓮の茎が絡まっているイメージが思い浮かぶのだ。

奇妙なことに、被害者と殺人犯が入れ替わっている。被害者の代わりに――わたしが死ぬ代わりに――湖の底で、殺人犯が死という運命を受け入れたのだ。恐ろしい皮肉に、わたしは呆然としている。

今もなお、ドリューに対してどう感じているのか自分でもはっきりしない。彼がわたしから奪ったものに対しても。大学教授を殺人犯に変えてしまうほど悪意のある利己心に対しても。

ただ、少しずつ受け入れられるようにはなってきた。最初にシルバー・レイクを離れたときも、そう考えていた。再出発して、自分の人生を生きるのだと。自分の状況を受け入れていると信じていた――泥の多い場所に生息しながら自浄作用によって異物を排除する蓮の葉のように、わたしも努力すれば過去の汚れを洗い清められると。

だが実際のところは過去にとらわれていた。たしかに、わたしを湖に突き飛ばしたのはドリューかもしれないし、トーランスの精神病がひと役買ったのも間違いないが、わたしを湖の底にとどめたのは、わたし自身の恐怖であり羞恥心だった。

自分に対してつく嘘は、直視するのがとりわけつらい。

リースはずっとドリューがわたしの殺人に関わっているのではないかと疑っていたものの、確固たる証拠はなかった。時間的にも無理があったし、状況証拠も強力とは言えなかった。関係者全員が秘密を守ろうとすると、真実を見いだすのは難しい。とはいえ、釘が一本ゆるめば、話は別だ。

真実を告白する人間がひとりでもいれば、虚構の家は崩れ落ちる。

キャメロンの告白は遅すぎたかもしれないけれど、最終的に彼女が認めたおかげで、ほかのパズルのピースもしかるべき場所にはまり始めた。

わたしはキャメロンの葬儀に出席した。彼女の夫と赤ん坊の女の子にも会った。娘の名前は、雄弁の女神の名でもあるカリオペだ。

わたしの事件において、それぞれがそれぞれの役を担っていた。ある者は殺人を犯す役を、ある者は単に利己的な振る舞いをする役を、ある者はたまたま巻き込まれてしまう役を。チェルシーのように、殺人犯の妻であったせいで、夫の犯した罪という重い十字架を背負っていかなければならない被害者の役を担う者もいる。わたしの過去においても、それぞれが何かしら役を担っていた――彼らが大いなる力によって罰せられるべきと判断されたなら、すでに自分の罪の責任を取っているはずだ。

ホワイトボードの書き込みはすでに消した。本も書き終えた。

わたしは新たな事件ファイルを手に、事情聴取を文書にまとめているリースのもとへ歩み寄った。彼はノートパソコンを膝にのせて、キーボードを叩いている。靴下を履いた足をテーブルにのせていた。

わたしは彼の隣に座ると、ファイルを開いた。わたしの事件が解決したあと、リースから、未解決事件課で正義を追い求めるのはやめるかと尋ねられた。正直なところ、一瞬、言葉に詰まった。大学に戻って、学位を取ることもできる。心理学者になるために。

わたしの答え：事件ファイルの箱に手を伸ばし、ローウェンスタイン事件のファイルを取りだす。

リースの反応：わたしだけがごくまれに見ることができるほほえみを浮かべる。

事件を引き受けてすぐに、わたしはミズーリを離れた。未練はなかった。あそこでは、自分の人生を作りあげてこなかったから。猫のリリーを連れ、身の回りのものを荷造りすると、わたしを湖から引きあげてくれた男性と一緒に暮らすために、アーリントンへ飛んだ。

リースはわたしの家だ。

彼は文章の途中でキーボードを打つ手を止めると、イヤフォンを外して真剣な顔をした。「捨てたのか？」

わたしは深く息を吸った。「開けてさえいないわ」

「わかった」リースがわたしの手を握り、指を絡めた。彼の親指がわたしの手首をなぞる。輪ゴムははまっていない。「よかった。ここまでの夫の供述を読みたいか？」

こうやって、わたしたちは前に進んでいく。

今日、一通の手紙が郵便で届いた。手紙は国じゅうを回り、いくつもの郵便局を経由して、やっと目的地にたどり着いた。差出人住所はフロリダ州拘置所のものになっている。トーランスからだった。心のどこかで――あの夜の記憶がよみがえると、いまだに息が止まりそうになる。それでも、手紙を開封したいと思った。彼の言葉を読み、自分を怖がらせて苦しめるために。

わたしたち人間はみな、欠点を抱えている。わたしたちはみな、起こりうる最悪の結果を予想しがちだ。最悪の事態を想定して、その結末を避けるためになんらかの手を打つのが人間というものだ。

わかってさえいれば、恐怖を感じることはない。

恐怖を感じているものの正体を突き止めることで、自分のなかの悪魔を葬り去った。頭のなかに不安がもたげてきても、自分にそのことを思いださせるだけで大丈夫だ。

わたしはリースが気づくよう、手紙をキッチンのカウンターに置いた。彼はわたしの物語の一部だ。ともに困難に直面する。

犠牲者はひとりで苦しむべきではない。

犠牲者は犠牲者のままでいる必要はない。

わたしは生き残った。

一度どころか二度も死を免れた。最初のときは死神に追いつめられ、自分を蓮のなかに埋葬した。それ以来、死んだも同然の日々を送り、顔のない殺人犯に怯えながら逃げ続けた。

問題の夜に、実際に手を下したのはドリューだった――あの六十七秒間だけではない――わたしの人生を終わらせたのだ……なぜなら、羞恥心のあまりもう生きていたくなかったわたしが、彼にそうすることを許したから。両親のもとに帰ってから、ようやく悟ることができた――恐怖を克服するには、自分が選んだ道を、その結果として傷ついたことも、すべて受け入れるしかないのだと。

人生にはいいことも起きれば、悪いことも起きる。美しい瞬間もあれば、醜い瞬間もある。どちらかだけということはありえない。人生とはそういうものだ。

わたしは蓮の葉とは違う。むしろ蓮の花びらに似ている。柔らかくてしなやかな一方、鋭くて死を予感させる。わたしの体を切り刻んだ刃物のように。傷が残ったことをくよくよ思い悩んだりはしていない。それはわたしの強さと、生きようとする意志の表れだから。

わたしはまったく汚れていないわけではない――それでも、泥と化したわけではなかった。

長いあいだ湖の底に埋もれていたも同然だったが、今は泥はついていない。

わたしより聡明な人たちが蓮について研究したり称賛したりしてきたし、その素晴らしさを格言や歌にしてきた。わたしはただ、蓮がどんなふうにわたしの人生に影響を及ぼしたのかを語ることしかできない。

仏陀はうなずかないだろうけれど、わたしにとってロータス効果が象徴するのは、単なるやり直しの機会ではない。ある瞬間を追体験する機会であり、不安定な現状を正す機会なのだ。

退院したわたしに、リースは——一回だけ——ボートの上で告白したことについて尋ねた。

あれは予感だったのか？　死の瞬間に、未来が垣間見えたのか？　時間と空間がゆがみ、人生における重大な瞬間をもう一度体験したのか？

わたしには答えがわからなかった。説明できなかった。わかっているのは、論理的な説明だけに頼っていると、人生は味気なくなるということだ。世の中でもっとも知的な人たちが、実際に目に見えたり肌で感じられたりするものしか信用しないとしたら、時間について生涯をかけて研究したりはしないだろう。形のないものを探し求めたりはしないはずだ。

わたしにはっきりわかっているのは、人間はみな、答えを探し求めているということだ。

わたしは探し求めていた。

今では、希望は呪いではないと知っている。

リースとわたしは……泥から生まれた美しき花なのだ。

謝辞

次の人たちに感謝を捧げる。

素晴らしく才能のある批評家、パートナーであり友人であるP・T・ミシェル。すぐに原稿を読んでくれて、わたしに必要な激励とアドバイス、素晴らしいコメントをくれてありがとう。それから友情にも感謝。

大急ぎで原稿を読んで力いっぱい励ましてくれた、超人的な原稿チェッカーたち。あなたたちの技能がなかったら、作品を仕上げることはできなかった。あなたたちは、心から信頼できる女性たちだわ！　メリッサとミシェル（わたしのM&M）、それからデビー・ヒギンズ、いつものように即座に原稿を読んで有益な意見をくれてありがとう。

〈The Lair〉の素敵な女の子たち！　あなたたちのことが大好き。あなたたちのおかげで、まともでいられる。まともでなくてもまったく問題はないけれど（笑）。わたしの本と、わたしのためにしてくれたことすべてに感謝している。ありがとう。

共感し、エールをくれるすべての著者に。自分が何者かをわかっているみなさんは素晴らしい存在だ。

わたしの家族に。インスピレーションの源である息子のブルー、あなたがあなたであることに感謝している。愛してる。それから夫のダニエル（わたしのカメさん）は、ブックイベントでわたしを支え続け、〝夫〟という立場で頑張ってくれた。両親のデビーとアルは心の支えとなり、チョコレートと無条件の愛をくれた。

〈ナジラ・キャンバー・デザインズ〉のナジラ・キャンバー。驚くほど美しく息をのむような最高の表紙を作ってくれたことに感謝。あなたはすごく楽しい人。シリーズ物の表紙の作成という非常にストレスのかかる作業からストレスを取り除いてくれた。次のプロジェクトも一緒に仕事をできるのが楽しみ。

本ができあがるまでの長いあいだ、わたしのそばに寄り添い続けてくれた大勢の人たちに感謝を伝えるべきなのだが、この場で全員に感謝の言葉を言うことはできない。そんなことをしたら名前のリストが延々と続いてしまう！　でもせめて、心から愛していることは知っておいてほしい。自分が何者かわかっているみんなのサポートがなかったら、わたしは本を書きあげることができなかったはずだ。本当にありがとう。

読者のみなさんへ。わたしがどれほどみなさんひとりひとりを大事に思い、愛しているのか、きっと知らないはずだ。みなさんがいなかったら、この本は書きあがらなかったかもしれない。決まり文句のように聞こえるけれど、腹黒いわたしが心の底からそう思っている。わたしはみなさんのことが大好きだし、常にみなさんが心動かされるような本を出版したいと思っている。

何もかも神のおかげだ。すべてに感謝を捧げる。

訳者あとがき

舞台はフロリダ。主人公のレイキンは全身に刺創を負いながらも生き延びた、犯罪被害者だ。自分の事件が未解決となってしまった分を取り戻そうとでも言うように、現在はFBI未解決事件課のリース捜査官の捜査に協力しながら、犯罪ドキュメンタリー作家として活躍している。今回リースが持ち込んだ事件は、自分の事件との類似点がある。そう気づいたレイキンはふたつの事件を解決しようと尽力するが、どうやら自分の事件のほうは、レイキンが当時の記憶を失っているせいで、明らかになっていない謎があるようだ。記憶を取り戻そうと当時の関係者に話を聞くうちに、第三の事件が発生する。発生したばかりの事件とふたつの未解決事件の関連を追い求めていくなかで、レイキンは再び事件に巻き込まれていく……。

本邦初紹介のトリシャ・ウルフのサスペンス『過去からの口づけ』をお届けします。

著者のトリシャ・ウルフはサウスカロライナ在住。ロマンティック・サスペンスでベストセラーリストにも載る作家です。本作ではロマンティックな作風を一変させ、暗い湖のなかにこちらまで引き込まれてしまいそうな、ダークな雰囲気のサスペンスを描いています。ビーチリゾートが多く陽気なイメージのあるフロリダを舞台にしているにもかかわらず、重く湿り気のある作品に仕上がっており、フロリダの別の一面を見せられた気がしました。清浄の象徴として描かれている白い蓮が、なんとも不気味な印象です。

作中でレイキンが輪ゴムを弾く場面が何度が出てきますが、これは認知療法のひとつで、ストレス解消や緊張の緩和、パニック発作の回避を目的としているそうです。手首に常に輪ゴムをはめているというのも不思議な姿に思えますが、レイキンにはこの療法が効果があるようで、かなり頼っていることがうかがえます。

本書の原題となっているロータス効果（Lotus Effect）ですが、本文にあるとおりハス科の植物が持つ自浄性のことです。この原理はすでに実用化されており、身近なところでは傘やしゃもじ、またヨーグルトのふたにも中身が付着しないよう、この技術が使われている製品があります。

レイキンは事件のトラウマを克服したくて、蓮のようになりたい、過去の事件を洗い流したいと願います。けれど過去を消すことも洗い流すこともできないことは、実は自分でもわかっている。本作はそんな彼女が本当の意味で事件と向きあい、過去を乗り越えていく物語でもあります。苦しみながらも事件と過去の記憶に立ち向かっていくたくましいレイキンは、読者に共感していただけるヒロインではないでしょうか。

最後になりましたが、翻訳に際しましてはさまざまな形で多くの方にお世話になりました。この場を借りてお礼を申しあげます。

二〇一九年十二月

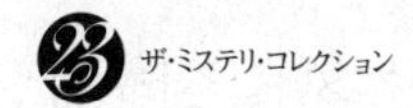

過去からの口づけ

著者　トリシャ・ウルフ

訳者　林　亜弥

発行所　株式会社 二見書房
東京都千代田区神田三崎町2-18-11
電話　03(3515)2311［営業］
　　　03(3515)2313［編集］
振替　00170-4-2639

印刷　株式会社 堀内印刷所
製本　株式会社 村上製本所

落丁・乱丁本はお取り替えいたします。
定価は、カバーに表示してあります。

ISBN978-4-576-19204-8
https://www.futami.co.jp/

二見文庫 ロマンス・コレクション

危険な涙がかわく朝
シャノン・マッケナ
松井里弥［訳］
〔マクラウド兄弟 シリーズ〕

あらゆる手段で闇の世界を生き抜いてきたタマラ。幼女を引き取ることになったのを機に生き方を変えた彼女の前に謎の男が現われる。追っ手だと悟るも互いに心奪われ…

このキスを忘れない
シャノン・マッケナ
幡 美紀子［訳］
〔マクラウド兄弟 シリーズ〕

エディは有名財団の令嬢ながら、特殊な能力のせいで家族にすら疎まれてきた。暗い過去の出来事で記憶をなくしたケヴと出会い…。大好評の官能サスペンス第7弾！

朝まではこのままで
シャノン・マッケナ
幡 美紀子［訳］
〔マクラウド兄弟 シリーズ〕

父の不審死の鍵を握るブルーノに近づいたリリー。情報を引き出すため、彼と熱い夜を過ごすが、翌朝何者かに襲われ…。愛と危険と官能の大人気サスペンス第8弾！

その愛に守られたい
シャノン・マッケナ
幡 美紀子［訳］
〔マクラウド兄弟 シリーズ〕

見知らぬ老婆に突然注射を打たれたニーナ。元FBIのアーロと事情を探り、陰謀に巻き込まれたことを知る。そして三日以内に解毒剤を打たないと命が尽きると知り…

夢の中で愛して
シャノン・マッケナ
幡 美紀子［訳］
〔マクラウド兄弟 シリーズ〕

ララという娘がさらわれ、マイルズは夢のなかで何度も彼女と愛を交わす。ついに居所をつきとめ、再会した二人は一緒に逃亡するが…。大人気シリーズ第10弾！

この長い夜のために
シャノン・マッケナ
水野涼子［訳］
〔マクラウド兄弟 シリーズ〕

壮絶な過去を乗り越え人身売買反対の活動家となったスヴェティ。母が自殺し、彼女も命を狙われる。元刑事サムと真相を探ると、恐ろしい陰謀が…シリーズ最終話！

ミッシング・ガール
ミーガン・ミランダ
出雲さち［訳］

10年前、親友の失踪をきっかけに故郷を離れたニック。久々に家に戻るとまた失踪事件が起き……。〝時間が巻き戻る〟斬新なミステリー、全米ベストセラー！

二見文庫 ロマンス・コレクション

夜の彼方でこの愛を ＊
ヘレンケイ・ダイモン
相野みちる［訳］
行方不明のいとこを捜しつづけるエメリーは、レンという男が関係しているらしいと知る…。ホットでセクシーな男性とのとろけるような恋を描く新シリーズ第一弾！

許されない恋に落ちて
ヘレンケイ・ダイモン
相野みちる［訳］
弟を殺害されたマティアスはケイラという女性を疑い、追うが、ひと目で互いに惹かれあう。そして新たな事件が…。禁断の恋に揺れる男女を描くシリーズ第2弾！

始まりはあの夜 ＊
リサ・レネー・ジョーンズ
石原まどか［訳］
2015年ロマンティックサスペンス大賞受賞作。過去の事件から身を隠し、正体不明の味方が書いたらしきメモの指図通り行動するエイミーを待ち受けるのは――

危険な夜をかさねて ＊
リサ・レネー・ジョーンズ
石原まどか［訳］
何者かに命を狙われ続けるエイミーに近づいてきたリアム。互いに惹かれ、結ばれたものの、ある会話をきっかけに疑惑が深まり…。ノンストップ・サスペンス第二弾！

長い夜が終わるとき
リサ・レネー・ジョーンズ
米山裕子［訳］
理由も不明のまま逃亡中のエイミーの兄・チャドは何者かに捕まっていた。謎また謎、愛そして官能…すべての謎が明かされるノンストップノベル怒涛の最終巻！

失われた愛の記憶を ＊
クリスティーナ・ドット
出雲さち［訳］
〔ヴァーチュー・フォールズシリーズ〕
四歳のエリザベスの目の前で父が母を殺し、彼女はショックで記憶をなくす。二十数年後、母への愛を語る父を見て疑念を持ち始め、FBI捜査官の元夫と調査を……

愛は暗闇のかなたに
クリスティーナ・ドット
水野涼子［訳］
〔ヴァーチュー・フォールズシリーズ〕
子供の誘拐を目撃し、犯人に仕立て上げられてしまったテイラー。別名を名乗り、誘拐された子供の伯父であるケネディと真犯人探しを始めるが…。シリーズ第2弾！

＊の作品は電子書籍もあります。

二見文庫 ロマンス・コレクション

危ない恋は一夜だけ *
アレクサンドラ・アイヴィー
小林さゆり［訳］

アニーは父が連続殺人の容疑で逮捕され、故郷の町を離れた。十五年後、町に戻ると再び不可解な事件が起き始め、疑いはかつての殺人鬼の娘アニーに向けられるが…

甘い口づけの代償を *
ジェニファー・ライアン
桐谷知未［訳］

双子の姉が叔父に殺され、その証拠を追う途中、吹雪の中でゲイブに助けられたエラ。叔父が許可なくゲイブに一家の牧場を売ったと知り、驚愕した彼女は……

危険な夜の果てに
リサ・マリー・ライス
鈴木美朋［訳］〔ゴースト・オプス・シリーズ〕

医師のキャサリンは、治療の鍵を握るのがマックという国からも追われる危険な男だと知る。ついに彼を見つけ、会ったとたん……。新シリーズ一作目！

夢見る夜の危険な香り
リサ・マリー・ライス
鈴木美朋［訳］〔ゴースト・オプス・シリーズ〕

久々に再会したニックとエル。エルの参加しているプロジェクトのメンバーが次々と誘拐され、ニックは〈ゴースト・オプス〉のメンバーとともに救おうとするが――

明けない夜の危険な抱擁
リサ・マリー・ライス
鈴木美朋［訳］〔ゴースト・オプス・シリーズ〕

ソフィは研究所からあるウィルスのサンプルとワクチンを持ち出し、親友のエルに助けを求めた。〈ゴースト・オプス〉からジョンが助けに駆けつけるが…シリーズ完結！

夜風のベールに包まれて
リンダ・ハワード
加藤洋子［訳］

美人ウエディング・プランナーのジャクリンはひょんなことからクライアント殺害の容疑者にされてしまう。しかも現われた担当刑事は〝一夜かぎりの恋人〟で…!?

真夜中にふるえる心 *
リンダ・ハワード／リンダ・ジョーンズ
加藤洋子［訳］

ストーカーから逃れ、ワイオミングのとある町に流れ着いたカーリンは家政婦として働くことに。牧場主のジークの不器用な優しさに、彼女の心は癒されるが…

＊の作品は電子書籍もあります。

二見文庫 ロマンス・コレクション

黒き戦士の恋人
J・R・ウォード
安原和見［訳］〔ブラック・ダガー シリーズ〕

NY郊外の地方新聞社に勤める女性記者ベスは、謎の男ラスに出生の秘密を告げられ、運命が一変する！ 読み出したら止まらない全米ナンバーワンのパラノーマル・ロマンス

永遠なる時の恋人
J・R・ウォード
安原和見［訳］〔ブラック・ダガー シリーズ〕

レイジは人間の女性メアリをひと目見て恋の虜に。戦士としての忠誠か愛しき者への献身か、心は引き裂かれる。困難を乗り越えてふたりは結ばれるのか？ 好評第二弾

運命を告げる恋人
J・R・ウォード
安原和見［訳］〔ブラック・ダガー シリーズ〕

貴族の娘ベラが宿敵〝レッサー〟に誘拐されて六週間。だれもが彼女の生存を絶望視するなか、ザディストだけは彼女を捜しつづけていた…。怒濤の展開の第三弾！

闇を照らす恋人
J・R・ウォード
安原和見［訳］〔ブラック・ダガー シリーズ〕

元刑事のブッチがヴァンパイア世界に足を踏み入れて九カ月。美しきマリッサに想いを寄せるも梨の礫。贅沢だが無為な日々に焦りを感じていたところ…待望の第四弾

情熱の炎に抱かれて
J・R・ウォード
安原和見［訳］〔ブラック・ダガー シリーズ〕

深夜のパトロール中に心臓を撃たれ、重傷を負ったヴィシャス。命を救った外科医ジェインに一目惚れすると、彼女を強引に館に連れ帰ってしまうが…急展開の第五弾

漆黒に包まれる恋人
J・R・ウォード
安原和見［訳］〔ブラック・ダガー シリーズ〕

自己嫌悪から薬物に溺れ、〈兄弟団〉からも外されてしまったフュアリー。〝巫女〟であるコーミアが手を差し伸べるが…。シリーズ第六弾にして最大の問題作登場!!

灼熱の瞬間(とき)
J・R・ウォード
久賀美緒［訳］

仕事中の事故で片腕を失った女性消防士アン。その判断をした同僚ダニーとは事故の前に一度だけ関係を持っていて…。数奇な運命に翻弄されるこの恋の行方は？